LISA KLEIN

Ofélia

Tradução
Rogério Alves

1ª edição
Rio de Janeiro-RJ / Campinas-SP, 2019

VERUS
EDITORA

Editora
Raïssa Castro

Coordenadora editorial
Ana Paula Gomes

Copidesque
Lígia Alves

Revisão
Maria Lúcia A. Maier

Capa
Adaptação da original (©Donna Mark)

Fotos da capa
© John Sann, 2006

Projeto gráfico e diagramação
André S. Tavares da Silva
Juliana Brandt

Título original
Ophelia

ISBN: 978-85-7686-734-0

Copyright © Lisa Klein, 2006
Todos os direitos reservados.
Edição publicada mediante acordo com Bloomsbury Publishing Inc.

Tradução © Verus Editora, 2019
Direitos reservados em língua portuguesa, no Brasil, por Verus Editora. Nenhuma parte desta obra pode ser reproduzida ou transmitida por qualquer forma e/ou quaisquer meios (eletrônico ou mecânico, incluindo fotocópia e gravação) ou arquivada em qualquer sistema ou banco de dados sem permissão escrita da editora.

Verus Editora Ltda.
Rua Benedicto Aristides Ribeiro, 41, Jd. Santa Genebra II, Campinas/SP, 13084-753
Fone/Fax: (19) 3249-0001 | www.veruseditora.com.br

CIP-BRASIL. CATALOGAÇÃO NA FONTE
SINDICATO NACIONAL DOS EDITORES DE LIVROS, RJ

K72o

Klein, Lisa, 1958-
  Ofélia / Lisa Klein ; tradução Rogério Alves. - 1. ed. - Campinas [SP] : Verus, 2019.
  ; 23 cm.

  Tradução de: Ophelia
  ISBN 978-85-7686-734-0

  1. Romance. 2. Literatura juvenil americana. I. Alves, Rogério. II. Título.

19-55737
CDD: 808.899283
CDU: 82-93(73)

Vanessa Mafra Xavier Salgado - Bibliotecária - CRB-7/6644

Revisado conforme o novo acordo ortográfico.

Seja um leitor preferencial Record.
Cadastre-se no site www.record.com.br e receba informações sobre nossos lançamentos e nossas promoções.

Atendimento e venda direta ao leitor:
sac@record.com.br

Para meus pais,
Jerry e Mary Klein

Prólogo

St Emilion, França
Novembro de 1601

Minha senhora,

Espero que esta carta a encontre em segurança. Minha escrita será breve, uma vez que é melhor usar poucas palavras quando elas só podem trazer dor.

A corte real da Dinamarca está em ruínas. Os frutos do mal espalharam suas sementes mortais. Finalmente, o rei Cláudio está morto. Provou merecidamente seu próprio veneno. Hamlet o matou com uma espada que o próprio rei envenenou. A rainha Gertrudes dorme gelada, envenenada por um copo que o rei pretendia que chegasse a Hamlet. Foi a visão de sua mãe morrendo que por fim encorajou Hamlet a se vingar.

Mas a maior dor é esta: seu irmão, Laertes, e o príncipe Hamlet mataram um ao outro com espadas envenenadas. Fracassei na missão que me foi atribuída pela senhora. Agora Fortinbrás da Noruega reina em nossas terras conquistadas.

Perdoe Hamlet, eu lhe imploro. Com suas palavras finais, ele me encarregou de limpar seu nome manchado. Acredite em mim: antes de a lascívia da vingança ter tomado sua mente, ele a amava profundamente.

Perdoe também, mas não esqueça.

Seu fiel amigo e servo,
Horácio

A carta me deixa atordoada, tão tonta de dor que não consigo nem mesmo me levantar da cama.

Eu sonho com o castelo de Elsinor, um enorme labirinto de pedra. Em seu centro, o grande salão dos banquetes, aquecido pelas chamas trêmulas, por onde passaram cortesãos assim como o sangue vital passa pelo coração. O lugar onde o rei Hamlet e a rainha Gertrudes reinaram, a mente e a alma que mantiveram o corpo inteiro unido. Agora todo o fogo e toda a carne são apenas frias cinzas.

Sonho com o meu amado, o moreno e espirituoso príncipe Hamlet, antes de ele me ser arrancado pela loucura e pela morte.

Em minha imaginação surgem os pomares verdes de Elsinor, maduros, com doces peras e maçãs que dobram os galhos e se oferecem às nossas mãos. O jardim onde nos beijamos pela primeira vez, então perfumado pelo marcante alecrim e a suave lavanda, está agora abandonado e sem vida.

Pelo meu sonho, gorgoleja o riacho decisivo onde nadei quando criança e sobre cujas águas roçavam os galhos do chorão. Ali encontrei meu final sem graça e dei início à minha vida nova.

Vejo a mim e a Hamlet nas muralhas envoltas em neblina, onde um fantasma invisível testemunhou nosso beijo, e depois virou a cabeça de Hamlet do amor para a vingança. Vejo o rosto terrível de Cláudio, o tio de Hamlet, que matou seu pai e casou-se com sua mãe, minha adorada rainha Gertrudes, que ele envenenou. Meu Hamlet está morto! E, com ele, Elsinor está arruinado, como o Éden depois da queda do Homem.

Eu, Ofélia, desempenhei um papel nessa tragédia. Servi à rainha. Procurei mudar o caminho do príncipe. Descobri segredos perigosos e obedeci ao tirano Cláudio. Mas como foi que isso terminou desse modo, com a morte de todo o meu mundo? A culpa de viver quando tudo está perdido me consome. A culpa de não poder alterar o caminho traçado.

Não serei capaz de descansar enquanto esta história permanecer desconhecida. Não tenho paz enquanto esta dor pressionar a minha alma. Apesar de ter vivido apenas dezesseis anos, conheci uma vida de sofrimento. Como a pálida lua, eu míngua, entediada pelo padecimento do mundo, e cresço novamente queimando de vida. Mas, como o sol, vou dissipar a escuridão que se assola sobre mim e jogar luz sobre a verdade. Então pego minha pena e escrevo.

Aqui está a minha história.

Parte Um

Elsinor, Dinamarca, 1585-1601

Sempre fui uma garota sem mãe. Lady Frowendel morreu ao me dar à luz, privando de seus cuidados também meu irmão, Laertes, e meu pai, Polônio. Não tenho nem um pedaço de pano ou uma lembrança de seu cheiro. Nada. De todo jeito, pela pequena pintura que meu pai carregava, eu vi que sou a imagem viva de minha mãe.

Eu vivia triste, achando que tinha provocado a morte dela, e, por esse motivo, meu pai não era capaz de me amar. Tentei não lhe causar mais raiva ou problema, mas ele nunca me deu a atenção que eu desejava. Da mesma maneira, nunca amou Laertes, seu único filho homem. Ele fixava o olhar em todos os lugares exceto em nosso rosto, pois tinha a ambição de se tornar o mais valioso e secreto informante do rei.

Morávamos na vila de Elsinor, em uma boa casa, de estrutura de madeira e janelas com mainel. Laertes e eu brincávamos no jardim que fora de minha mãe, selvagemente tomado pelas plantas depois de sua morte. Eu frequentemente me escondia entre os altos arbustos de alecrim e, por todo o dia, carregava seu perfume pungente. Nos dias quentes, nadávamos no rio de Elsinor no ponto em que ele passava perto da floresta e capturávamos sapos e salamandras em suas margens. Quando tínhamos fome, roubávamos maçãs e ameixas do mercado e sumíamos feito lebres quando os comerciantes gritavam conosco. Dormíamos no sótão, onde, nas noites geladas, a fumaça da cozinha subia e pairava nas vigas, nos aquecendo.

No primeiro andar de nossa casa havia uma loja para a qual damas e cavalheiros da corte enviavam seus criados para comprar penas, fitas e rendas. Meu pai desdenhava dos vendedores, considerando-os indignos e baixos, mas convivia com eles e tentava agradar os clientes com a esperança de ouvir fofocas sobre a corte. Então, de gibão e meias, como era a moda, apressava-se pelas ruas para se juntar aos homens que buscavam lugar na corte do rei Hamlet. Às vezes não o víamos por dias e achávamos que tinha nos abandonado, mas ele sempre voltava. Então discorria animado sobre alguma oportunidade que lhe parecia certa, ou permanecia em silêncio e mal-humorado. Laertes e eu espionávamos através de um pequeno buraco na porta de seu quarto e o víamos reclinar-se sobre uma pequena pilha de dinheiro e de papéis, balançando a cabeça. Tínhamos certeza de que estávamos arruinados e, deitados de olhos abertos no sótão, refletíamos sobre o que aconteceria conosco. Nós nos transformaríamos em órfãos, como os que sempre víamos nas ruas da vila, pedindo pão e comendo restos de carne como animais selvagens?

A ansiosa busca de meu pai pelo trabalho consumiu a fortuna da família, o que restava do dote de minha mãe. Mas ele deu um jeito de contratar um tutor para Laertes, um homem dos livros, um intelectual.

— Uma menina não deve viver desocupada. O diabo pode tomar conta de você — meu pai me disse. — Por isso, estude com Laertes e tire o benefício que conseguir disso.

Assim, enquanto eu falava sem parar e meu irmão ponderava, gastávamos horas no estudo diário. Nós lemos os Salmos e outros versos da Bíblia. Fiquei maravilhada com o Evangelho de João, com suas terríveis revelações de anjos e bestas soltos nos fins dos tempos. Adorava ler sobre a Roma Antiga, e era mais rápida que meu irmão para encontrar a moral das fábulas de Esopo. Logo consegui traduzir tão bem quanto ele. Também aprendi a barganhar com Laertes, que não gostava de estudar.

— Eu traduzo essas cartas do latim para você se você primeiro me der seu bolo — eu oferecia, e ele consentia alegremente. Nosso pai elogiava o trabalho escolar de Laertes, mas, quando eu lhe mostrava minhas contas, ele dava tapinhas em minha cabeça, como se eu fosse seu cachorro.

Laertes foi meu companheiro permanente e meu único protetor. Depois das aulas, nos juntávamos às crianças que brincavam nas ruas empoeiradas ou nos campos esverdeados da vila. Sendo pequena, eu era sempre capturada e tinha de ficar no círculo chamado de inferno até conseguir pegar alguém e me libertar ou até Laertes ter pena de mim. Uma vez Laertes me salvou de um cachorro que abocanhou minha perna em seus dentes e arranhou minhas costas com suas patas. Ele bateu impiedosamente no animal e limpou meu sangue com sua camisa enquanto eu, aterrorizada, o abraçava. Meus ferimentos cicatrizaram e meu pai disse para eu não me preocupar, pois as cicatrizes desapareceriam antes mesmo que um marido aparecesse. Durante anos, a simples visão de um cachorro nos braços de uma mulher me fazia tremer de medo.

Existiram babás que cuidaram de mim, apesar de eu não me lembrar de nenhum de seus nomes ou rostos. Eram descuidadas comigo, me deixando livre como uma cabra. Nunca tive ninguém que remendasse minhas roupas rasgadas ou cuidasse de meus vestidos. Não me lembro de palavras carinhosas ou beijos perfumados. Meu pai às vezes me fazia ajoelhar e colocava sua mão em minha cabeça enquanto balbuciava uma prece, mas ele tinha a mão pesada, não o toque gentil pelo qual eu ansiava. Éramos uma família vivendo sem um coração, uma mãe, para nos unir.

Meu pai conseguiu emprego antes que perdêssemos tudo. Ele se arriscou para descobrir informações relacionadas ao inimigo da Dinamarca, o rei Fortinbrás da Noruega. Por isso foi honrado com a posição de ministro do rei Hamlet. Do jeito que falava de sua recompensa, parecia que ocuparia um lugar à direita do próprio Deus, e teríamos uma vida gloriosa a partir daquele momento.

Eu não era mais do que uma criança de oito anos e Laertes tinha doze quando nos mudamos da vila para o castelo de Elsinor. Para a ocasião, ganhei roupas e um chapéu azul enfeitado com contas para meu cabelo indomável. Laertes e eu caminhamos ao lado da carroça que levou nossas coisas. Eu falava, muito excitada.

— O castelo vai parecer o céu como viu São João? Ele terá torres brilhando com ouro e pedras preciosas? — perguntava, mas meu pai só ria e Laertes me chamava de estúpida.

Logo as muralhas de Elsinor surgiram contra o céu azul. À medida que nos aproximávamos, o castelo parecia maior que toda a vila, e o próprio sol não era suficiente para iluminar suas paredes cinza de pedras. Nada brilhava. As inúmeras janelas escuras alinhavam-se como tropas de soldados. Quando passamos pelas sombras dos portões, minha decepção se transformou em pavor. Tremi. Procurando a mão de meu pai, alcancei apenas a ponta de sua capa, suas dobras fluidas como água.

Dois pequenos quartos no térreo perto da guarita se tornaram nossos novos dormitórios. Comparados com a nossa casa arejada, que crescia por sobre as ruas da vila, os quartos do castelo eram fechados, escuros e úmidos. Os únicos móveis eram uma cadeira de carvalho, três banquetas e um armário. Ali meu pai colocou nossas poucas posses, boas demais para nossos alojamentos simples: algumas almofadas decoradas, roupas de cama com penas de ganso e alguns pratos de prata. Nossas janelas davam para os estábulos, não para o pátio movimentado com suas muitas diversões. Mas meu pai esfregava as mãos em satisfação, pois mesmo esses pobres quartos eram prova de sua boa sorte.

— Eu me levantarei em defesa do rei e vestirei uma capa de pele, e o rei me falará de seus negócios mais privados — declarou, confiante.

No primeiro banquete de que participei na corte, eu estava empolgada demais para comer. Tudo era novo e impressionante. O rei Hamlet me pareceu um gigante, com seu peito amplo e barba grande. Sua voz parecia o som de um trovão. O príncipe Hamlet, que então tinha cerca de catorze anos, movia-se rapidamente pelo salão. Parecia um tanto idiota, mas tinha também certa graça, seu cabelo negro esvoaçante ao redor da cabeça. Eu estava tão encantada que também comecei a dançar. A rainha Gertrudes se aproximou e, rindo, tocou meu queixo. Eu sorri para ela.

Então vi um bobo, numa fantástica roupa brilhante, pulando de um lado para o outro pelo salão. Ele usava um chapéu pontudo com guizos e uma capa de retalhos. Parecia que ele e Hamlet estavam imitando os movimentos um do outro. Tomada de uma repentina timidez, recolhi-me para o lado de meu pai.

— Esta é minha linda menina — meu pai disse. — A rainha notou você. Vá, dance mais um pouco. — Mas eu não queria me mover.

Olhei para o bobo, que me lembrava fogos de artifício estourando. Apesar de não conseguir ouvir suas piadas, escutei o rei urrar de tanto rir e depois tossir até que seu rosto ficou roxo. Ele meio que se levantou da cadeira, e um guarda bateu em suas costas até que ele cuspisse cerveja. Então o bobo segurou a própria garganta e caiu no chão, seus membros se movendo desordenadamente como se estivesse morrendo. O príncipe Hamlet se juntou à cena, puxando o bobo até que ele reagiu como uma bola de tênis e pulou sobre a mesa do rei, onde começou a cantar.

— Quem é ele? Por que ele faz coisas tão estranhas? — perguntei para meu pai.

— O nome dele é Yorick, e ele é o bobo do rei. Como um idiota ou um louco, ele pode rir do rei sem medo de ser castigado. Suas palhaçadas não são nada — ele disse.

Presenciei Yorick ajudando Hamlet a fazer um rolamento na frente da rainha, que aplaudiu ao vê-lo cair de cabeça para baixo.

— O jovem príncipe é a menina dos olhos de sua mãe — murmurou meu pai para si mesmo.

— Mas ele é uma menina? — perguntei, inocentemente.

— Um menino, sua bobinha. Significa que ela é apaixonada pelo filho! — ele respondeu.

Por um momento eu tive inveja de Hamlet. Mas também senti que meus olhos foram atraídos por ele e, depois daquela noite, passei a procurar o príncipe por toda parte em Elsinor. Eu sabia que, com seu jeito alegre, ele seria um bom companheiro de brincadeiras. Laertes achava o mesmo. Quando um de seus amigos anunciou que Hamlet estava vindo, meu irmão correu para o pátio e eu o segui. Na verdade, Hamlet atraía os mais novos da corte como o ímã faz com pedaços de metal, e era gentil demais para ignorar nossa admiração. Vi quando ele demonstrou truques e malabarismos que aprendera com Yorick, mas nunca ousei falar com ele.

Hamlet tinha um amigo, um rapaz de cabelos vermelhos e pernas finas, que o acompanhava em todos os lugares. Horácio era tão sereno quanto Hamlet era ativo, tão silencioso quanto Hamlet era falante. Enquanto Hamlet brincava com os meninos mais jovens, com Horácio ele conversava seriamente. Horácio sorria quando Hamlet sorria e assentia com a cabeça quando Hamlet assentia. Como uma sombra, ele estava sempre pairando perto do príncipe.

Eu tinha dez anos quando falei pela primeira vez com o príncipe Hamlet. Era aniversário dele, e Hamlet, com o rei e a rainha, estavam desfilando pelo campo e pela vila. Com meu pai e Laertes, eu estava no meio das pessoas no pátio de Elsinor, esperando o retorno de Hamlet. Eu não conseguia ficar parada de excitação; ficava pulando de um pé para o outro. Em uma mão eu segurava um buquê de amores-perfeitos amarrados com uma fita branca. Suas pétalas roxas começaram a murchar ao sol, então eu as cobri com a outra mão. Foi quando se ouviu o grito:

— Lá vem o príncipe!

— Filhotes arrogantes! — balbuciou meu pai, entredentes, quando dois jovens se enfiaram na nossa frente. — Sempre pegando o lugar dos mais velhos.

— Ele não pode nos ver agora — gritei. — Por favor, pai, levante-me. — Gemendo e bufando, ele reclamou, afastando os jovens com os cotovelos ao me levantar nos ombros. Agora eu podia ver todo o caminho para os portões de Elsinor.

Músicos e convidados seguiam à frente quando Hamlet passou pelos portões num cavalo cinza com crinas pretas e trançadas. Cortesãos acenavam e saudavam, jogando flores e oferecendo presentes para o jovem príncipe enquanto ele passava. Orgulhoso, o cavalo mexeu a cabeça e saltou, enquanto Hamlet cumprimentava as pessoas com grandes gestos. O rei e a rainha seguiam mais serenos atrás dele, levantando as sobrancelhas ou sorrindo com os movimentos do filho. Eu me curvei para a frente. Meu pai segurou minhas pernas.

— Hurra! Hurra! — gritou Laertes. O ruivo Horácio estava a seu lado, batendo nas coxas para aumentar o barulho conforme Hamlet se aproximava.

Eu acenei com o buquê de flores e gritei:

— Amores-perfeitos para o príncipe!

— Mais alto, menina — disse meu pai, enquanto se aproximava da procissão. Naquele momento, Hamlet preparou seu cavalo, segurou a mão de Horácio e saudou Laertes. Eu gritei em francês desta vez, tentando chamar sua atenção.

— *Pensée pour le prince.*

Talvez tenha sido meu olhar patético e minha voz suplicante que tocaram a rainha, pois ela chamou Hamlet.

— Dê atenção à pequena!

Fiquei indignada por ter sido chamada de "pequena". Se a rainha tivesse olhado mais de perto, teria percebido que na verdade eu já era bastante grande para subir nos ombros de meu pai. Mas eu estava desesperada para ser vista.

Obedecendo a mãe, Hamlet olhou ao redor. Eu empurrei meu buquê. As frágeis flores tremeram em seus finos caules. Ele me viu e, quando nossos olhos se encontraram, eu lhe dei meu sorriso mais charmoso.

— Sorte para o príncipe. Amores-perfeitos para o senhor, minha majestade. Pense em mim — falei, minha pequena voz lutando para se destacar acima do barulho. Eu mesma havia escolhido as palavras, desejando mostrar meu francês, esperando agradar meu pai ao chamar a atenção para nós. E eu queria encostar na mão do príncipe.

Mas eu me desapontei. Hamlet se esticou e pegou as flores sem encostar em meus dedos ou prestar atenção em minhas palavras. Assim que continuou, vi os amores-perfeitos escaparem de sua mão enluvada e caírem no chão, onde foram pisoteados por homens e cavalos. Devo ter chorado alto.

— Não gaste suas lágrimas, pequena — disse Horácio. — Nós, garotos, somos muito descuidados com flores.

— Sim, dê-nos espadas ou lanças — riu Laertes, com a intenção de estabelecer uma relação com Horácio. Mas ainda assim fiquei de cara fechada.

— Olhe — disse Horácio gentilmente, pegando minha mão. — O seu não foi o único presente de que o príncipe Hamlet desdenhou. Ele não consegue carregar tantos de uma vez.

Era verdade. Vi o chão repleto de fitas empoeiradas e flores amassadas morrendo em seu despertar ignorado.

Fiquei decepcionada com minha tentativa de chamar a atenção de Hamlet em seu aniversário. Mas logo depois, quando eu menos esperava, sua atenção recaiu sobre mim, provocando um grande constrangimento.

Era um dia de comércio agitado na vila. Laertes e eu estávamos discutindo. Seu amigo, um garoto chato mais velho chamado Edmundo, me encarou, me tirando ainda mais do sério. De repente, uma carroça carregada de carneiros balindo passou por nós, e uma das menores criaturas se espremeu por entre as ripas de sua gaiola e caiu na rua. Vendo-se livre, o carneiro fugiu. Laertes logo viu uma oportunidade para uma atividade esportiva e partiu em seu encalço. Bom corredor, ele facilmente alcançou o animalzinho e se lançou sobre ele. Então Edmundo correu e começou a cutucar o carneiro com um pedaço de madeira. O fraco balido do filhote despertou minha piedade.

— Pare, Edmundo — gritei, mas o garoto estúpido se limitou a rir de mim. Com raiva, atirei-me sobre Laertes, derrubando-o na poeira.

— Me solte, menina endemoniada! — meu irmão, mergulhado na terra, xingou-me, mas ainda assim manteve o animal preso.

— Solte-o, seu vira-lata! É apenas um pequeno e inocente carneiro — gritei, batendo em suas costas. — Odeio você!

— O que é isso? Quem está aí? — exclamou uma voz surpresa.

Olhei de onde estava sentada com as pernas ao redor de meu irmão. Lá estava o príncipe Hamlet e Horácio. Edmundo saiu correndo.

— *Je le pensais*. Eu sabia! — disse Hamlet.

Mais tarde lembrei que ele falou em francês, e fiquei me perguntando se ele quis me dizer que tinha reparado nos amores-perfeitos que eu lhe dera de presente. Naquele momento, porém, fiquei vermelha de ira por ser vista por Hamlet em uma briga com meu irmão.

— Então, é a menina barulhenta e seu irmão — ele disse a Horácio. — Eles são da mesma família, você percebe, mas não são muito gentis um com o outro.

Como era muito tarde para recuperar minha dignidade, decidi libertar o carneiro. Belisquei os cotovelos de Laertes, e, com um pequeno grito, ele soltou o animal. A criatura se debateu um pouco, depois correu, ilesa. Desci das costas de meu irmão e fiquei em pé com os punhos nos quadris, fingindo ter postura apesar de minhas pernas estarem fracas.

Laertes me olhou com raiva. Na verdade, sua vergonha era maior que a minha: ele tinha sido vencido por uma simples menina. Tive um pouco de pena dele, mesmo assim saboreei minha vitória.

— Olhe. Vou lhe mostrar como dominar a pequena roedora — disse Hamlet, piscando para meu irmão derrotado.

Ele me pegou pela cintura e me levantou acima de sua cabeça. Fiquei surpresa demais para emitir qualquer som. Meu estômago revirou de excitação. Segurei firme nos braços de Hamlet para me equilibrar, e ele me girou até eu gritar de satisfação desesperada. Então ele me jogou sobre uma pilha de feno, onde me esparramei, tonta e sem ar. Horácio me ofereceu sua mão, colocando-me em pé novamente.

— Você vai machucar a menina — ele disse, segurando meu braço enquanto eu tentava me equilibrar.

— Oh, não! Faça de novo, meu senhor, por favor! — implorei, mas Hamlet já tinha se voltado para meu irmão.

— Venha, garoto, vamos lutar — ele disse para Laertes.

Assisti a meu irmão e o príncipe lutarem. Vi a velocidade impressionante de Laertes encontrar a agilidade calma de Hamlet. O carneiro foi esquecido. Um grupo de garotos se reuniu para admirar a luta, batendo palmas e gritando enquanto Horácio se mantinha de lado com um olhar divertido. De vez em quando ainda me arrepio com a lembrança dos giros e a ideia de que o príncipe me pegou com suas mãos.

Laertes saiu da luta sujo, sem ar e, me parecia, vencido. Mas estava orgulhoso, sua humilhação esquecida.

Naquela noite, meu irmão falou com orgulho para nosso pai:

— Você viu, Ofélia, como torci os braços dele bem firme antes de soltá-lo?

Sem nenhum desejo de retomar nosso conflito, eu simplesmente assenti. Nosso pai estava satisfeito, pois tinha uma grande esperança de que Laertes se tornasse, como Horácio, um cortesão respeitado e confidente de Hamlet.

— Sirva bem o príncipe e um dia você servirá o rei — meu pai ensinou.
— Sirva-o mal, e nossos dias estão contados! — Ele passou o dedo pela garganta. Era um fato simples, conhecido até pelas crianças, que irritar um rei, até mesmo um rei tão bom como Hamlet, pode significar a morte.

Para agradar nosso pai, Laertes aproveitou todas as oportunidades para competir com o príncipe Hamlet. Ele sabia que, para ter sucesso na corte, tinha que dominar todos os esportes e combates. Com o tempo, ganhou habilidade e pôde vencer Hamlet algumas vezes em competições de arco.

Um dia, vi os dois praticando os movimentos de espada com galhos de árvore. Percebi que meu irmão, apesar de mais jovem, tinha quase a mesma altura do príncipe. Empunhando aquelas armas inofensivas, Hamlet e Laertes atacavam e se moviam com uma seriedade mortal. Coloquei a mão na boca para segurar uma risada.

Horácio, que estava por perto como sempre, fez um sinal para mim e me surpreendeu ao dizer:

— Eu aposto no príncipe. E você, minha dama?

Meu vestido estava rasgado e meu cabelo, bagunçado. Na verdade, eu estava mais para um garoto do que para uma dama, além de já ter passado dos dez anos. Mas não acho que Horácio estivesse caçoando de mim. Seu sorriso era gentil.

— Bem, naturalmente eu aposto em meu irmão — respondi, envergonhada.

Eu não estava sendo totalmente honesta, pois não saberia dizer quem era meu favorito. Laertes era mais ágil, mas Hamlet estava mais preparado. Observei o príncipe. Seus olhos brilhantes estavam focados na batalha, e seus músculos das pernas e braços, retesados. Ele deu uma vantagem para meu irmão, então os dois inverteram as posições, defendendo-se dos ataques.

Depois, fizeram uma pequena parada, suando e mostrando as marcas e arranhões feitos por suas armas improvisadas.

— Você será um bom espadachim, e um valioso oponente... — começou Hamlet. Vi Laertes jogar os ombros para trás e estufar-se de orgulho — ... em dez anos! — completou Hamlet, rindo. Percebi que a voz dele era de homem agora.

A vida em Elsinor, até mesmo para as crianças, era cheia de competição. Também estávamos acostumados com aspereza e crueldade. Os golpes da colher de madeira do cozinheiro, as palavras duras do professor e a negligência de meu pai eram evidências da indiferença do mundo em relação a meus sentimentos e bem-estar. De qualquer jeito, não tinha me ocorrido que alguém pretendesse me ferir seriamente. Por isso, eu estava despreparada quando Edmundo, que eu considerava um garoto normal, começou a me ameaçar. Um dia ele segurou meu braço e me disse palavras rudes. Eu não sabia o que ele queria dizer com elas até que vi o movimento de suas mãos. Então simplesmente me virei, com nojo. Outro dia ele me puxou para trás de uma árvore e me ofereceu uma moeda se eu levantasse a saia. Sem dizer nada, corri dele como um cervo assustado.

— Se você for contar para seu irmão, direi que você se atirou sobre mim como uma prostituta — ele gritou.

Mais por vergonha que por medo da ameaça de Edmundo, não procurei Laertes. Então, quando Edmundo me encontrou de novo, em um corredor de Elsinor, jogou-se sobre mim e tentou me beijar.

— Você vai gostar. Se não gostar, então você não vale nada — ele disse, com um tom de desprezo na voz.

Dessa vez eu tive medo, embora não soubesse exatamente o que ele pretendia fazer quando tentou colocar a mão dentro da minha saia. Eu o empurrei, mas foi inútil: ele era mais forte que Laertes. Então, por acaso, meu joelho encontrou um local macio entre suas pernas e ele se dobrou, xingando-me enquanto eu fugia.

Não vi Edmundo por várias semanas e, imaginando que finalmente o tinha vencido, retomei minha rotina normal. Eu costumava nadar sozinha, imaginando-me um grande peixe brilhante como o que tinha visto desenhado em um livro antigo. Com braçadas lentas e silenciosas, eu deslizava até o ponto em que o riacho dobrava para longe do castelo. Ali, a corrente, depois de passar pelas pedras sobre as quais as mulheres da vila lavavam suas roupas, abria-se numa calma piscina. Um dia eu estava boiando de costas, olhos fechados, ouvindo o canto de um pássaro, um martim-pescador que roçava a superfície da água. Eu cruzava de margem a margem quando ouvi um pequeno ruído de mergulho e imaginei que fosse o martim-pescador. Então senti uma mão segurar meu calcanhar e me puxar para baixo d'água. Pensei que fosse Laertes me provocando, mas ele teria me largado rapidamente. Chutei e empurrei, mas a mão não me soltou. Outra mão segurou meu ombro. Fiquei desesperada para tomar ar. Não podia perder a cabeça. Deixando o corpo amolecido, tive a esperança de que meu oponente pensaria que tinha me vencido. Realmente senti que ele me segurou com menos força, então me retorci e escapei. Cheguei à superfície e tomei o máximo de ar. Era Edmundo, que nadou para longe de mim com braçadas rápidas e violentas.

— Seu idiota! Cobra peçonhenta! Seu sapo! Seu cancro! — gritei para ele. Ele não se virou ou olhou para trás.

Quando engasguei e engoli água, braços fortes me pegaram por trás. De novo me debati, até que vi que era o príncipe Hamlet, me puxando para a margem. Minha roupa grudou no corpo e meus braços e pernas tremiam de fraqueza.

— Contra qual monstro das profundezas você lutava, pequena Ofélia?

— Aquele menino horrível. Eu o odeio! Ele não combina comigo — eu disse, fingindo ter alguma coragem. — Ali vai o sapo.

Apontei para a margem distante, por onde Edmundo escapulia por entre a grama alta. Hamlet olhou com ar carrancudo.

— Aquele mau-caráter é o filho do tesoureiro do meu pai, um homem desonesto. A prova de que a maçã não cai longe da macieira — ele disse. Eu estremeci. Ele pegou a curta capa que carregava e a jogou sobre meus ombros. — Você não deveria estar com ele.

— O senhor acha que eu o procurei? — gritei. — Não, ele me atacou!

— Você precisa carregar um punhal. Não posso estar sempre por perto para resgatá-la. — Dessa vez ele sorriu, e seus olhos azuis de repente ficaram alegres.

— Eu não preciso ser resgatada — respondi, apesar de estremecer ao pensar no que Edmundo poderia ter feito se a chegada de Hamlet não o tivesse assustado. — Eu nado como os peixes que vivem neste riacho — afirmei, orgulhosa, para disfarçar meu medo.

— Basta tocar num peixe para ele pular na nossa mão. — Hamlet piscou para mim e mexeu os dedos.

Supondo que ele quisesse me tocar, tirei sua capa de meus ombros, escorreguei para a água e me afastei da margem com um impulso.

— O senhor não pode me enganar como um peixe — eu disse, pois não tinha gostado da maneira como ele me provocara.

— Não mesmo. Você é a proverbial enguia, sempre escapando de mim — ele retrucou.

Nadei contra a corrente, sentindo-a. Hamlet me seguiu pela margem, imitando meus movimentos de natação.

— É uma sereia de verdade! Veja: mulher na parte de cima, e um rabo de peixe.

Eu não tinha nenhuma curva de sereia. Meu corpo era tão plano quanto o de um garoto. Por que ele me provocava? Virei de costas e chutei, tentando molhar suas roupas elegantes e forçá-lo a se retratar. Mas ele apenas riu, torcendo a túnica para me mostrar que ela já estava encharcada.

Quando cheguei ao lugar em que os chorões se dobravam sobre a funda piscina no riacho, parei de nadar. Estava ficando sem ar. Meu corpete e minha saia estavam pendurados em um galho de árvore na margem, a uma distância que eu não cruzaria sob o olhar de Hamlet.

— Tenha um bom dia, lorde Hamlet — eu disse, convidando-o a partir.

Ele sorriu, curvou-se e se virou. Subiu pelo campo, que parecia se mover ao balanço das margaridas douradas.

— Venho em paz, bom Horácio! Acabo de pegar uma sereia. Nunca pensei que pudesse praticar esse esporte longe do mar! — ele anunciou em voz alta, rindo.

Vi seu amigo no alto do morro, uma testemunha de nosso encontro. Atrás de Horácio, podiam-se ver os parapeitos de Elsinor.

Quando eles se foram, saí da água e, protegendo-me atrás dos arbustos, vesti minhas roupas aquecidas pelo sol. Meu coração batia rápido de excitação.

Alguém deve ter falado com meu pai sobre meu comportamento. Logo depois do incidente no riacho, ele me deu um vestido novo de cetim e uma presilha de osso para o cabelo. Com dedos pouco acostumados a essas tarefas, ele soltou meu cabelo e o penteou até minha cabeça doer. Depois me orientou a acompanhá-lo quando estivesse com o rei e a fazer reverência e abaixar a cabeça na presença da rainha Gertrudes, mas nunca falar.

— Não olhe para o sol, caso contrário você ficará cega, mas se mantenha em sua luz: ele vai aquecê-la — disse-me. Essa foi uma das muitas lições que meu pai me fez decorar.

Na verdade, Gertrudes era tão grande e bela que eu tinha medo de olhar para ela, mesmo quando tocou meus cachos e perguntou meu nome.

— Ela é Ofélia, minha filha e meu tesouro, a cópia exata de sua mãe, que já partiu — disse meu pai antes que eu pudesse abrir a boca.

Gertrudes levantou meu queixo e eu procurei seus olhos, que eram profundos, cinza e cheios de mistério.

— Ela tem o semblante doce. Uma criança muito bela — ela murmurou. — E muito viva, eu diria — acrescentou, com um sorriso.

Uma vaga sensação de desejo tomou conta de mim. Baixei os olhos e fiz uma profunda reverência.

Com as palavras de aprovação da rainha Gertrudes, minha sorte mudou, e eu me tornei membro de sua família. Uma serva era enviada todos os dias para pegar minhas roupas. Meu pai sorria para si mesmo e murmurava, satisfeito.

Eu, no entanto, não queria partir. Embora não sentisse um grande amor por meu pai, sua companhia me era familiar. E eu não queria mudar minha vida.

— Não quero deixar você e Laertes — eu disse, com a voz suplicante.

— Mas eu não posso cuidar de você. Eu não tenho ideia de como criar uma jovem dama. É uma tarefa que cabe melhor às mulheres — ele falou, como se isso fosse uma verdade evidente para qualquer um com um pouco de inteligência.

Pisei firme e resisti ao seu braço que me puxava.

— Venha agora. Não perca mais tempo — ele disse, mais gentil. — Servir à rainha é uma grande honra.

— Mas o que devo fazer se ela não ficar satisfeita ou for má comigo?

— Obedeça a ela. Isso é tudo! Agora vá, menina, e não se faça de boba — meu pai ordenou, novamente impaciente. Então, colocou algo em minha mão. Era o pequeno retrato de minha mãe na moldura de ouro. Senti uma chama de coragem começar a arder dentro de mim.

Pareceu uma longa viagem do aposento de meu pai, perto do castelo, aos quartos de Gertrudes, no coração de Elsinor. Viramos muitas vezes, até que me senti perdida. Segui um servo por aposentos de cortesãos e ministros que eram maiores que o de meu pai. Eu o segui pelo alojamento dos guardas, onde os homens dormiam, jogavam dados e tagarelavam. Eles apenas nos olharam de relance quando entramos no salão que levava aos aposentos da rainha. Meus passos ficaram mais lentos enquanto admirava a longa galeria que dava para o grande salão no andar de baixo. Era decorada com tapeçarias que mostravam deuses e deusas, soldados e caçadores, damas e unicórnios. Comecei a achar que poderia ser excitante passar meus dias em meio àquele esplendor.

Quando chegamos a um cômodo próximo ao quarto de dormir da rainha, o servo me deixou, e eu fiquei sozinha. Estreito mas inundado pelo sol, o aposento tinha uma cama, um banco, uma mesa torta e um tapete mal-acabado. Havia uma grelha onde eu poderia acender o fogo para me aquecer. Uma janela estava voltada para o sul, e dali eu podia avistar o jardim e o labirinto lá embaixo. Sem saber o que aconteceria comigo a seguir, segurei a imagem de minha mãe, sentindo-me ao mesmo tempo abandonada e escolhida, desesperada e esperançosa.

Uma respiração pesada e um barulho de passos sinalizaram que alguém estava se aproximando de minha porta. Uma mulher de idade avançada entrou em meu quarto. Gorda e com dificuldade para respirar, ela passava a mão constantemente na testa e no pescoço úmidos. De debaixo de sua touca escapavam mechas brancas como ramos de musgo pálido. Era Elnora, lady Valdemar. Tinha sido escolhida, por infelicidade não merecida, para me ensinar a me comportar na corte e orientar minha educação. Ela logo me fez entender que se tratava de uma tarefa impossível.

— Ouvi dizer que a senhora costuma tirar sua saia e nadar! Que a senhora corre pelos campos ao redor do castelo discutindo com os garotos! — Sua voz mostrava reprovação ao final de cada frase. — Isso vai acabar agora, pois nada combina menos com uma dama da corte da rainha Gertrudes. — Suas mechas se mexiam enquanto ela balançava a cabeça em reprovação.

Achei que foi injusto ela me repreender, mas respondi simplesmente:

— Desejo fazer o que agrada. — Meu pai teria ficado orgulhoso dessa resposta.

— É claro que sim. Caso contrário, a senhora será mandada de volta para a caverna de onde veio. Qual a sua idade? Onze anos? A senhora viveu sem seguir regras durante todo esse tempo! Bah! Nenhum cavalo aceitaria sela e freio depois de tanto tempo.

Não gostei de ser comparada a um cavalo.

— Posso me endireitar através dos estudos — afirmei. — Consigo permanecer sentada sem me mover se leio Ptolomeu ou Heródoto.

Tentei mostrar a ela que tinha alguma virtude e que não me faltava educação.

— Não haverá mais estudos de filosofia ou dos antigos — ela disse, firme. — Nenhum homem quer uma esposa mais estudada que ele, por medo de que ela se torne uma mulher desagradável e o faça vestir saias.

— Não me tornarei desagradável! — retruquei, pensando nas várias ocasiões em que fora melhor que Laertes. Mas segurei a língua depois dessa resposta. Eu seria sempre tão polêmica? — Por favor, me ensine a me comportar, então — pedi, docemente.

— O que a senhora precisa aprender sobre o decoro apropriado preencheria volumes — ela declarou, com um suspiro cansado. — O comportamento virtuoso já está dentro dos nobres de nascença. Outros podem praticar e aprender, mas a dificuldade é imensa.

Comecei a me desesperar, mas lembrei a mim mesma de minha facilidade para aprender e decidi dominar o novo assunto.

Então Elnora me fez tirar a roupa, examinou todos os meus membros e sentiu os batimentos cardíacos no meu pulso.

— Um bom corpo. Membros fortes e proporcionais — ela disse, e o tom de aprovação me deu alguma esperança. Ela examinou minhas cicatrizes nas costas e na perna, e eu lhe contei que um cachorro havia me atacado.

— Bem, não tenha vergonha. Muitas jovens damas tiveram a beleza reduzida pela varíola. A senhora tem sorte.

Ela mediu minha altura e envolveu metade de meu corpo com uma fita, prestando atenção aos números. Explicou que eu devia ter um guarda-roupa de linho e vestidos simples condizentes com minha nova posição. Eu me animei com a perspectiva de roupas novas para substituir as rasgadas e os trajes sem graça que sempre usara. Até tive esperança de que Elnora seria gentil, se eu não a perturbasse demais.

Mas nos dias que seguiram eu estava sempre triste, como se tivesse atravessado o oceano e não apenas o pátio de Elsinor. Senti falta de meus estudos e do prazer de acompanhar Laertes e seus amigos. Apesar de ter entrado no mundo das mulheres, ainda me sentia como uma criança, ignorada e perdida na nova realidade. As damas da corte, com suas brilhantes plumagens e seus gorjeios, pareciam com muitos pássaros presos em suas gaiolas. Eu era o comum pisco-de-peito-ruivo entre elas, desejando liberdade e incapaz de cantar para as barras ao meu redor.

Elnora dizia que eu não deveria ficar emburrada ou triste. Ela repetia essa regra diariamente:

— Uma dama deve sempre querer agradar primeiro à rainha que serve, e depois ao homem com quem se casará. — Depois, completava: — Só a criança deve satisfazer a si mesma. E a senhora, Ofélia, não é mais uma criança. — Sua repreensão me deixava ainda mais triste, como se ser uma criança fosse um erro que eu tivesse cometido e que devesse consertar.

Tornar-me uma dama, eu aprendi, não era fácil. Eu não tinha jeito para minhas novas lições, especialmente para a agulha. As damas de Gertrudes tinham orgulho de seus trabalhos, mas, para mim, o aço fino e afiado era um instrumento de tortura. Eu picava meus dedos desajeitados até que todos sangravam e arruinava metros de seda antes de conseguir dar um simples ponto. Teria ficado feliz se pudesse me sentar por horas para ler e escrever, mas não conseguia parar quieta quando estava bordando. Algumas vezes, chorava de tédio.

Mesmo assim, eu trabalhava duro, alegre com qualquer mínimo elogio pálido de Elnora. Acreditava que sua boa vontade me levaria à rainha. Nesse ponto eu tentava pensar como meu pai. Gostaria de ser uma filha esforçada e de não desgraçá-lo por ter falhado em minhas lições. Então trabalhava com afinco na música, área que uma dama da corte deve conhecer. Tinha algum sucesso nas cordas do alaúde, mas meus dedos se enroscavam nas notas. Descobri que o canto era natural para mim, e Elnora elogiava minha voz. Por isso, para me alegrar, eu criava pequenas canções. Algumas vezes elas provocavam um sorriso no rosto redondo, largo e cheio de rugas de minha tutora.

Eu também queria agradar outras damas, particularmente Cristiana, pois ela tinha quase minha idade e eu a queria como amiga. Cristiana era bem-nascida; seu pai era primo da rainha. Com seus olhos de um verde incomum, era quase uma beleza, apesar de seu nariz ser um pouco grande demais. Ao contrário de mim, ela podia se satisfazer bordando durante horas e se orgulhava de seu trabalho com as agulhas. Em seu corpete e colada a seus seios, ela usava uma peça que tinha bordado com hera e borboletas. Até mesmo a rainha tinha gostado. Cristiana também conseguia desenhar com habilidade, pintando pássaros, flores e rostos que eu identificava como os de Gertrudes e suas damas.

— A senhora me pintaria? — pedi um dia. Ela olhou de cima a baixo para mim, examinando-me friamente.

— Acho que não. Não há nada de marcante em suas características — ela disse, e voltou ao seu trabalho.

Fiquei pensando se eu era mesmo tão sem graça. Em outro dia, elogiei o bordado de Cristiana, imaginando que isso a deixaria mais amável.

— Por favor, a senhora guiaria minha mão neste novo ponto? — perguntei, mostrando meu bordado. — Seu trabalho é tão preciso.

— Olhe, a senhora nunca vai dominar este trabalho, pois seus dedos são muito gordos e desajeitados — ela replicou, afastando minha mão.

Em outra ocasião, eu estava aprendendo a dançar, já que se esperava que todas as damas de Gertrudes fossem dançarinas graciosas. Pratiquei com vigor, gostando das rápidas batidas de meu coração. Era quase como correr ou nadar, esportes dos quais sentia falta.

— Olhe para ela! — Cristiana me apontou para as outras. — Ela salta como uma cabra. Que falta de educação! Seria melhor colocar sinos em seus pés e deixá-la dançar em um festival popular. — Elas riram entre si e concordaram que eu deveria me controlar mais. Naquela noite, Elnora me encontrou chorando.

— Qual o problema agora? Vamos, não faça cara feia. Os maus humores vão deixá-la doente.

— Por que Cristiana me despreza? — gritei. — Como foi que eu a ofendi?

Elnora suspirou e se acomodou em um banco largo. Indicou um lugar perto dela e eu me sentei, ousando apoiar-me levemente nela. Ela não me afastou.

— Agora que a senhora está entre nós, Cristiana não é mais a menos respeitada, e, com sua pouca autoridade, vai atormentá-la — Elnora explicou, paciente. — A senhora já viu galinhas se bicando no quintal, cada galinha escolhendo aquela que é mais fraca que ela mesma? Então. É assim sempre que uma nova dama em preparação se junta à corte. Eu vi isso mais vezes do que posso contar nos meus vinte e cinco anos com a rainha.

Engoli ar.

— Vinte e cinco anos! — repeti. — Duas vezes mais que a minha idade. — Eu me encostei mais nela. — O que mais a senhora viu?

Elnora hesitou, em dúvida se respondia ou me mandava cuidar de minha vida. Para convencê-la, coloquei uma almofada em suas costas, e, agradecida, ela se acomodou.

— Agora estou velha e cansada — ela resmungou, chacoalhando a cabeça. — Mas não fui sempre assim. Já fui forte e bonita, embora não tão bela como a rainha. Sua escolha para que eu a servisse foi uma honra que está além do que eu mereço. Lembro-me de como chorei de alegria ao vê-la se casar com o rei Hamlet. Ela era então apenas uma menina, nascida nobre, e um modelo de virtude. Não foi criada na corte, mas no melhor convento da Dinamarca. O rei disse que se casou com um anjo, pois a pureza e a beleza combinam-se perfeitamente nela. Por sua vez, ele era um homem do mundo e um guerreiro. Foi um rei sábio e um bom juiz dos homens. Ele escolheu meu marido, lorde Valdemar, entre todos os nobres para ser um de seus conselheiros particulares — contou, orgulhosa.

— E como lorde Valdemar escolheu a senhora? — perguntei. Elnora sorriu da lembrança tão antiga.

— O pai dele e o meu lutaram juntos na batalha contra a Noruega muitos anos atrás, e prometeram seus filhos um ao outro quando meu senhor ainda era um jovem e eu não tinha largado o peito de minha mãe — disse.

Eu quis perguntar se ela tinha sido mãe, mas não arrisquei. Ela, no entanto, pareceu ter lido meus pensamentos.

— Não fomos abençoados com bebês, e eu lamento isso — ela confessou, com um suspiro. — Mas a vontade de Deus será atendida, querendo eu ou não — completou rapidamente. — Por outro lado, fui abençoada por cuidar da rainha durante seus confinamentos. Mais de um deles terminou em luto, com bebês nascidos muito cedo. É uma jornada de nove meses perigosa, a senhora sabe, tanto para a mãe quanto para a criança.

— Eu sei — sussurrei.

— Então veio o príncipe Hamlet, gritando e batendo desde o momento em que respirou pela primeira vez. Apesar de ele ser forte como um carvalho, sua mãe temeu que acontecesse um acidente ou que o menino caísse doente repentinamente. Ela quase não o deixava sair de sua vista. Mas, enquanto a rainha descansava, eu pegava o príncipe e o deixava rolar no campo para fortalecer-se. Algumas vezes fingi que ele era meu próprio filho. Ele sempre cativou o amor dos outros com muita facilidade. Agora o garoto nem pensa na velha Elnora. — Ela fungou e cobriu os olhos. Depois olhou para mim como se estivesse surpresa com minha presença. — Eu não deveria estar contando essas coisas para a senhora! — disse, repreendendo a si mesma. — Sente-se direito, não como uma lesma. Não, levante-se. Vá arrumar melhor os cabelos.

— Prometo que posso ser discreta — assegurei. Peguei sua mão, com sua carne macia e ossos retorcidos, entre minhas pequenas mãos, que não eram, como disse Cristiana, gordas e sem jeito. Então me levantei e fiz como ela me pediu.

Aprendi a agradar Elnora para que ela me tratasse com gentileza. Não a cansava com conversas, como as jovens damas normalmente faziam, mas ouvia enquanto ela passeava por suas lembranças. Ela me contou sobre o período negro, quando a Dinamarca esteve em guerra com a Noruega e uma longa seca trouxe fome para a cidade e para o castelo. Disse que uma praga estranha tinha proliferado, afetando centenas de pessoas, entre elas Gertrudes, e que ela mesma cuidara da rainha até que ela deixasse a beira da morte e recuperasse a saúde.

Fiquei surpresa ao saber que Elnora tinha um profundo conhecimento sobre remédios e ervas. Cortesãos e damas a procuravam em busca de poções do amor feitas com amor-perfeito, minha flor adorada. Aqueles com pulmões cheios a procuravam por seu simples, mas pungente, emplastro de mostarda. Como os olhos de Elnora estavam fracos e seus joelhos tremiam, eu a ajudava a recolher raízes e a medir pequenas quantidades de plantas secas. Acompanhava-a como alguém da família, fazendo o que ela mandava e antecipando o que ela queria.

Com Elnora fiz minha primeira visita a Mechtild, a sábia cujos conhecimentos sobre remédios eram lendários em Elsinor. Ela era uma misteriosa e reclusa figura a quem poucos tinham visto. Morava além da fronteira mais distante da cidade, por onde eu nunca tinha me aventurado. De tempos em tempos, Elnora a visitava para comprar ervas que não existiam em Elsinor e remédios que apenas Mechtild sabia como preparar. Implorei para que Elnora me deixasse acompanhá-la. Eu não apenas queria encontrar aquela estranha senhora como já tinham se passado meses desde que deixara Elsinor; sentia falta de estar na floresta de novo. Um dia ela concordou, e nós deixamos o castelo em uma liteira fechada por cortinas e levada por servos. Viajamos pela vila, parando nos limites da floresta. Andaríamos a parte final do caminho para a cabana de Mechtild, pois Elnora guardava segredo sobre sua missão. Ela se apoiou sobre meu braço. Eu a guiei ao redor das pedras do caminho e desviei das amoras e de galhos que estragariam sua roupa.

— Já lhe contei sobre a época em que Mechtild foi acusada de feitiçaria? — Elnora perguntou, parando para descansar encostada em uma grande rocha. — Seu acusador retratou-se depois que apareceram misteriosas bolhas em sua pele. Alguns disseram que aquilo provava as acusações, enquanto outros entenderam que se tratava de uma punição de Deus pelas mentiras que ele contara.

Meus olhos cresceram de curiosidade.

— Ela é uma feiticeira? — perguntei. Eu tinha lido sobre as pessoas que praticam a arte das trevas.

— Ela é poderosa, mas não está a serviço do mal. De qualquer maneira, eu não a enganaria nem a enfrentaria — disse Elnora.

A pequena casa de Mechtild, com seu telhado de palha, ficava perto dos limites da floresta. No limpo e vasto jardim, cresciam plantas exóticas e familiares, ingredientes para todos os vários remédios e unguentos apreciados na corte. A sábia mulher se aproximou com passos lentos. Ela parecia mais fraca que poderosa, e nem um pouco perigosa. A seu lado, seguia um pequeno cachorro preto tão magro e envelhecido quanto ela. Eu o evitei até que a pequena criatura lambeu minha mão num cumprimento amigável, e não me restou alternativa a não ser sorrir.

— Não tenha medo. Ele não vai machucar a senhora — Mechtild disse. Apesar de curvada quase em duas, ela me olhou com seus olhos negros que pareciam conhecer meu passado, enquanto Elnora tratava de seus negócios.

— A rainha tem tido problemas com noites em claro. Ela acorda e não consegue mais dormir, e seu pulso fica acelerado. O chá com papoula amassada não faz mais efeito.

Mechtild assentiu sabiamente e nos pediu que a seguíssemos pelo jardim. Sua exuberância selvagem nos conquistou, e estranhos aromas saudaram minhas narinas. Uma planta de caule negro subia por cima de nós, suas folhas verde-escuras, mais largas que as mãos de um homem, protegendo flores púrpuras que tinham o formato de sinos. Mechtild tocou nelas pensativamente.

— Beladona, talvez. Alguns frutos apenas. Folhas, molhadas no vinho, aplicar nas têmporas — a velha murmurou para si mesma, mas meus ouvidos captaram suas palavras e as levaram para minha memória. — Não a mandrágora, forte demais. Talvez substituir com uma infusão com uma gota de meimendro. — Assim que decidiu, ela colheu algumas folhas e frutos.

— Para a senhora, minha criança — Mechtild disse, virando seus olhos afiados para mim —, recomendo água destilada de morangos, pois ela não só amacia a pele como protege contra as paixões do coração.

— Sou muito nova. Não sei nada de amor — murmurei, olhando para o cachorro no chão.

— Ah, mas a senhora logo vai saber. Ninguém nesta corte permanece inocente nos caminhos do amor. Veja que você se importa com isso também. — ela respondeu, levantando um indicador dobrado para sustentar seu conselho.

Pensei no mau-caráter do Edmundo e em seus desejos obscuros. Lembrei-me de como estremeci quando Hamlet me puxou do riacho e me olhou. Como parecia que Mechtild conseguia penetrar minha mente, procurei mudar de assunto.

— A senhora tem algo para Elnora? — perguntei. — Apesar de ela não reclamar, sei que a dor que sente do lado sempre a incomoda, fazendo-a respirar com dificuldade.

— Ofélia! Este não é nosso objetivo hoje — Elnora me interrompeu duramente, mas sua repreensão foi amena.

— Hummm, uma garota preocupada. Cominho é o que aconselho. Raro e perfumado. Não está na lista de ervas de sua rainha, eu asseguro. Um emplastro aplicado do lado. Vou preparar agora. — Ela nos levou a sua cabana.

Dentro da casinha, um grande armário dominava o quarto de solteiro. Curiosa, observei quando Mechtild abriu as portas, revelando todos os instrumentos de um boticário. Ela pegou um almofariz e um pilão e começou a amassar as sementes enquanto Elnora acompanhava a quantidade.

Enquanto isso, meu olhar recaiu na prateleira mais alta do armário. Meus olhos pararam numa fila de potes negros, selados com cera vermelha, e com etiquetas estampadas com caveiras. Segurei a respiração com um som que fez Mechtild tirar os olhos de seu trabalho.

— Tintura de beladona. Grãos de ópio. Meimendro destilado. Se mal usados, podem levar à morte — ela explicou, sobriamente.

— Vamos, Ofélia. Tire os olhos para não atrair o mal — disse Elnora, fazendo o sinal da cruz e me empurrando.

Mechtild fechou a porta do armário e virou a chave. Tirou-a e empurrou-a fundo no bolso, onde a curva de seu velho corpo certamente guardava muitos segredos.

Pouco depois da visita a Mechtild, descobri um livro que Elnora abandonara por seus olhos estarem muito fracos para a leitura. Tão pesado quanto um cofre de moedas, ele tinha o título *O ervário* ou *A história geral das plantas*. Para mim, era um tesouro mais valioso que ouro. Quando me enfadava da costura, o que era muito frequente, eu me debruçava sobre o livro com um fascínio cada vez maior. Estudei seus desenhos precisos e guardei na memória as virtudes e usos de todas as plantas. Aprendi que, tomada com vinho, a peônia pode aliviar pesadelos e sonhos melancólicos. Quando uma mãe dá à luz, sementes de salsinha auxiliam no pós-parto. Ruibarbo acaba com a loucura e a agitação. Erva-doce aguça a visão e é um antídoto para alguns venenos. Tudo isso e mais eu guardei na memória. Logo Elnora começou a confiar em mim para criar novas misturas e tônicos. Copiei o emplastro de cominho de Mechtild, e Elnora sentiu melhoras em sua dor lateral. Ela me repreendeu menos por minha preguiça e melancolia, e me deixou mais tempo para estudar e escrever.

Desde que Elnora me permitiu estudar essa obra, que me envolveu completamente, tentei agradá-la acompanhando-a à capela. Ela me cutucava para que eu me atentasse quando o orador falava contra o orgulho e a vaidade. Também li os livros de conduta que ela me indicou para me ensinar moral, apesar de achá-los enfadonhos demais. Todos diziam que eu deveria me manter em silêncio, ser casta e obediente, do contrário o mundo viraria de ponta-cabeça. Eu zombava disso, suspeitando de que o autor não conhecia mulheres ou não gostava delas. Outro manual me aconselhou a manter silêncio, mas não sempre, e que eu deveria cultivar a arte da sabedoria, mas com conversas moderadas, o que era a marca de uma dama da corte. Preferi este último.

No entanto, eu não tinha oportunidade de fazer um discurso inteligente a não ser para mim mesma. Algumas vezes, enquanto trabalhava, eu imaginava as duas partes de uma conversa entre uma linda mulher e seu nobre pretendente. Ou discursava em minha mente contra os escritores ignorantes que condenavam as mulheres como frágeis e sem virtudes. Esses exercícios distraíam minha mente das tarefas servis que me faziam sentir a mais baixa das damas de Gertrudes. Eu precisava esvaziar o armário da rainha, tarefa que antes tinha sido de Cristiana. Também precisava pegar grandes baldes de água para o banho de Gertrudes e depois esvaziar a banheira, até meus pés ficarem machucados de correr do poço para as latrinas. Meus braços doíam.

Era desanimador ser escolhida como um novo enfeite e depois esquecido, um mero capricho. Gertrudes raramente falava comigo, mas eu a observava, meus olhos bebiam em sua beleza. Seus cabelos brilhavam como carvalho lustrado, e seus olhos cinzentos pareciam ocultar sua alma. Ela ainda tinha formas, e seu rosto não tinha rugas. As damas sempre elogiavam sua beleza, e ela adorava que lhe dissessem que era muito jovem para ser mãe de um príncipe adulto. Como ela, eu usava uma longa trança que às vezes enfiava numa touca que eu tinha feito, um tanto toscamente, com amores-perfeitos. Gostaria de saber se ela aprovava minha maneira de me vestir e meu comportamento. Machucava-me pensar que ela não tomava conhecimento de meus esforços para agradá-la.

A humildade foi uma virtude difícil para eu aprender, pois não gostava de estar sempre quieta, olhando para baixo. Embora olhando para baixo, um dia fiz uma descoberta surpreendente: novas curvas apareceram em meu corpo. Pequenos seios marcavam meu corpete de seda. Eles começaram a doer e latejar. Um dia minha toalete começou com um fluxo de sangue brilhante e uma dor aguda no intestino. Corri para Elnora.

— Eu me machuquei. Não sei como — gritei, em pânico.

Ela me acalmou e secou minhas lágrimas. Então trouxe-me toalhas limpas e explicou como a reprodução acontece. Fiquei encantada ao saber que agora meu próprio corpo podia criar uma criança, e fiquei com medo de pensar na dor que me esperava no futuro. Acordar um dia e tornar-me mulher era uma mudança de destino repentina.

Agora que era uma jovem mulher, decidi ter mais orgulho de meus vestidos e ornamentos, mesmo que eles tivessem sido usados por outras damas. Senti que algemas tinham sido tiradas de minhas mãos brancas. O duro colar que estava então na moda emoldurou meu rosto, dando um bom efeito, embora na primeira vez que o usei Cristina tenha me insultado.

— Seu pescoço é muito curto. A senhora parece um buldogue! — ela caçoou.

— E a senhora tem manchas no rosto que esqueceu de cobrir com maquiagem — revidei, o que a fez se irritar silenciosamente. Eu não precisava de maquiagem, pois minhas bochechas e lábios eram naturalmente brilhantes, e minha pele tinha ficado mais macia com a água de morango de Mechtild. Isso me agradou, e eu fiquei um pouco orgulhosa, mas acredito que, como uma mulher da corte, precisava controlar a vaidade.

Eu estava com treze anos, uma idade na qual muitas jovens começavam suas cortes e algumas já estavam prometidas. Curiosa, observei como homens e mulheres agiam na presença uns dos outros. Pratiquei como virar a cabeça e os ombros de um jeito que tinha visto uma das damas da rainha fazer enquanto conversava com um jovem lorde. Fiquei pensando se Hamlet acharia o movimento atraente. Vendo meu reflexo numa tina de água ou num espelho, pensei em quão surpreso Hamlet ficaria se me visse transformada de garota selvagem em dama. Mas não tínhamos nos encontrado desde aquele longínquo dia no riacho. Hamlet tinha partido para a Alemanha a fim de estudar na universidade de Wittenberg. Certamente sua cabeça estava muito cheia para pensar em mim, e eu tinha apenas alguns poucos minutos livres por dia para pensar nele.

Mais ainda, eu era lembrada diariamente de que minha presença na corte de Elsinor era inusitada e precária.

— Seu pai é um ninguém, e a senhora é nada, Ofélia — Cristiana me cutucou. — Não consigo descobrir o que a rainha vê na senhora. Ha! — Ela ria um pouco.

Não disse nada em minha defesa. Eu ainda estava irritada por meu pai parecer não se preocupar comigo e envergonhada da pobreza de nossa família. Por que, realmente, Gertrudes deveria me manter ali?

A resposta logo veio. Quando a rainha soube que eu fora alfabetizada em latim e francês, ordenou que eu lesse em voz alta enquanto ela e suas damas trabalhavam em seus bordados. Um dos livros favoritos de Gertrudes era *O espelho da alma pecadora*, que, segundo ela, fora escrito por Margaret, rainha de Navarra, na França. Eu lia em voz alta e traduzia ao mesmo tempo. Estava feliz por exercitar minha mente e os idiomas novamente. Embora ainda realizasse minhas obrigações de baixo nível, ousava crer que meu status na corte estava melhorando.

Gertrudes sabia que as outras damas não gostavam desses exercícios piedosos. Fechavam a cara para mim por eu ler preces e meditações enquanto elas preferiam fofocar. Mas, quando Gertrudes fazia suas preces, elas se curvavam, faziam o sinal da cruz e pareciam prestar muita atenção.

— Devemos observar nossa aparência neste espelho e refletir sobre nossos pecados — ela dizia, tocando de leve o livro. — Eu não cumprirei minhas obrigações, temo, se não cuidar do bem-estar espiritual de vocês. — Suas palavras e tom de voz quase pediam desculpas.

Logo descobri que a religiosidade de Gertrudes escondia um prazer secreto. Uma noite, ela me chamou a seu quarto. Seu cabelo estava solto, e suas mechas brilhavam à luz da vela. Ela usava uma roupa de noite cujo corpete tinha joias como botões. Ajoelhando como se para rezar, ela dispensou Cristiana, que largou o balde de água perfumada que estava carregando.

— Meus olhos cansados limitam minha devoção — ela disse. — Ofélia deve ler as Escrituras para mim.

Cristiana me encarou como o proverbial monstro de olhos verdes. Naquele momento levei um golpe do pensamento inacreditável de que ela estava com ciúme. Não tive tempo de aproveitar a descoberta, pois a rainha pedia minha atenção. Cristiana saiu fechando a porta, e eu fiquei, esperando. Gertrudes se levantou para pegar um pequeno livro de uma estante alta e voltou para um sofá, fazendo um gesto para que eu me sentasse a seus pés. Eu me sentei, silenciosa como um gato. O livro que ela me entregou me lembrou seus outros volumes devocionais. O título era *Heptameron*, e eu vi que também tinha sido escrito pela piedosa rainha Margaret.

Abri o livro na página marcada por uma fita. Comecei a ler em voz alta e descobri, para minha vergonha, que não era um livro de orações. Eu corei e minha voz saiu um pouco mais alta que um murmúrio ao ler a história de uma nobre seduzida por um belo mau-caráter e afastada de seu marido idiota. Elnora me puniria por estar lendo um livro como aquele! Ela me proibiria até de tocar sua capa! Porém, noite após noite, Gertrudes e eu passávamos uma hora ou mais nessa devoção, lendo histórias de amor e desejo. Depois da leitura, a rainha devolvia o livro para seu lugar e me desejava boa-noite. Eu ia para o meu quarto sentindo-me pesada de tanta culpa, mas ao mesmo tempo consumida pela curiosidade.

Uma noite, quando terminei a leitura, Gertrudes me deu alguns adornos — uma presilha perolada para o cabelo e um pequeno espelho rachado. Eu me ajoelhei e lhe agradeci. Então, confiante por sua demonstração de gentileza, arrisquei lhe fazer uma pergunta.

— A senhora é a rainha. Por que lê este livro em segredo?

Gertrudes suspirou.

— Boa Ofélia — disse —, o rei é um homem correto e que crê em Deus. — Tocou uma pintura em miniatura dele que carregava numa fita ao redor do pescoço. — Ele ficaria muito triste por saber que eu leio essas histórias que os homens dizem que não são feitas para os ouvidos das damas.

— E, como eu não sou uma dama, eles não me fazem mal? — perguntei.

Gertrudes riu, um som musical, como carrilhões.

— A senhora é ao mesmo tempo esperta e inteligente, Ofélia. Suas palavras são usadas na medida certa. Além disso, a senhora é honesta. Sei que posso confiar na senhora para não fofocar sobre meu gosto por romances.

— Eu também acabei tomando gosto por essas histórias — confessei —, pois me agrada ler sobre mulheres inteligentes que encontraram o amor.

— A senhora tem o espírito de uma dama, Ofélia. Embora não tenha nascido entre as pessoas de posses, a senhora crescerá — disse Gertrudes, beijando levemente minha testa.

Quase chorei a seu toque, cuja sensação durou em minha memória. Os lábios de minha mãe eram tão macios?

— Por que sou privilegiada? — sussurrei.

— Porque Elnora é uma puritana e Cristiana é egocêntrica e boba — ela explicou, entendendo-me errado. Foi o beijo, mais que a leitura, que guardei como um tesouro. — A senhora, Ofélia, é sensível, mas desconhece as coisas do amor e da paixão. É necessário aprender os caminhos do mundo e as manhas dos homens, assim poderá resistir a eles. Então, leia livremente, minha querida.

Fiquei surpresa por ver que Gertrudes, que parecia não ter me notado, na verdade me entendia tão bem. Então, seguindo sua ordem, li muito, em segredo, e as histórias completaram minha educação para a corte. Enquanto aprendia a importância da virtude com os livros de conduta de Elnora, os romances de Gertrudes me apresentavam as delícias do amor e os meios de alcançá-las. Eu imaginava e ansiava pelo momento em que teria idade suficiente para aproveitar aqueles prazeres.

Algumas vezes, no entanto, questionava uma história ou outra. Uma noite li para Gertrudes sobre um oficial ciumento que tinha matado a esposa com uma salada envenenada porque ela tinha um amante mais jovem. A história deixou Gertrudes alegre, mas eu não senti o mesmo.

— O quê? A senhora é uma puritana que não vai rir? — ela me repreendeu.

— Não, mas me incomoda ler que o erro da mulher levou seu marido a matá-la. Ela era mais fraca que má — eu disse.

— É ficção, Ofélia, não uma história real. Muitas vezes gostamos de ler sobre feitos e desejos que não ousaríamos realizar. Esse é o prazer de uma história como essa.

— Mas não posso acreditar que homens e mulheres fariam essas coisas más em nome do amor — argumentei.

— Oh, mas eles fazem e farão — ela respondeu com jeito de quem sabe o que está falando. E isso encerrou nossa conversa.

Alertada por conta da sabedoria de Gertrudes, passei a prestar mais atenção às fofocas de Cristiana e das outras damas. Descobri que era verdade que a vida em Elsinor era muito parecida com as histórias que eu e Gertrudes compartilhávamos. Tanto homens quanto mulheres procuravam grandes prazeres com pouca culpa. Mas, enquanto as damas desejavam satisfazer seus desejos no amor, era o fascínio pelo poder que mais atraía os homens.

Meu pai, concluí, estava entre esses homens. Ele queria conhecimento, alguma informação secreta que pudesse usar em benefício próprio. Passei a desconfiar dele quando vinha me visitar, usando a máscara de um pai amoroso. Quando ele me chamou em particular, suas questões foram diretas.

— Minha menina, quais as novidades na câmara mais íntima da rainha?

— Nenhuma, meu lorde — respondi, a discrição controlando minha língua.

— Lorde Valdemar é mais reconhecido que eu? Fale! — ele exigiu.

— Não sei dizer, meu lorde. — Era verdade; eu sabia pouco sobre o marido de Elnora.

— Não sabe dizer? — ele falou, me imitando. — É melhor você me contar tudo o que sabe. É sua obrigação como minha filha.

Fiquei em silêncio. Não ousei lembrá-lo de sua obrigação, como pai, de me amar e me proteger. Mas não escondi meu ressentimento.

— Começo a ver que o senhor me colocou a serviço da rainha não para meu próprio benefício — eu disse —, mas para ser sua espiã.

— Menina mal-agradecida — ele gritou, e, por um momento, pensei que me bateria. — De onde está, você consegue ver longe e claramente. E, se você for inteligente — ele disse, batendo na cabeça com a ponta dos dedos —, os grandes avanços serão seus. Agora deixe de besteira e me responda. Como a rainha gasta seu tempo quando está sozinha?

Decidi enfrentar sua raiva. Não contei nada sobre as histórias que líamos. Virei-me e saí.

— Ofélia, volte aqui! — ele exigiu, e pude perceber a fúria em sua voz. Mas não obedeci nem olhei para trás. Dei-me conta de que amava Gertrudes e guardaria seus segredos para sempre.

Depois de quatro anos com a rainha, aprendi a arte de ser uma dama. Aos quinze anos, minhas formas eram as de uma mulher. Eu tinha quase a mesma altura que a rainha Gertrudes e imitava seus gestos. Até mesmo seu jeito de inclinar a cabeça.

— A natureza criou, mas os cuidados com sua criação deixaram a senhora perfeita — Gertrudes sempre dizia, com orgulho, como se eu fosse uma invenção dela, esculpida de um pedaço de madeira que parecia não servir para nada. Suas palavras amenizavam de alguma forma as ferroadas das críticas de Cristiana e a frieza das outras damas. Ao contrário delas, eu não era filha de um conde ou duque nem prima de um príncipe europeu. Eu sabia que elas achavam que eu não merecia meu lugar. Eu não tinha um amigo verdadeiro na corte, exceto Elnora.

Segui alguns dos conselhos de meu pai, pois ele não era estúpido. Era cuidadosa e observadora, e minha reputação de honesta e discreta me aproximou cada vez mais da rainha. Quando o rei vinha ao quarto de Gertrudes para jantar, eu tinha a honra de servi-los. No começo ficava aterrorizada por estar tão próxima do rei, mas logo me dei conta de que ele era mortal como qualquer homem. Enchia seu copo e o ouvia arrotar, retirava seu prato com metade da carne roída no osso.

Gertrudes comportava-se amorosamente com seu marido. Ela alisava seu cabelo grisalho e o provocava, dizendo que não estava mais preto como o de seu filho. O rei, por sua vez, falava docilmente com Gertrudes, chamando-a de rolinha e olhando-a de uma maneira que me fazia sentir dor. Quando a conversa deles recaía sobre coisas do estado, era em voz mais baixa, pois o rei nunca falhava em sua discrição. No entanto, uma noite ouvi uma discussão em relação a Cláudio, o irmão mais jovem do rei. Sua lascívia era assunto de fofoca na corte, assim como os relatos de suas bebedeiras. O rei estava irritado com alguma transgressão recente dele, algo que não consegui captar.

— Ele me desobedece de propósito e me deixa maluco — reclamou o rei, enquanto Gertrudes tentava amainar sua cólera.

— Tenha piedade de seu irmão. Ele é um homem de muitos desejos e desencantos.

— Bah! Você é muito tolerante. Ele precisa apenas de duas coisas: uma esposa para cuidar dele e seu próprio reino para governar — o rei rosnou em resposta. Foi a única vez que ouvi o rei e a rainha discordarem.

Quando estavam prontos para se retirar, eu levava vinho doce e limpava a mesa, apagava as velas e saía, trancando as portas atrás de mim. Pela manhã, o rei já não estaria ali e eu ajudaria Gertrudes enquanto ela se lavava e se vestia. Curiosa, eu procurava por sinais que indicassem que o amor a tivesse mudado de alguma forma, mas ela só me parecia estar com os olhos pesados e cansada. Seu interior era um enigma para mim.

Eu acreditava que o rei Hamlet e a rainha Gertrudes se amavam e eram sinceros. Também acreditava que os ministros do rei eram leais e as damas da rainha, honestas. Mas, com o tempo, percebi que a corte de Elsinor era um belo jardim onde serpentes se escondiam pela grama. Muitos que pareciam sinceros eram falsos. A febre da ambição levava tanto homens quanto mulheres a conseguir melhorar suas posições, mesmo que por traição ou mentira. Eles rapidamente subiam na Roda da Fortuna, e com a mesma velocidade eram arruinados. Uma das damas de Gertrudes perdeu sua posição quando se descobriu que estava grávida do ministro-chefe do rei. Ela partiu para a casa de um primo, desgraçada, enquanto o ministro manteve seu posto e foi considerado um homem generoso por reconhecer o filho. Até mesmo eu pude perceber que a dama fora tratada com muita injustiça.

O favor era como uma rosa, gloriosa ao desabrochar, mas efêmera, escondendo os espinhos abaixo da flor. Os maus sempre conseguiam favores, não os virtuosos ou humildes. Elnora devia ser uma exceção, mas Cristiana confirmava a regra, assim como seus pretendentes, Rosencrantz e Guildenstern. Esses homens tinham sido expulsos em desgraça do exército do rei norueguês Fortinbrás por alguma traição desconhecida. Agora, empregados pelo rei Hamlet, exibiam roupas finas e gestos alegres, frutos de sua traição. Eram parecidos como gêmeos em suas buscas por favores do rei e das damas. Cortejada pelos dois, Cristiana preferia Rosencrantz, eu acho, pois ambos eram recebidos com a mesma risada tímida e os mesmo seios pressionados por seu corpete calculadamente frouxo.

Eu me perguntava o quanto Cristiana conhecia sobre as coisas do amor. À minha volta, eu assistia a paixões surgindo como nas picantes histórias francesas que lia com Gertrudes. No salão principal, damas e cavalheiros bebiam até a conversa tratar de temas sexuais. Ao passar por escadarias escuras, eu esbarrava em amantes trocando carícias, beijando-se ou mais. Eu me desculpava, mas eles apenas riam de meu constrangimento. Em voz alta, Elnora lamentava o declínio da honra nos homens e da virtude nas mulheres.

— Há muita cantoria e dança. Essa leveza enfraquece os controles da virtude — ela reclamava, as mechas brancas balançando. — Quando eu era jovem, respeitávamos as maneiras da corte, mas hoje o mundo todo caminha para a ruína.

Eu entendia por que Gertrudes chamava Elnora de puritana. Embora eu duvidasse que o comportamento dos amantes tivesse mudado muito em quarenta anos, não contradizia Elnora.

— Seja moderada em seus desejos, Ofélia. Controle sua língua e tranque o tesouro que há em seu peito — Elnora avisava, me examinando como se procurasse falhas. — Acredito que não dará assunto para que fofoquem da senhora. A senhora é uma menina honrada.

Apesar da aprovação de Elnora, eu me sentia mais cuidadosa que virtuosa. Falava pouco, não porque achasse que o silêncio era uma virtude superior, mas porque satisfazia minha curiosidade ouvindo, observando e lendo. Algumas vezes queria ter nascido homem, assim poderia ser um *scholar*. Pelo menos Gertrudes aprovava meu hábito de estudar e me permitia ler o que eu quisesse. Quando devorei o grande *Ervário*, senti necessidade de buscar mais conhecimento sobre as coisas comuns que estavam a meus pés. Li sobre as terras distantes das Índias e sobre as fantásticas criaturas descobertas na terra e no mar pelos viajantes. Laertes estava estudando na França, e eu me debruçava sobre os mapas da Europa marcando as cidades que ele descrevia nas cartas que de vez em quando me enviava. Meus dedos invejosos traçavam as rotas que meu irmão e Hamlet viajavam na França, Alemanha e Países Baixos.

Eu queria saber sobre lugares distantes e desconhecidos, e mais ainda sobre o amor. Mantinha alguns livros escondidos no meu baú, lendo-os à noite, à luz de velas. Secretamente devorei *A arte do amor*, pois todos os moralistas condenavam-no como um livro perigoso. Imaginei-me visitando as malditas terras da Itália, onde os homens são ensinados a conquistar virgens e as mulheres têm muitas liberdades. Lendo o poeta Ovídio, aprendi que ninguém pode resistir ao amor, pois a água macia desgasta a pedra, e até o solo mais duro no final se desfaz diante do arado.

Dos livros que li, meus conhecimentos sobre o amor eram vastos, mas minha experiência era nula. Eu pensava nesse paradoxo quando deitava em minha estreita e solitária cama. Quando encontraria o amor?

Enquanto eu lia livros sobre o amor entre os muros do castelo de Elsinor, o mundo era a escola de Hamlet. Ele estudava na grande universidade alemã e velejava para a Inglaterra e para a França com Horácio. Uma vez ele esteve fora da Dinamarca por vários meses, e Gertrudes foi pura melancolia durante sua ausência. Apenas uma carta trazendo notícias sobre sua volta conseguiu animá-la, e ela celebraria seu retorno ao lar com todas as cerimônias de um feriado ou festival religioso. Grandes caixas de alimentos foram entregues para a festa, músicos foram convocados, e novos uniformes deixaram guardas e soldados brilhantes. Na chegada do príncipe, a excitação tomou conta de Elsinor até seus recantos mais escuros.

Em um verão, quando Hamlet chegou queimado de sol de alguma aventura pelos mares, Gertrudes abraçou-o e o acariciou como se ele ainda fosse um garoto. A seu comando, levei para o quarto dela vinho e comida para eles. Ela estava tão interessada no filho que nem me viu. Hamlet não me cumprimentou, tampouco nossos olhares se cruzaram. Fiquei desapontada, mas ao mesmo tempo aliviada, pois teria corado e gaguejado se ele tivesse falado comigo. Talvez, pensei, ele não tenha me reconhecido. Eu tinha mudado muito em quatro anos. Hamlet, agora com vinte e dois anos, não estava mais alto, e sim mais musculoso, e parecia mais intenso que antes. A experiência tinha lhe esculpido novas expressões e lhe dado gestos do mundo.

Gertrudes estava com ciúme da companhia do filho e gastou várias horas com ele, rindo de suas histórias inteligentes e ouvindo sobre suas viagens. Às vezes o rei se juntava a eles, e eu via o pai de Hamlet fechar a cara, desaprovando a luminosidade dos dois. Mas, quando tratavam de assuntos deles, o rei Hamlet e a rainha Gertrudes se uniam na lei e no amor, demonstrando todo o orgulho pelo filho. O príncipe Hamlet brilhou por sua própria glória, e os cortesãos ficavam em torno dele como pequenas luzes ao redor de seu sol. Eu suspirava e desejava que a luz deles recaísse sobre mim.

Meu desejo foi logo atendido. Um dia eu descansava na longa galeria que levava para os aposentos de Gertrudes. Cristiana estava sentada trabalhando com sua agulha ao sol que entrava pelas altas janelas e batia no chão, então se espalhando pelos arcos e no grande salão do andar de baixo. Nas paredes entre os arcos, estavam penduradas tapeçarias trabalhadas com cenas das *Metamorfoses* de Ovídio, contos de deuses e humanos transformados pelo amor.

Eu contemplava um retrato de Diana, a caçadora. Seu arco largado no chão enquanto ela se banhava, com metade do corpo mergulhado na água. Eu me lembrei do tão distante dia quando estava nadando no rio, livre como um peixe, e Hamlet apareceu. Estudei a deusa na tapeçaria. Seus olhos estavam tristes, e seu cabelo, tecido com fios de ouro, cobria seus seios, mas o quadril e as coxas estavam nus. Espionando Diana por entre os arbustos estava o caçador Acteon, que não conhecia o terrível destino que o aguardava.

Cristiana pegou meu bordado, alguma coisa de linho que não me importava.

— Seus pontos são muito longos. A senhora é simplesmente preguiçosa — ela disse, e o jogou de lado.

Enfrentei a crítica com minhas próprias palavras duras.

— Meus pontos seriam menores se minha agulha fosse afiada metade do quanto é o seu nariz — retruquei.

Elnora dormia numa cadeira, com o bordado no colo. Nossas vozes não a fizeram nem se mexer. Como uma velha gata, ela dormia cada vez mais, algumas vezes acordando apenas para se posicionar no sol e dormir de novo. Eu me levantei para pegar meu *Ervário*, pois queria tentar uma nova mistura de ervas para as novas dores dela. Como sempre, Cristiana aproveitou a oportunidade para caçoar do meu costume de estudar.

— A senhora nunca terá um homem entre as pernas enquanto fizer amor com este grande livro empoeirado — ela disse, em tom de desprezo.

— Cuide de suas coisas. No fim você levará uma ferroada sem perceber — rebati friamente, enquanto ela enfiava a agulha no tecido e me encarava. Eu gostava de vê-la furiosa.

A entrada repentina de Hamlet e Horácio colocou fim em nossa discussão. Eles estavam concentrados conversando, mas pararam ao nos ver.

— Eu procuro minha mãe, mas achei diversão mais jovem — disse Hamlet. — O que você acha de um jogo com as damas?

Sem esperar pela resposta de Horácio, Hamlet curvou-se e levou a mão de Cristiana aos lábios. Ela começou a tremer como um inseto e deu uma risada doce.

— Como vai minha dama Ofélia? — perguntou Horácio, fazendo uma reverência.

— Bem, obrigada.

Percebi que Horácio estava agora mais alto que o príncipe. Seu cabelo, ainda da cor da luz do sol no trigo maduro, caía pelos ombros, revelando uma larga e grande sobrancelha sobre os olhos sinceros. Ele não tinha a beleza nobre de Hamlet, mas uma mulher poderia gostar de sua aparência.

Hamlet então se virou para me cumprimentar, embora não tenha tentado pegar minha mão.

— A cerva selvagem tornou-se elegante — ele disse, mostrando que reparara em minha transformação. Ousei olhar para ele.

— Na verdade, meu lorde, este colarinho e esta corrente me controlam — eu disse, tocando meu colarinho e as bordas de minha roupa na cintura, onde estavam pendurados meus instrumentos de bordado. — Temo que tenha sido domada à força.

— Ela marcou um ponto, um ponto de verdade! — gritou Hamlet, e cambaleou como se tivesse sido tocado por uma espada. — A inteligência desta dama é afiada como uma espada.

Eu ri da reação divertida, vendo em Hamlet o menino vivo que ele já fora. Cristiana olhou de mim para Hamlet, a suspeita brilhando em seus olhos.

— Vamos pedir às damas que se juntem ao nosso debate — disse Horácio, sentando-se em um banco com suas longas pernas largadas. — Qual beleza deveria ser mais valorizada pelos amantes verdadeiros: a beleza do corpo ou a beleza da mente?

Considerei a pergunta de Horácio de muita sorte, pois era uma chance de falar sobre o amor como as nobres damas do *Livro da cortesã*, de Castiglione.

— Eu sustento — disse Horácio — que a beleza de uma mulher eleva o espírito de seu amante a um nível mais alto de bondade.

Enquanto eu pensava em como responder ao elevado raciocínio, Hamlet dirigiu-se a Horácio.

— Meu amigo, você sabe que a beleza encanta a alma dos homens e os faz desejar o prazer. Veja, olhe Diana, cujas muitas belezas distraíram Acteon de sua caçada. — Ele gesticulou em direção ao tapete.

Carrancuda, Cristiana olhou de Hamlet para Horácio, parecendo confusa.

Minhas mãos tremiam e eu as segurei firmemente, pois estava prestes a contradizer o príncipe.

— Meu lorde, Acteon exagerou em observar a deusa. Ser transformado em um veado e devorado por seus próprios cachorros foi uma punição correta — retruquei.

— Na verdade, embora estivesse nua, a virtuosa Diana não fez nada de errado — concordou Horácio.

— Sim, e agora você vai me dizer que o desejo transforma homens em monstros — disse Hamlet, com desprezo. — Eu rejeito isso.

— Voltando à questão de Horácio — eu disse, em tom sereno —, acredito que uma mente virtuosa dure mais que a beleza fugaz da juventude e por isso é mais recomendável.

— Bem colocado — elogiou Horácio, com um aceno para mim.

— Se não fôssemos bonitos, quem nos amaria? — reclamou Cristiana, satisfeita por ter falado. Então ela colocou os ombros para trás, jogando os seios para a frente, e, olhando de Hamlet para Horácio, soltou um longo suspiro.

Lady Elnora fungou e se mexeu enquanto dormia, e sua touca escorregou sobre os olhos.

— Um homem cego poderia amar uma mulher pouco favorecida — disse Horácio, olhando de relance para Elnora. Cristiana riu. Carrancuda, arrumei a touca de Elnora para que ela não parecesse tão tonta.

— Então o cego é enganado, e a mulher é uma feiticeira! — redarguiu Hamlet, batendo nas coxas para dar ênfase. — E aqui temos mais uma vez: as mulheres são devassas, pois fazem os homens as desejarem.

Hamlet riu da própria piada, mas Horácio teve a delicadeza de parecer desconfortável. Achei a conclusão de Hamlet injusta, e, abandonando meu jeito modesto, falei claramente:

— Lorde Hamlet, parece que o senhor vê todas as mulheres como traiçoeiras, sejam elas bonitas ou feias. Talvez o problema esteja no homem que acredita apenas em sua visão e é um escravo de seus desejos!

Minhas palavras foram recebidas com silêncio. Hamlet levantou as sobrancelhas, surpreso. Meu coração batia como se pudesse ser ouvido. Depois de um momento, Hamlet falou:

— Eu abandono o combate. Horácio, a mente desta dama é páreo para a minha, e sua beleza cresce com a sabedoria com que ela fala.

Os olhos de Hamlet, azuis como o céu ao cair da noite, encontraram os meus. Senti-me como um marinheiro que localizou a estrela do norte e traçou seu curso a partir daquele ponto brilhante. Não desgrudamos nossos olhares até que ele levantou e se curvou.

Assim que Hamlet e Horácio saíram, Cristiana virou-se para mim.

— Que besteira é essa de mente e rostos bonitos? E quem é essa dama, Diana? — ela perguntou, como se tivéssemos falado de alguém de Elsinor.

— Como a senhora pode ser tão ignorante? — reclamei, espantada. — Realmente nunca ouviu falar do mito de Ovídio?

— Como pode ser tão atirada perante o príncipe? — ela lançou de volta.

— Não há vergonha nenhuma em falar de ideias, mas sim em exibir seu seio como uma rapariga numa taverna — falei, ficando mais agitada.

A malícia passou pelos olhos verdes de Cristiana.

— A senhora acha que ser inteligente faria o príncipe da Dinamarca, ou qualquer outro homem, querer se casar?

— Ha! Não tenho nenhum plano a respeito de Hamlet! — gritei. Talvez eu tenha protestado muito alto. — É a senhora que está armando uma armadilha com essas duas belezas das quais tem tanto orgulho.

— A senhora é cruel — ela disse, como uma criança petulante. — E não se pôs no seu devido lugar. Gertrudes vai saber disso — ameaçou.

Soltei uma gargalhada. Deveria ter segurado a língua e prestado atenção nos conselhos de Elnora. Mas a humildade estava longe de minha mente, preenchida com os elogios de Hamlet. Meu único pensamento era que eu deveria achar uma maneira de vê-lo outra vez.

Não precisei esperar muito. Naquela noite, Gertrudes me pediu para colher ervas frescas no jardim. Eu estava contente por escapar das reclamações e ameaças de Cristiana. Desci correndo a escada espiral da torre, ficando zonza na escuridão. Acima de mim, luzes fracas brilhavam nos aposentos de Gertrudes. Embora uma neblina cobrisse o jardim, eu sabia de cor a localização de cada planta e consegui me orientar no escuro. Andei com segurança e sem medo, sabendo que os limites do jardim eram protegidos por muralhas. Colhi alecrim, sentindo sua resina grudenta cobrir minhas mãos. Eu ia destilá-lo, depois misturá-lo com cravo e outros condimentos, fazendo uma mistura para facilitar a respiração.

Ao encontrar a essência de lavanda, ajoelhei-me e deixei o doce aroma coçar o nariz e a garganta. Enquanto estava agachada na grama fria, vi uma forma fraca e silenciosa se aproximar. Fiquei mais confusa que assustada ao ver que a figura que saía da neblina tomava a forma de Hamlet.

— E agora, Ofélia? — ele disse suavemente na minha frente.

Não respondi logo, pois minha língua estava congelada de surpresa. Hamlet pegou minha mão e eu me levantei.

— Boa noite, senhor — consegui dizer. — Como o senhor me viu no escuro?

— A senhora brilha de virtude, e a luz me atrai como um inseto para a chama — ele respondeu. Um sorriso brincou ao redor de sua boca e, como se fosse contagioso, espalhou-se por meus lábios.

— O senhor me bajula com elogios de poeta — disse, olhando de lado para esconder meu rosto dele. — Mas o sorriso não nos pertence, pois o senhor não é um inseto e eu não sou fogo.

— O que eu deveria dizer? Acho que a senhora suspeitará de todas as minhas palavras — ele me repreendeu gentilmente.

— Diga que o senhor queria me ver de novo e me procurou, se essa é a verdade — falei apressadamente. Assustando-me com meu próprio discurso, tirei minha mão da dele e a segurei com a outra, para me controlar.

— É verdade. — Ele fez uma pausa, e um longo momento se passou até que falou de novo. — A senhora mudou muito, Ofélia. Não está como eu me lembrava.

Vibrei ao ouvir que ele tinha pensado em mim enquanto estivera fora.

— Temi que os corvos e gralhas que cuidam de minha mãe a tivessem tocado do ninho deles há muito tempo, mas a senhora está cheia de penas, pelo que vejo — ele disse, me provocando.

— Ainda bato as asas contra as grades de minha gaiola — confessei, com alguma tristeza —, pois Elsinor algumas vezes parece-me uma prisão. — Imediatamente me arrependi do que disse, pois não queria soar malagradecida. — Eu só queria ir e vir livremente...

Desmontei, pois Hamlet me surpreendeu acariciando minha bochecha levemente com as costas da mão.

— O pássaro ficará tranquilo se eu entrar na gaiola dele? Ele ficará feliz? — perguntou. Sua voz tinha uma nota de ternura que fez minha garganta se fechar.

O que eu poderia dizer diante desse pedido? Sem conseguir falar, simplesmente assenti. Hamlet pegou minha mão de novo e a levou aos lábios. Não consegui ficar sem olhar para seu rosto. Quando seus olhos encontraram os meus novamente, senti a verdade sobre a qual os filósofos falam, que o amor penetra pelos olhos e acerta a alma. A flecha de Cupido tinha me acertado, atiçando uma chama em meu coração e por todo o meu corpo.

— Eu queria que o senhor viesse — sussurrei.

— Eu queria ver a senhora — ele confessou.

De repente, fiquei com medo do fogo que queimava dentro de mim, produzindo um calor que se espalhou por todo o meu rosto.

— É muito perigoso — eu disse, enquanto me aproximava dele. — O senhor sabe que nada acontece sem ser visto. Ouço passos? Devo ir agora. — As palavras caíram rapidamente de meus lábios.

— Não, fique — ele pediu quando comecei a me afastar. — Não há nada a temer. — Parei e deixei que ele pegasse meu braço, sentindo prazer com a pressão de sua mão.

— Venha para a luz da lua, pois quero ver sua beleza e sua inteligência, que são tão abundantes que fazem meu coração parar de bater.

— O senhor brinca de novo. — Eu ri. — Seu coração não parou de bater, ou o senhor estaria morto.

— Ofélia, a senhora é uma filósofa por natureza! Admito que meu coração ainda bate. Permite-me admirar sua beleza?

— Sei o que pensa da beleza. Devo prezar pela minha honra — respondi displicentemente, deixando que ele continuasse segurando minha mão.

— Ofélia, a senhora ainda não me conhece. Não pense que expressei minhas verdadeiras crenças hoje. Para o mundo, uso uma máscara que esconde meu verdadeiro eu, que a senhora vê agora.

Olhei longamente para seu rosto, sem conseguir entender o que ele quisera dizer.

— Não vejo nada no escuro. Infelizmente, lorde Hamlet, eu pouco conheço o senhor, nem conheço a mim mesma. Boa noite. — Virei-me e andei rapidamente para longe dele, assustando um coelho que apareceu na minha frente como se fosse meu próprio coração aos pulos.

Não dormi naquela noite, me repreendendo por ter fugido de medo. Repassei todas as palavras que havíamos dito buscando seus sentidos verdadeiros, mas não encontrei nenhuma certeza. Tinha visto o verdadeiro Hamlet ou ele estava usando uma máscara? Ele realmente me achava bonita?

Pela manhã, levantei-me com a intenção de revisitar a cena de nosso encontro. O dia todo foi um arrastar inútil e distraído. Então me ofereci para pegar lavanda fresca para espalhar no quarto de Gertrudes, e, naquela noite, ajoelhei-me de novo, recolhendo nos braços os ramos dourados e com pontas púrpuras. Aspirei seu perfume para acalmar os pensamentos, ao mesmo tempo em que torcia para que Hamlet aparecesse. E ele apareceu. A presença abstrata no meio da neblina transformou-se novamente na sólida figura de Hamlet.

— Nos encontramos de novo, Ofélia — ele disse, tocando minha mão.

— Eu queria que o senhor viesse — respondi.

— E seu desejo se realizou. Aqui estou.

Enquanto falava, ele me levou para um abrigo feito com os altos arbustos que marcavam o limite do labirinto que eu sempre via de minha janela. Era um lugar secreto em que nunca ousara entrar, com medo de que me perdesse. Agora um impulso repentino tomava conta de mim.

— Siga-me, se o senhor conseguir! — sussurrei, então me virei e desapareci no labirinto. Eu sentia meu caminho, deixando a lavanda cair enquanto corria. Virei à esquerda, depois à direita, e de novo e de novo. Vi-me no centro do labirinto sem nenhum outro lugar para onde correr. Tomando fôlego, ouvi o sangue acelerado em meus ouvidos. Quando Hamlet apareceu, carregando as ervas que eu tinha derrubado, soltei um pequeno grito, como uma criança feliz por ter sido encontrada.

— Por que a senhora fugiu de mim de novo? — ele perguntou.

— Não sei. Eu costumava correr por prazer quando era mais nova. — Hamlet assentiu, como se se lembrasse. Esfregou um ramo de lavanda entre os dedos, soltando um doce aroma, e traçou o contorno de minha testa e nariz. Eu sorri em resposta.

— A senhora me surpreende, Ofélia — ele disse.

— Eu o trouxe para este labirinto, isso é verdade. E agora estou perdida aqui.

Eu só conseguia ver as pontas do cabelo de Hamlet, iluminadas pela lua. Seus dentes brilhavam num sorriso, apesar de o rosto estar obscurecido.

— Não, eu estou perdido. Pois no centro deste caminho tortuoso descobri... a senhora. — Ele começou a procurar palavras. — A senhora, Ofélia, que eu amaria. Se a senhora... conseguisse me amar.

Como não saíram de sua boca como um discurso ensaiado, acreditei nas palavras de Hamlet. Eu queria que elas fossem verdadeiras. E minha própria resposta foi dita com a mais profunda verdade.

— Eu nunca amei antes — confessei. — Tenho medo de perder o pouco que tenho.

Ele entendeu que eu me referia à minha virtude, minha única riqueza, pois respondeu:

— Ofélia, sei que é a mais honesta e virtuosa. Prometo lhe servir de verdade e com honra.

Levantei o queixo para ver melhor o rosto dele, e seus lábios encontraram os meus. Foi um beijo rápido, mas sua boca, apesar de suave, pareceu ter absorvido toda a minha força, me deixando fraca. Seus braços, ao redor de minha cintura, me levantaram. Ele me ofereceu um segundo beijo, e eu roubei um terceiro. E eu queria mais, pois o toque de seus lábios era puro prazer. Mas não queria parecer apressada ou pouco modesta, por isso virei o rosto. Então Hamlet beijou minha orelha, e sua respiração alcançou a base de minha espinha.

— Devo ir agora — sussurrei. — Embora quisesse ficar.

Relutante, Hamlet afrouxou o abraço e me levou para a saída do labirinto. Então pegou no bolso algo embrulhado em um papel e o pressionou contra minha mão. Depois de lhe dar um último beijo, corri pela grama úmida de volta para o castelo. Tinha esquecido completamente a lavanda que colhera para Gertrudes.

Sozinha em meu quarto, eu tremia de excitação. Como podia ser que eu, que nunca tinha sido beijada antes, fosse beijada pelo príncipe da Dinamarca, não uma vez, mas várias? Ele realmente tinha me falado de amor? Era inacreditável que eu, a humilde Ofélia, pudesse ser cortejada pelo príncipe Hamlet. É claro que eu já tinha imaginado isso. Então me lembrei do presente de Hamlet que eu tinha enfiado no bolso enquanto corria. Eu o peguei, desembrulhei e encontrei uma miniatura de pintura enquadrada, suspensa por uma corrente. A medalha mostrava o deus Janus com duas faces, uma mascarada como um ator cômico, a outra com uma aparência trágica. Fiquei confusa sobre o significado daquilo. As máscaras significavam os disfarces de que Hamlet falara? O presente prometia um novo começo de amor, uma vez que o mês de janeiro marcava o começo de um novo ano?

Caí no sono enquanto minha mente revirava essas questões. Levantei no meio da noite e misturei água de cevada e sementes de papoula para acalmar meus pensamentos, que rodavam. Para minha surpresa, Cristiana ainda estava vagando, escondida. Ela passou e eu senti o perfume de lavanda. Tocou num buquê fresco, preso na cintura.

— A senhora desapontou a rainha por não ter voltado com as ervas, e agora ela me agradece por ter perfumado o quarto dela. — À luz da lua que entrava pelo corredor escuro, eu a vi apertando os olhos. — A lavanda faz uma cama macia para o amor, não faz?

Olhei para seu vestido e vi que a barra estava úmida e suja de terra.

— A senhora é espiã de quem? — sussurrei, usando o desprezo para mascarar meu medo. Ela tinha me seguido até o jardim como uma serpente traiçoeira? Apenas imaginou que eu tinha encontrado alguém lá, ou nos tinha visto, apesar da escuridão?

Hamlet e eu levávamos nossa relação furtiva como se guardássemos algum segredo de Estado. Na companhia de outras pessoas, éramos formais, combinando encontros privados com nossos olhares e em cartas que trocávamos. Preferíamos nos encontrar ao ar livre, pois os cantos escuros de Elsinor poderiam esconder espiões e amantes. O chorão que se dobrava sobre o rio nos protegia de todos os olhares, e o labirinto guardava nosso segredo. Ninguém, a não ser Horácio, sabia de nossos encontros. Ele era ao mesmo tempo nosso mensageiro e nosso guarda. Seu cuidado nos salvou de sermos descobertos várias vezes.

Um dia, no entanto, nem mesmo a vigilância de Horácio foi suficiente para nos acobertar. Hamlet e eu estávamos andando no pomar do rei quando ele apareceu com seus conselheiros. Pensávamos que as trilhas estariam vazias, pois o rei estava em uma viagem. Quando passávamos por uma árvore retorcida e cheia de nós, Hamlet pegou uma maçã e me mostrou a fruta vermelha e dourada como o pôr do sol.

— Como uma árvore retorcida pode gerar um fruto tão perfeito? Isso raramente é visto na natureza humana — ele disse. Depois me deu a maçã.

— Espere — brinquei, recusando-a com a mão. Eu estava aprendendo a provocar Hamlet e me divertia com isso. — Eu não deveria oferecer a fruta para o senhor, que a rejeitaria? Então eu lhe contaria a fábula da serpente que disse que a fruta nos deixaria mais sábios, e o senhor, querendo ser sábio, a morderia com vontade.

— Não, pois, diferente de nosso pai Adão, eu desafiaria a senhora e diria: "Mostre-me a serpente" e a senhora não conseguiria fazê-la aparecer. — Hamlet abriu os braços. — Veja: sem serpente, sem Satã rastejando neste Éden.

Naquele momento ouvimos o assobio de Horácio, avisando-nos de que não estávamos mais a sós. Eu sabia que não era Cristiana, pois ela tinha sido levada para a cama com dor de garganta. Mas alguém num cavalo se aproximava, cantando alto. Não havia onde nos esconder, então puxei o capuz de minha capa até que ele ocultasse meu rosto e me virei para o outro lado.

— É Cláudio, meu tio! — cochichou Hamlet. — Finja que está recolhendo maçãs em sua capa. Vou me livrar dele. — Curvei-me para meu trabalho e não vi, mas escutei.

— Olá, Hamlet! Venha comigo para fazermos algum esporte. Seu pai não perderia um coelho ou dois.

— Não, tio.

— O que foi? Ah, você já está ocupado. Deixe-me ver a garota. Oh, ela se esconde, não? Vou descobrir quem é.

— Tio, o senhor está bêbado. Vá embora.

— Um conselho para você, garoto. Dê-lhe um apertão e um tapinha também. As mais quentes amam isso, posso dizer por experiência própria. Ha, ha!

A risada de Cláudio soou ao mesmo tempo dissimulada e cheia de energia. Morrendo de vergonha não merecida, eu queria acertá-lo com palavras. Em minha agitação, o capuz escorregou no momento em que Cláudio tocou seu cavalo e segurou as rédeas para equilibrar seu corpo mole. Olhei para Hamlet, que estava tenso de raiva.

— Ele me insulta, me chama de "garoto". O alcoólatra, não merece ser irmão de meu pai! — reclamou.

— E o senhor disse que não havia serpente neste jardim? — respondi, amarga. Os prazeres do pomar agora pareciam contaminados com a intrusão de Cláudio.

Horácio, cheio de remorso, juntou-se a nós.

— Desculpem-me. Não consegui parar Cláudio porque ele veio da direção do parque dos cervos.

— Onde ele caça os animais de meu pai na sua ausência, o ladrão — disse Hamlet. — Mas ele estava bêbado como sempre e provavelmente não vai se lembrar de ter nos visto.

Hamlet desculpou seu amigo e, a partir daquele dia, combinamos ser mais cuidadosos. Foi minha a ideia de nos disfarçarmos de homem do campo e pastora, pois os amantes nos romances de Gertrudes geralmente faziam isso. Então vesti uma bata de linho e uma anágua e, sobre elas, um corpete sem mangas amarrado abaixo dos seios. Era simples, confortável, e ainda facilitava meus movimentos, diferentemente de meu vestido de cortesã, pesado como de costume. Hamlet encontrou calças largas e uma túnica simples, e cobriu os cabelos com uma touca de couro. Gostei dele não só pelas roupas simples, mas pelo comportamento tranquilo que acompanhava a vestimenta. Quando usávamos nossos disfarces, poucas pessoas reparavam em nós. De mãos dadas, andávamos livremente pelas ruas da cidade. Depois, como pessoas do campo sem nenhuma preocupação, deitávamos na relva, cercados pela grama alta e por margaridas brancas, que ondulavam entre begônias púrpuras.

— Vamos inventar uma canção juntos — eu disse um dia. — Eu li que os pastores gostam de competições de canto.

— Ofélia, a senhora lê muita besteira. Que pessoa que usa roupas como estas consegue dizer o ABC, fazer rimas para um soneto e ainda acertar a métrica? — disse Hamlet. — Ela assobia para uma ovelha, toca um sino ou grita "ei". Nunca vi ninguém cantando.

— Então seremos os primeiros e daremos o exemplo para todos os pastores de ovelhas destas montanhas.

Hamlet refletiu por um instante e entoou:

— Onde a abelha ilumina, lá coloco
minha língua;
Sentirei o sabor das flores até morrer
tão jovem!

Embora seus versos fossem fortes, ele me beijou delicadamente. Eu cantei de volta:

—Aqui para perto da árvore, fa, la,
Venha, amor, e deite comigo, fa, la.

Tomando meus versos como um convite, Hamlet pousou a cabeça em meu colo, e eu gentilmente o empurrei.

— Você está indo muito rápido, meu senhor — eu disse, e ele se endireitou.

— Não quis ofendê-la, Ofélia — ele respondeu, pegando minha mão.

Eu me levantei para colher flores novas e substituir as murchas. Andando pelo campo, encontrei um pequeno passarinho marrom que caíra do ninho em um galho alto. Eu o peguei e o segurei na mão. Seu coração, visível sob a pele mais fina que o mais fino dos pergaminhos, não batia mais. Quando Hamlet se aproximou, eu estava chorando, e isso me envergonhou mais que sua cabeça em meu colo.

— Desculpe-me. Não tenho prática no amor. A senhora me perdoa? — ele perguntou.

— Não é isso — falei, impressionada por sua humildade. — O senhor não me ofendeu. — Eu lhe mostrei o pássaro. — É isso que me faz chorar, embora eu não saiba por quê.

— Talvez porque essa criatura tinha um espírito que agora se foi? — Hamlet arriscou. Suas sobrancelhas estavam encavaladas, como se a tristeza o confundisse e o preocupasse.

— Onde está a mãe dele? — sussurrei. — Por que ela não conseguiu salvá-lo? — Olhei ao redor e vi dezenas de passarinhos voando e cantarolando, ignorando o cadáver em minha mão.

— Em nenhum lugar. A natureza é linda, mas pode ser cruel. Assim como as mulheres — Hamlet disse. — Mas não a senhora, claro. Cruel, eu quero dizer. Isto é, a senhora é linda, mas não é cruel.

Hamlet corou e gaguejou, e não pude evitar um sorriso.

— Não está na Bíblia que o destino está até na queda de uma andorinha? — perguntei.

— Sim, e ela diz que todos os fios de cabelo estão contados, pois somos mais preciosos que qualquer andorinha. Então não se preocupe — disse Hamlet, e deixei que ele me confortasse com um beijo.

Em outro dia, quando o sol cruzava o céu, vagamos pela floresta entre Elsinor e a vila enquanto Horácio nos seguia em silêncio. Ao entardecer, encontramos uma cabana de pedras deserta que parecia o refúgio de um eremita. Em seu interior fizemos uma pequena fogueira. Horácio recusou-se a se juntar a nós para comer pão e queijo.

— Por que Horácio está tão sério hoje? — perguntei.

— Ele não está sério — negou Hamlet. — Ele é assim, sempre o mesmo. Não pense nisso. — Ele me estendeu seu copo de cerveja, depois o pegou de volta e bebeu um gole. Mas eu insisti.

— Ele desaprova nossa relação?

Hamlet cuspiu cerveja e palavras amargas.

— O mundo todo desaprovaria nossa relação, Ofélia! — ele exclamou, movendo o copo em um grande arco. — Horácio teme que eu não a respeite. Ele está errado, pode ter certeza. E seu pai! A honra de sua família exigiria que seu irmão me desafiasse para um duelo.

— Eles não sabem que nos encontramos e não podem nos impedir — respondi, com mais certeza do que tinha. Meu pai estava fora em negócios reais havia meses, e Laertes estava estudando na França. Eu não queria pensar nas consequências de ser descoberta por eles.

— A senhora sabe, eu sou o herdeiro da Dinamarca... — começou Hamlet, como se eu tivesse esquecido.

— Sim, e eu não sou ninguém — sussurrei.

— Não, a senhora é o meu amor. Mas meu pai, o rei, tem alianças a serem feitas, casando-me com uma princesa da França ou da Alemanha. Ele vai rejeitar nossa relação. — O tom de Hamlet era de mera constatação. Ele ficou em silêncio e colocou mais gravetos no fogo.

Eu me levantei, atrapalhada, e cambaleei em direção à porta da cabana. Além da moldura escura, as árvores cresciam rumo ao céu, desdenhando do solo da floresta, onde galhos e folhas escondiam o caminho que levava àquele local solitário.

Como fui tola ao pensar que era livre como qualquer camponesa e valiosa como qualquer filha do rei! Olhei para a floresta.

— Esta relação está fadada a ter um destino ruim. Nada de bom para mim ou para o senhor pode vir dela — refleti, amarga.

Ouvi Hamlet suspirar. Ou ele estava soprando para atiçar o fogo? Eu o senti vindo até mim e tocando meu ombro.

— Quando estamos nesta floresta com nossas roupas simples, não sou um príncipe, mas um homem que tem suas vontades — ele disse, suas palavras cheias de desejo. — Aqui sou simplesmente "Jack", e escolho você para ser minha "Jill".

Ele me virou e me beijou carinhosamente.

O toque de seus lábios de alguma forma acabou com meus medos. Compreendi que Elsinor era para Hamlet, assim como era para mim, uma gaiola dourada.

— Aqui nesta floresta e nestas cabanas não existem olhos invejosos, línguas ferinas, fofocas ou mentiras — falei. — Vamos nos deixar ficar neste lugar sempre e falar apenas a verdade para o outro. — Apoiei a bochecha em sua capa, sabendo que meu desejo era vão.

Assim que voltei para Elsinor, me senti mal por mentir, por enganar a própria rainha.

— O que há, Ofélia? A senhora está pálida e distraída hoje.

— Fiquei estudando até tarde ontem — menti. — E depois não consegui dormir bem. — Na verdade eu estava cansada, pois ocupava várias horas de meu descanso para ficar com Hamlet. Minhas ausências estavam começando a desagradar Gertrudes, e ela estava me testando.

— Eu não gosto quando a procuro e a senhora não está.

— Estava no jardim colhendo ervas para Elnora — menti de novo.

Logo Gertrudes desconfiou de que eu tinha um amante. Chamando-me, tentou me pegar com a guarda baixa.

— Traga um pouco de água de lavanda, Ofélia. E, diga-me, qual o nome dele?

— Não sei o que a senhora quer dizer.

— Está claro como o dia que está apaixonada. — Ela segurou uma joia, balançando-a na minha frente. — Não gostaria de usar esta presilha?

— Não. Ela fica melhor na senhora — respondi, prendendo a presilha no cabelo dela e evitando seu olhar.

— Ele também ama a senhora? Talvez uma palavra minha possa ajudar a facilitar o caminho para o amor verdadeiro.

E assim Gertrudes me interrogava, enquanto eu negava estar apaixonada. Como poderia dizer para a rainha que eu desejava seu filho? Que conversávamos e ríamos juntos por horas? Que fingíamos ser camponeses, não comandados pelas regras, mas livres para escolher nosso amor?

Eu queria confiar em Elnora, mas tinha certeza de que sua lealdade a Gertrudes prevaleceria sobre nossa amizade. Não havia mais ninguém em quem eu confiava. E, apesar de não dizer nada, todos suspeitavam de que eu tinha um pretendente. Será que meu jeito, embora discreto, me traía? Será que eu falava sozinha? Certamente não, mas as damas ainda me lançavam olhares de desprezo e tentavam adivinhar o objeto de meu desejo. Não fazia meu gênero, mas eu as deixava acreditar que eu gostava de Horácio, já que sua boa reputação o colocava acima de qualquer reprovação.

Gertrudes sabia que eu a estava enganando e, por isso, começou a me manter distante. Eu não era mais chamada para assisti-la ou para ler para ela. Enquanto eu estava fora, Cristiana tomou meu lugar e alimentou a mente da rainha com sua malícia.

Quando Gertrudes falou de novo comigo, seu tom era frio.

— Contaram-me que a senhora tem passado seus dias no campo com um garoto comum. Que a senhora se veste como filha de agricultor.

A confusão teria sido cômica se tivesse sido lida numa fábula romântica. Ela e eu teríamos rido da cegueira da mãe e lamentado a dificuldade dos amantes em posições tão diferentes entre si. Mas não era ficção. Apenas abaixei a cabeça enquanto ela demonstrava seu desapontamento comigo.

— Então retribui minha bondade desgraçando-se? — ela perguntou. — Certamente existe algum cavalheiro da corte a quem a senhora pode agradar.

Eu estava acabada por ter perdido tanto da estima de Gertrudes.

— Meu coração está uma confusão — gritei, sem conseguir conter as lágrimas. — A senhora está certa. Meu amor não merece seu apoio. — Pelo menos era verdade. — Lutarei contra isso — prometi, uma grande mentira.

— Espero que retome seu juízo, Ofélia. Esta loucura não condiz com a senhora.

Eu estava certa de que tinha sido Cristiana quem me espionara e contara à rainha o que tinha visto. Um dia, não muito depois do sermão da rainha, flagrei Cristiana em meu quarto. Fiquei preocupada se ela tinha mexido em meu baú, onde minhas lembranças e cartas de Hamlet estavam escondidas. Mas vi que ele ainda estava trancado. Peguei a roupa de pastora de debaixo da colcha e a empurrei para ela.

— Aqui. Esta é a prova que procura?

— Por que desgraça a si mesma nestes farrapos? — ela perguntou, incrédula, tocando o vestido antes de deixá-lo cair. — Então de novo, não sei por que fico surpresa com seu amor sem honra.

Foi um alívio perceber que Cristiana não tinha descoberto que eu amava Hamlet. Eu deveria ficar agradecida por sua ignorância. Em vez disso, odiava seu orgulho, suas mentiras e seu desprezo por mim quando deveria, na verdade, me sentir mal por ter mentido para Gertrudes. Mas eu estava cega e não deixava espaço para a razão. Desejava apenas me vingar de Cristiana por ser tão cruel comigo.

A ideia para meu enredo começou com uma história picante de amor equivocado que uma vez eu lera para Gertrudes. Achei que, imitando a história, poderia enganar Cristiana e semear a discórdia para confundir a todos.

Contei meu plano a Hamlet, sem revelar o real motivo, pois não queria que ele pensasse que eu podia ser tão indelicada.

— Um plano excelente. Vale uma peça de teatro. — O elogio dele funcionou feito o mel para a abelha, e eu tomei tudo.

— Dessa maneira, testarei a determinação de Cristiana e seus dois pretendentes — respondi.

— Isso pode provar que eles são falsos, como moedas que não valem — respondeu Hamlet. Enquanto eu mirava no orgulho de Cristiana, Hamlet enxergava uma oportunidade para enganar Rosencrantz e Guildenstern. — Vai murchar as ambições infladas deles — comemorou.

— Mas devemos manter segredo sobre nossa autoria desta obra — alertei, e Hamlet concordou.

Nossa história começaria no banquete de celebração do vigésimo ano de governo do rei Hamlet. A noite teria máscaras, danças e comemorações. Durante a preparação, homens e mulheres tomaram emprestados um dos outros disfarces elegantes e fantasiosos. Cristiana, excitada, recolheu penas de todas as cores e as prendeu a uma máscara, pois tinha encontrado um bilhete em seu bolso:

Com a capa vermelha e o rosto adornado de penas
a senhora me dá a prova de que ganhei a competição.
Meu prêmio pegarei, ele é merecido, mas livre
Debaixo dos galhos do chorão.

Os versos estavam assinados por Rosencrantz, cuja letra fora perfeitamente reproduzida por Hamlet. Enquanto isso, eu copiara o modo de escrever de Cristiana para fazer um bilhete que Hamlet entregou para o rival de Rosencrantz. O bilhete dizia:

Não posso mais esconder minha atração pelo senhor, gentil Guildenstern. Hoje à noite, o pássaro vermelho pousa no chorão. Ela espera o corvo encapuzado de negro. Pegue-me e sou sua.

Na noite do banquete, a luz do fogo refletia nas paredes do salão principal e as tochas soltavam uma fumaça oleosa. Vinho servido dos barris transbordava de jarros e copos e era consumido como água. As mesas envergavam com carne de cervo e porco, peixe defumado e tortas de carne. Bebi um pouco de vinho, mas não o suficiente para me deixar tonta, e me sentei com as damas, saboreando ameixas e figos doces. Um malabarista apareceu no meio da multidão, mantendo várias laranjas no ar ao mesmo tempo. Dançarinas usando sinos pisavam forte, batendo as mãos no ritmo dos tambores e das flautas.

De seu trono, o rei Hamlet assistia a tudo, a rainha ao seu lado. Em deferência à feliz ocasião, seu pé marcava o ritmo da dança e seu semblante normalmente duro parecia mais suave. O velho Yorick tinha morrido, e um jovem bobo agora fazia o rei Hamlet gargalhar, embora não tanto quanto antes.

Por sua vez, Cláudio agarrava à força o que lhe dava prazer, desfilando com seu copo na mão. Sua máscara estava levantada, pois assim era mais fácil se alimentar. Gotas de vinho vermelho-rubi manchavam sua túnica e o chão. Ele apertava as curvas de várias mulheres, não se importando ao derrubar o vinho que manchava o vestido delas. Na frente do rei, fez uma reverência exagerada, perdendo o equilíbrio e quase caindo de joelhos. Começou um discurso, mas o rei interrompeu suas palavras arrastadas. Então Cláudio pegou a mão de Gertrudes, implorando para ela participar da dança. Relutante, ela deixou o lado de seu marido para atender Cláudio. O rei Hamlet ficou escuro de raiva.

Esse drama foi apenas um dos apresentados naquela noite. Minha própria história me interessava mais naquele momento. Usando uma capa azul-escura e uma máscara simples, circulei pelo salão, acompanhando meus atores. Guildenstern chegou com uma capa preta e uma máscara com um bico de passarinho. Cristiana flutuava em um vestido encarnado e uma longa capa. Os músicos começaram a tocar, e os dançarinos formaram os pares para uma pavana. Vi-me com Hamlet, que usava uma máscara chamativa de duas faces.

— Boa noite, lorde Janus — eu disse, lembrando-me do estranho presente que ele tinha me dado no jardim.

— Dança comigo, escondida aqui em plena luz?

— É uma contradição que adoraria experimentar — respondi. Ao pegar a mão dele, pude sentir uma expectativa de prazer que equivalia à minha. Depois, durante o giro dos dançarinos, ouvi a gargalhada sonora de Cristiana.

— O pássaro vermelho se entregará ao corvo? — perguntei em voz alta para Hamlet. As máscaras permitiam que falássemos sem chamar a atenção dos outros.

— Se ela se entregar, será devorada. — Hamlet falou em meu ouvido, produzindo um arrepio em minha espinha.

Depois trocamos de parceiros, e fui empurrada com um grande passo para o nervoso Guildenstern, que quase tropeçou em sua longa capa.

— Vi o senhor observando o pássaro vermelho — comentei.

— Penso que ela arrumou suas penas só para mim — soltou Guildenstern, com um sotaque que quase me fez rir.

— Quem poderia ser ela? — Eu o estava provocando, pois acho que nenhum disfarce seria suficiente para esconder o jeito de Cristiana. Mas Guildenstern pareceu confuso.

— Alguma elegante dama, uma recém-chegada à corte — ele arriscou, seguindo com os olhos a encarnada Cristiana. Ela dançou com vários homens, sem dúvida procurando Rosencrantz debaixo de cada disfarce. Mas Rosencrantz não estava no baile, pois havia sido mandado por Hamlet para um serviço falso.

Eu estava dançando com um gordo, mas ágil, cavalheiro, quando vi Cristiana deixar o salão, as dobras de sua capa vermelha se espalhando atrás dela. Hamlet fez sinal de que Guildenstern a tinha seguido. Culpando minhas pernas, abandonei meu parceiro e saí do salão esfumaçado. Com passos leves, segui através do pátio e dos portões, desci pelo campo e me escondi entre as pedras, perto do rio.

Hamlet, silencioso como um sapo, logo estava a meu lado. A noite estava úmida e fria. Nuvens cobriam a lua, e não se podia ver o chorão por conta da escuridão. Mas Cristiana estava visível, sua capa vermelha dobrando-se sobre outra num beijo.

— Veja como o peixe primeiro experimenta, depois engole a isca! — Hamlet sussurrou, alegre.

— Sim, os dois estão realmente fisgados — admiti.

Eu tinha imaginado que Cristiana e Guildenstern logo descobririam o jogo. Esperava que eles se reconhecessem e caíssem em uma gargalhada constrangida. Mas, pelo que estávamos vendo, as figuras encapotadas afundaram no chão sem se soltar. Fui tomada pela vergonha.

— Não pretendíamos testemunhar toda essa paixão — sussurrei.

— Então vamos fechar a cortina desta cena — disse Hamlet.

Saímos e voltamos para Elsinor em silêncio. Desviei-me dos lábios de Hamlet depois de um beijo, e seguimos pela noite.

Em vez de voltar para o baile, fui para meu quarto, despi-me e me preparei para me retirar. Escutei os sons distantes da festa durante alta noite. Embora ainda odiasse Cristiana, não tive prazer com meu plano. Virei-me na cama, incapaz de dormir. Depois de horas, quando ouvi passos leves, fui para minha porta a tempo de ver Cristiana passar. Suas penas estavam dobradas e sua capa, suja. Suas bochechas estavam bem coradas e seu cabelo, desarrumado.

No dia seguinte, sentada entre as damas na galeria da rainha, vi Rosencrantz fazer uma reverência para Cristiana. Ela ficou sem ar e sem jeito e corou em excesso. Rosencrantz ficou confuso, e, quando ele saiu, Cristiana reclamou que os homens são muito pouco afetados pelo amor. Logo depois, Guildenstern chamou-a, dando-lhe um presente de amor e pronunciando palavras doces. Cristiana foi fria com ele, mas Guildenstern atribuiu o comportamento à discrição e saiu de bom humor.

Pensei muito sobre o que tinha testemunhado. Cristiana se comportou como se Rosencrantz tivesse feito amor com ela na noite anterior. Parecia impossível confundir Guildenstern e Rosencrantz, mesmo na escuridão. Será que Cristiana tinha reconhecido Guildenstern e, mesmo assim, aproveitado o momento de prazer? Sua consciência a incomodava por ter sido infiel? Ela estava sendo falsa de propósito, ou tinha sido realmente enganada? Finalmente abandonei minhas especulações e concluí que na vida, assim como nas histórias, amantes tolos alcançam grandes distâncias enganando a si mesmos em nome do prazer.

Mais tarde, Hamlet me contou que, enquanto bebia com os dois cortesãos, Guildenstern vangloriou-se de ter feito amor com Cristiana. Ele e Rosencrantz brigaram, e Hamlet precisou separá-los.

— Eu disse que a dama era fútil e não merecia o amor deles. Ambos concordaram, trocaram um aperto de mãos e ficaram amigos novamente. — Hamlet riu, esfregando as mãos, satisfeito.

Mas eu fiquei irritada com a ideia dos três homens desdenhando Cristiana. Eu não pretendia que Rosencrantz e Guildenstern saíssem vencedores de minha história, nem tão satisfeitos.

— Embora Cristiana seja tola, não merece o menosprezo deles! Eles não são homens honrados — falei.

Hamlet me olhou com surpresa.

— O quê? Agora você tem pena de sua antiga inimiga? — ele perguntou. — Que mulher instável — provocou.

— Não estou com ânimo para suas brincadeiras — retruquei. — Quando vocês, homens, são injustos com alguém do meu sexo, não posso ficar calada.

— Não fomos injustos com a garota ignorante, mas a ajudamos a se livrar de falsos amores — ele disse, com uma voz gentil. Então seu rosto escureceu e seu jeito se pareceu com o de seu pai. — Ela certamente deveria estar incomodada, pois Rosencrantz e Guildenstern são ambos trapaceiros. São vis traidores, leais apenas a si mesmos.

Cristiana tinha sido enfim castigada. Recusada pelos dois amantes, ela silenciosamente aguentou as fofocas sobre sua reputação. Não temi sua vingança, pois não a achava inteligente o bastante para suspeitar de que eu tinha provocado os eventos daquela noite. E, parceiros leais, Hamlet e eu nunca revelamos que fomos os autores daquela tragicomédia.

11

Uma semana após a celebração do governo do rei Hamlet, o príncipe Hamlet voltou para Wittenberg. Despedimo-nos no vestíbulo perto dos aposentos dele no momento em que sombras consumiam a luz do dia. Nossa despedida foi apressada, momentos roubados de suas horas com sua mãe e o rei. Ele prometeu me escrever sempre, mas eu esperava palavras mais carinhosas.

— O senhor me ama? — ousei perguntar, por fim.

— A senhora duvida? — ele respondeu, defendendo-se de minha pergunta.

— Não duvidarei se o senhor o disser.

— Acredito que não a tenha ouvido declarar seu amor — ele disse, a sobrancelha erguida.

— Então o senhor não estava me ouvindo — respondi.

— Ah, vamos encerrar esse discurso vazio e deixar que o silêncio fale por si — Hamlet disse, beijando-me uma última vez.

Depois que ele partiu, busquei na memória todos os nossos encontros. Era verdade. Eu nunca lhe dissera "eu te amo". Na verdade, eu não sabia que o que sentia podia ser chamado de amor. Apenas sabia que a ausência de Hamlet me deixou confusa e com um vazio.

Gertrudes também ficou mais temperamental e triste sem o filho por perto. Eu a assisti com humildade renovada até que ela me admitiu para seus serviços novamente. Soube que ela tinha me perdoado quando me pediu para ler um volume de sonetos de amor, considerados a última moda na Inglaterra. Enquanto eu lia em voz alta, parecia que o poeta, sentindo falta de seu amor ausente, falava exatamente de meus sofrimentos.

— "Ele se foi enquanto eu, sozinha, fico aqui pensando nele." — Este poderia ser o refrão do meu coração. Li outro poema. — "Espero que seja verdade ou o senhor me enganou?" — Hamlet só me enganara com sua atenção? Lembrei-me de onde nasci. Como ousei ter esperança de ser amada por Hamlet? Essa poesia não me confortava.

Eram os sonetos que elogiavam os lábios perfeitos e os olhos da mulher que deixavam Gertrudes mais triste. Ela se olhou no espelho, lamentando a idade e a decadência de sua beleza. Tentei animá-la.

— Que mulher gostaria de lábios de coral e olhos como estrelas? — perguntei. — O coral é duro e esburacado, e as estrelas são apenas fracas marcas no domo do céu.

— Shhh, Ofélia, a senhora não tem a sensibilidade de um poeta — Gertrudes me repreendeu. Então pegou o livro e leu em voz alta enquanto eu penteava seu cabelo. — "Estes cadeados de âmbar, as redes que prenderam meu coração." — Olhou para o alto e suspirou. — Eu já tive esses cadeados. Agora meu espelho mostra cabelos brancos como aço crescendo em minha cabeça — lamentou.

— Eles brilham como prata em meio ao ouro — respondi, torcendo seu cabelo em uma espessa trança.

— Agora a senhora fala como poeta — ela replicou. — E os poetas são todos mentirosos.

Era impossível agradar Gertrudes, então fiquei em silêncio.

— "Meu amor é verdadeiro, e tão cruel quanto verdadeiro" — Gertrudes leu. — Por que a senhora acha que a dama sempre despreza o poeta que a corteja?

— Talvez ela não o ame — sugeri. Gertrudes ficou em silêncio. Às vezes ela fazia essas perguntas para me ensinar sobre o amor. — Mas o que a senhora acha?

— Acho que ela deve ser cruel se quiser ser amada — Gertrudes explicou. — Uma vez que a dama sucumbe ao desejo do homem, ele a rejeita como se não o merecesse.

Ao ouvir aquilo, fiquei preocupada. Por ter demonstrado meu amor para Hamlet, seu ardor diminuiria? O amor é como fome, fácil de satisfazer com alimento? Ou cresce com o que o alimenta? Eu deveria ter reprimido meus beijos e assim aumentado seu apetite por eles?

Mas para Gertrudes eu apenas disse:

— Talvez a dama espere que o poeta se case com ela antes de lhe conceder qualquer coisa.

— Não, eles nunca se casarão! É da natureza do amor nunca se satisfazer tão facilmente — ela rebateu, amarga.

— Então o poeta não mente, pois o amor não concretizado é o assunto de todos esses sonetos — concluí.

— Aceito o argumento, Ofélia — Gertrudes declarou, com um movimento de cabeça. — Agora esfregue minhas têmporas com este óleo e me deixe dormir.

Infelizmente, quando Gertrudes estava descontente, meus cuidados não a aliviavam. Ela e o rei discutiam no quarto, eu podia ouvir suas vozes, mas não suas palavras. De vez em quando, via seus olhos inchados de chorar. Perguntava-me se não tinha sido Cláudio que semeara uma semente daninha entre eles. Enquanto o rei ficava cinza e sério com os problemas do governo, Cláudio, com sua barba marrom, mantinha-se forte e com muitos desejos. Seus lábios vermelhos eram úmidos e seus olhos pretos, fortes e cativantes. As mulheres pareciam ser enganadas por sua atenção, mas o simples pensamento de ser tocada por suas mãos gordas me fazia estremecer. Felizmente ele me deixou em paz, como um jogo muito pequeno para suas ambições. Mas ele sempre fazia Gertrudes rir e corar. Talvez, na presença dele, ela se imaginasse jovem e bonita de novo, a dama do soneto desejada por um homem que não pode tê-la.

Eu queria ler Hamlet sentindo minha falta em suas cartas, mas elas não eram como sonetos de amor. Em uma tarde de maio, sentei-me perto de uma janela do lado leste da galeria da rainha, tentando decifrar o humor difícil de sua última carta.

Meu amor, não me provoque profundos sentimentos para que eles não consumam toda a minha inteligência e traiam meu desejo. Que os homens não me censurem por eu chamá-la de meu amor, aquele pelo qual venço e perco.

Li essas palavras várias vezes, mas elas faziam pouco sentido para mim. Eram o retrato da paixão verdadeira de um amante que desobedicia aos homens ou a reclamação de um *scholar* contaminado por uma falsa paixão? Hamlet, longe de mim, tornou-se um mistério, um deus mascarado com duas faces, as quais escondiam ainda outro eu.

Como eu deveria responder àquele estranho sentimento? Tive uma ideia enquanto olhava para o pomar do rei. Nem cinco meses antes, Hamlet e eu tínhamos admirado as maçãs vermelho-douradas ali. Agora as árvores estavam cheias de flores. Eu escreveria um soneto descrevendo as pétalas, coloridas de branco e rosa, que se moviam suavemente sob a brisa quente. Sem saber o que Hamlet pretendia com a carta, tomaria cuidado para não expressar minha saudade.

Enquanto escrevia e riscava várias frases, lamentando minha incompetência, Gertrudes saiu à porta de seu quarto, parecendo preocupada.

— Ofélia! Já é tarde. O rei já me chamou? — ela perguntou.

— Não, minha senhora, não recebi nenhuma palavra — respondi, levantando-me. — Talvez ele esteja especialmente cansado hoje. — Era costume do rei descansar em seu pomar depois de comer ao meio-dia.

— Marque o tempo! — Seu tom era urgente, mas sua voz tremia. — Espere aqui — ela ordenou, apressando-me. Eu esperei, como pedido, pensando no motivo daquela agitação. Cristiana voltou ao seu bordado como se nada estivesse errado. Elnora, cujos olhos estavam muito fracos para enxergar seus pontos, simplesmente se sentou com algumas capas de travesseiros para bordar e fechou os olhos.

Voltei a compor meu poema. Era possível rimar "botão de flor" com "seio"*? Hamlet consideraria o verso inteligente ou apenas forçado? Talvez, pensei, eu devesse parar com as rimas.

Enquanto eu estava envolvida com esses pensamentos banais, um evento terrível e muito importante para o futuro estava se desenrolando ali perto. De repente, ouviram-se gritos que romperam o silêncio e me assustaram de tal forma que deixei cair a pena, manchando as palavras com tinta. Os gritos ecoaram pelas paredes como se uma horda de demônios gritasse das

---

* No inglês, *blossom* (flor) e *bosom* (seio). (N. do T.)

pedras. Levantei-me, mas não consegui me mover mais, sentindo meus pés presos às pedras sob mim.

Elnora despertou.

— Oh, que sonho assustador! Além de toda a imaginação! — Sua respiração estava curta, em rápidos rompantes. — Eu devo estar sangrando por conta desses humores negros!

Depois de terem parado por um momento, os gritos voltaram. E as palavras que chegaram a meus ouvidos entre os gritos fizeram meu sangue congelar nas veias.

— Socorro! O rei está morto! Socorro, oh! — Cristiana começou a tremer e a miar como um gato. Elnora desmaiou. Tentei acordá-la dando tapas em suas bochechas, depois a coloquei de lado e a deixei se recuperar.

— O rei está morto? — sussurrei, as palavras não fazendo sentido para minha mente. — Como uma coisa dessas pode ser verdade? — Abri a janela e me debrucei sobre o parapeito para ver os guardas correndo rapidamente e em todas as direções pelo pomar, lanças e espadas empunhadas. Eles gritavam e batiam nas árvores, procurando o ladrão que tinha levado a vida do rei, mas nenhum assassino foi encontrado. Pétalas caíam dos galhos como uma nevasca tardia e úmida.

Naquela noite, foi reportado que uma serpente havia mordido o rei Hamlet e seu veneno tinha paralisado seu coração instantaneamente. Duvidei das palavras oficiais. Nunca tinha ouvido falar de cobras venenosas ao redor de Elsinor, nem tinha lido sobre essas criaturas na Dinamarca. Depois se espalhou que aqueles que viram o corpo no pomar notaram uma crosta asquerosa cobrindo sua pele, como se fosse lepra. Foi sussurrado que o rei tinha sido assassinado enquanto dormia e o falso traidor tinha fugido para a Noruega. Outra suspeita surgiu, terrível demais para ser dita em voz alta: que o assassino desconhecido ainda estava na Dinamarca, ou ainda em Elsinor entre nós.

Naquela noite sonhei com o corpo pálido e sem sangue, salpicado de flores brancas e púrpuras. Um redemoinho negro e poderoso surgiu, levando as flores e quebrando as árvores, carregando os gritos em suas correntes e fazendo todas as pedras do castelo tremerem. Eu sabia em meu coração que a bondade tinha sido assassinada e que o reinado do Mal tinha começado em Elsinor.

Parte Dois

ELSINOR, DINAMARCA, MAIO-NOVEMBRO DE 1601

Quando a terra treme, montanhas desabam e rios mudam seu curso. Com a morte do rei Hamlet, as fundações do Estado da Dinamarca tremeram e o caos assumiu o lugar da ordem. Ganância, desconfiança e medo tomaram conta de todos os corações. O pai de Edmundo assumiu o tesouro do rei, e os lordes disputaram o poder. Os trabalhadores se recusaram a trabalhar, os mercadores enganavam seus clientes e os bandidos agiam livremente. Ninguém sabia seu lugar neste país desordenado e sem rei.

Gertrudes também abandonou seu assento real, deixando dois tronos vazios. Tomada pela tristeza, fechou-se como uma freira e não recebeu ninguém por semanas. Ela ficava deitada no escuro em seu quarto ou ajoelhada no oratório, rezando até seus joelhos endurecerem. Elnora e eu demos a ela suco de raízes amargas e amassamos flores para expurgar sua falta de ânimo e aliviar suas dores de cabeça. Mas a rainha permaneceu tão sem vida quanto uma pedra. Um dia, ouvindo um barulho em seu quarto, entrei e a encontrei agitada. Uma pilha de livros estava no chão, e ela jogava cada um deles pela janela, histérica. Fiquei horrorizada com a cena e corri para fechar a janela.

— Por favor, minha senhora, pare! — supliquei.

— Infelizmente tudo acabou! O amor não é nada além de loucura — ela gritou.

Peguei suas mãos e a levei para a cama.

— Oh, não fale assim. Eu sei o quanto a senhora amava o rei — murmurei, tentando acalmá-la.

— Você é apenas uma criança! Você não sabe nada sobre os desejos de uma rainha — ela disse, amarga, afastando-me.

Não fiquei ofendida, considerei seu luto, e permaneci ao lado de Gertrudes até que seus ataques pararam e ela caiu no sono. Então retirei os livros que sobraram e os levei para meu quarto. No dia seguinte, encontrei no jardim o livro dos sonetos rasgado ao meio, suas páginas afundadas entre as ervas.

Enquanto isso, a Dinamarca era como um navio sem leme. Lordes e conselheiros se reuniam em segredo nas salas reais onde eram tratadas as coisas do Estado até tarde da noite e discutiam abertamente no salão principal. Acima de tudo estava a questão sobre quem deveria suceder o rei Hamlet. Em muitos países, o filho do rei herdava a coroa, mas essa não era a lei na Dinamarca. Alguns pediam para que o escolhido fosse o príncipe Hamlet, apesar de sua juventude. Outros argumentavam que a Dinamarca precisava de um rei mais interessado em batalhas para desafiar a Noruega, que estava pronta para invadir nosso Estado sem liderança. Gertrudes não se interessava por esses assuntos. Toda a nobreza tinha sido drenada de suas veias. Ela recusava todos os apelos e, como uma profeta usando um véu negro, declarava que a Dinamarca estava amaldiçoada. Mas Cláudio estava em todos os lugares ao mesmo tempo, sério, parecendo estar de luto pelo irmão. Seus olhos, que não eram embaçados pela bebida, mas claros em seus objetivos, focavam o posto de capitão da nau desgovernada. Por fim, os lordes concordaram, apesar de muitas posições em contrário, em escolher Cláudio como rei.

O corpo do rei Hamlet foi enterrado no chão da capela de Elsinor, perto dos ossos de seu pai e dos do pai de seu pai. No funeral, Gertrudes se enrolou em véus negros, seguindo o caixão de seu marido. Caminhou sozinha, sem nenhum homem para guiar seus passos. Elnora gritou alto. Senti tristeza pela morte do rei, e mais pena por Gertrudes, curvada pelo peso de sua perda. Fiquei me perguntando como deveria ser perder um marido de tantos anos.

Nem a escolha do novo rei nem o funeral puderam ser adiados para aguardar o retorno de Hamlet. Gastaram-se semanas para trazê-lo para Elsinor, pois o mensageiro enviado não o encontrou em Wittenberg, mas viajando em direção à Itália. Ele não chegou até depois do meio do verão, quando os frutos jovens já tomavam os galhos que tinham derramado suas flores no dia da morte do rei.

Apenas o retorno de Hamlet fez com que Gertrudes mostrasse seu rosto. Ela estava mais magra, com uma pele pálida que combinava com seus olhos cinzentos, e seu cabelo tinha se tornado mais prateado que cor de ouro. Ela se agarrou a Hamlet como uma videira a um carvalho. O príncipe usava uma roupa preta, demonstrando seu luto. Seu rosto normalmente tão sensível era impossível de ser lido, como se estivesse usando uma máscara.

Eu queria ver Hamlet, mas tinha medo de me aproximar. Esperei que me procurasse, mas ele não o fez. Então fui à muralha para procurar por Horácio. Elas estavam nuas sem as bandeiras e símbolos do rei Hamlet. Lixo se espalhava por todos os lados, e cachorros reviravam-no em busca de ossos. Cortesãos desejando um cargo esperavam para se reunir com Cláudio. Entre eles, reconheci Edmundo, que tinha machucado minha juventude, agora gordo e perdendo cabelo, jogava dados com alguns companheiros tão rudes quanto ele. Vi também meu irmão, que viera para a coroação de Cláudio. Ele estava com Rosencrantz e Guildenstern, que eu ainda desprezava, por isso não me aproximei dele. Acenei para que viesse e pudéssemos conversar, mas ele apenas fez uma reverência, como se eu fosse uma estranha e não sua irmã.

Depois Cláudio entrou no salão. Meu pai se aproximou dele rapidamente com rolos de pergaminho caindo dos braços. Não tinha perdido tempo em oferecer seus serviços para o novo rei. Ele me viu, acenou com a cabeça e continuou seu caminho.

Ignorada pela família, esquecida por Hamlet e desprezada pela rainha, senti-me tão só quanto um leproso. Por isso, gostei de, finalmente, ver Horácio. Ele estava vestido de maneira simples e parecia tranquilo entre os cortesãos, que tentavam chamar a atenção do rei com seus ornamentos.

— Não achei que o encontraria nesta multidão ansiosa, Horácio. O senhor também veio pedir favores ao novo rei? — perguntei.

— Não — ele disse, com alguma indignação. — Não tenho nenhum desejo pelo poder, nenhum gosto por política e nenhuma habilidade para bajulação.

Percebi que o tinha ofendido e tentei remediar o erro, mas só me compliquei mais.

— Um rei precisa de homens como o senhor, Horácio, que são humildes e dizem a verdade. Mas não ache que o estou bajulando. Minha intenção é perguntar como está lorde Hamlet. Ele parece bastante confuso.

— É verdade. O sofrimento pelo pai perturba o espírito dele, deixando-o um tanto melancólico — respondeu Horácio.

— Então a rainha e seu filho são parecidos em suas paixões — comentei —, pois o luto de Gertrudes passou de todos os limites. Temo que sua saúde esteja em perigo.

Era confortável falar de minhas preocupações com Horácio.

— Seus pensamentos são terríveis, e custa-me toda minha habilidade para argumentar com ele.

— Ele está irritado com a decisão dos lordes? Lembro-me de tê-lo ouvido falar de quando seria o rei — observei.

— Ele não gosta do tio. A senhora sabe. Não posso dizer mais nada — declarou Horácio, que era sempre discreto.

— Diga-lhe, por favor, que eu gostaria de falar com ele... Não. Diga-lhe apenas que Ofélia compartilha de suas dores.

— Ele evita a companhia de todos e não verá ninguém — Horácio disse, com um olhar arrependido.

— Cuide-se — falei, corrigindo-o. — Pois, como um verdadeiro amigo, o senhor é o intermediário entre Hamlet e os ventos afiados do mundo.

Horácio curvou-se e se afastou, dizendo que levaria meus cumprimentos a Hamlet.

Logo percebi que estava muito enganada em acreditar que Hamlet e sua mãe eram semelhantes em suas paixões. Tinham se passado apenas três semanas do enterro do rei Hamlet e as flores de verão estavam plenas quando uma notícia percorreu Elsinor como um vento congelante. Os que a ouviram primeiro ficaram sem ação, incrédulos. Alguns tinham certeza de que era apenas um boato e tinham medo de repeti-lo. Outros declararam abertamente que era um insulto ao príncipe e à memória do rei Hamlet. Mas confirmaram a verdade terrível da notícia, pois o novo rei falou orgulhosamente sobre ela.

Gertrudes se casaria com o rei Cláudio.

A princípio, a notícia me atordoou. Como foi que isso aconteceu? Pensei nas semanas anteriores. Quando, desde a morte do marido, Gertrudes tinha conversado reservadamente com Cláudio? O luto pelo rei Hamlet a deixara com a mente confusa? Sua escolha por Cláudio era livre ou forçada? O assunto estava além de minha compreensão. Pedi gentilmente a opinião de Elnora, em busca de uma explicação. Mas ela parecia tomada pela mesma aflição que deprimiu a alma de Gertrudes.

— Não estou bem, Ofélia. Não me aborreça. Sobre a rainha, não sei o que ela pensa. Ela merece ser esposa do rei. O que mais ela deveria ser? — Elnora fechou os olhos e fez um sinal para eu sair. Mesmo quando me ofereci para buscar um tônico, ela apenas balançou a cabeça e não disse mais nada.

Achando que a experiente Cristiana pudesse entender o comportamento de Gertrudes, soltei o assunto enquanto bordávamos.

— Como pôde a rainha se casar com o irmão do marido morto?

Cristiana apenas riu mordazmente.

— A senhora conhece tão pouco os homens e a rainha, aquela vadia! — ela disse, como se tivesse um conhecimento profundo de algo secreto. Mas não o compartilhou comigo, e eu duvidei de que havia compreendido algo mais do que eu.

Eu ainda estava perplexa quando ajudei Gertrudes a se preparar para o casamento. Elnora fungava enquanto ajustava o vestido de cetim cinza da mãe de Hamlet. Se era algum sentimento ou apenas um resfriado que incomodava a velha, eu não sabia dizer. Enquanto eu enfeitava seu cabelo com pérolas e passava carmim em suas pálidas bochechas, a rainha se manteve impassível e não me olhou nos olhos. Ela estava tão distante, vivendo em seu país de sofrimento, que não ousei fazer pergunta alguma.

A festa de casamento pretendeu ser uma celebração. As mesas curvavam-se com o peso do cervo, do porco assado, do peixe defumado e de todos os tipos de frutas e vegetais. Um exército de servos reluzia em uniformes azuis, servindo jarros de vinho em copos estampados com o brasão de Cláudio. Damas e cortesãos usavam joias e seus mais elegantes trajes de seda, e os músicos tocavam tambores e flautas. Sob a elegância, no entanto, muitos guardavam para si a desaprovação, apesar de a bebida fazer com que alguns fossem descuidados ao se expressar.

Gertrudes sorriu e dançou com uma graça reservada, mas percebi que escondeu sua dor por trás dos olhos frios. Ela demonstrou ao novo marido uma submissão que eu nunca tinha visto antes. Cláudio, por sua vez, desfilava como um galo orgulhoso e possessivo.

Hamlet ficou perto da entrada do salão, de braços cruzados. Ele estava só. Do chapéu até as botas, sua roupa era preta, e seu rosto pálido parecia desenhado de preocupação. Tanto pela roupa quanto pelo comportamento, ele desprezava toda a festa. Eu o vi carrancudo e, embora sua aparência lembrasse uma nuvem prestes a desabar, decidi enfrentar a grande tempestade e falar com ele.

Quando tive certeza de que minha ausência não seria percebida, enveredei por entre as colunas do salão, mantendo-me nas sombras até chegar ao lado de Hamlet. Ele não me olhou nem me cumprimentou, mas se mexeu, como se vencido, e suspirou profundamente. Cláudio brindou a Gertrudes e bebeu. Depois, com os lábios sujos de vinho, beijou a curva dos seios dela, logo acima do corpete. Ela virou a cabeça de lado, não saberia dizer se para permitir o gesto ou para evitar vê-lo. Seu rosto estava voltado para o canto escuro onde Hamlet e eu estávamos, mas seu olhar era impassível e invisível. Vi Hamlet ficar ainda mais carrancudo.

— Há uma doença na Dinamarca. Não faz dois meses que meu pai morreu, sua carne ainda está presa aos ossos, e minha mãe já tem um novo marido. Na verdade, é a carne gelada do funeral que é servida hoje — ele disse amargo, falando mais para si que para mim.

Procurei palavras que condissessem com as estranhas circunstâncias, pois o casamento havia se dado com uma pressa inapropriada ao funeral do rei.

— Sinceramente, sinto muito pela morte de seu pai — falei, com um sentimento verdadeiro.

Hamlet não deu ouvidos. Também não saiu nem pediu para eu me retirar, então fiquei.

— Cláudio não apenas usa a coroa de meu pai como se casa com a esposa de meu pai! — ele disse, em tom de incredulidade. — Eu sempre disse que ele é um ladrão. E minha mãe! Abandonou meu pai, que era como Hiperion, o deus solar, e dobrou-se a esse demônio! Onde está seu juízo, onde está sua razão? — ele suplicou, como se eu tivesse uma resposta. — Eles se foram! — Separou as mãos.

— A rainha está muito mudada — murmurei. — Eu não compreendo.

— Veja, Ofélia. Vê como ela se pendura nele? Isso é antinatural. Ela não tem vergonha? Nenhuma força, apenas fragilidade feminina?

Embora compartilhasse sua confusão, posicionei-me em defesa de Gertrudes.

— O senhor está sendo injusto — eu disse gentilmente. — Nós mulheres não somos de todo frágeis. Eu, por exemplo, sou forte e justa. — Toquei sua bochecha, virando seu rosto. Seus olhos estavam molhados e entregavam sua angústia. — Teste-me, Hamlet! Não o decepcionarei.

Ele pegou minha mão e a pressionou em sua face.

— Minha querida Ofélia, senti muita falta da senhora. — Suspirou profundamente, com um estremecimento que mexeu todo o seu corpo. — Vamos deixar essa cena vergonhosa e procurar um local mais tranquilo. — Pegou meu braço e, olhando ao redor para ter certeza de que não estávamos sendo observados, levou-me para fora do salão por suas imensas portas.

— Vamos à nossa cabana na floresta? — perguntei, esperançosa.

— Não, é muito longe. Não posso esperar tanto. — Então me conduziu escada acima, para o vestiário ao lado dos aposentos reais. Não havia ninguém ali. Segui Hamlet por um labirinto de corredores, para uma torre distante em uma ala do castelo que nunca tinha visitado. Subimos a escadaria da torre negra até que saímos num parapeito deserto que dava para o campo e o rio abaixo.

Era quase hora do crepúsculo. O ar quente soprou pequenas nuvens de neblina sobre nós. A raiva no rosto de Hamlet havia desaparecido, deixando apenas a tristeza. Eu queria que ele falasse.

— Agora estamos a sós. O que o senhor queria me dizer? — perguntei.

— Nada, Ofélia. Palavras não têm significado. Só tenho o silêncio.

Então, sem falar, olhamos para o campo e as montanhas além de Elsinor. A névoa caía sobre eles, que ganhavam um ar nublado e abstrato. Logo não conseguimos mais ver o chão. Então Hamlet falou:

— O que é a vida do homem se não o prelúdio para sua morte? — A voz de Hamlet não demonstrava nenhum sentimento. As palavras, à medida que saíam de sua boca, eram levadas pelo vento úmido. — E o que é a morte se não um longo dormir, um esquecimento mais do que bem-vindo?

— Está fraco pelo luto, meu senhor. Deixe-me preparar um transporte para o sono.

— Depois do sono da morte, acordamos eternamente — Hamlet continuou, como se eu não tivesse dito nada. — Mas onde?

— Quem sabe? — eu disse. — Ninguém volta de lá para nos contar.

— Assim o medo desse futuro nos faz parar no presente — ele prosseguiu, apoiando-se no parapeito de pedra, que estava frio e escorregadio. Os paredões de pedra de Elsinor eram altos. De repente, ao me dar conta de para onde caminhavam seus pensamentos, peguei suas mãos.

— Meu senhor, não pense nessas coisas! No seu tempo, tudo que vive morrerá. Era o momento de seu pai, mas o seu ainda não chegou. — falei, desesperada, tentando tirar sua mente de pensamentos ruins. — Na época certa, tudo que vive volta ao pó, fecundando a terra com vida. Sinta como o ar desta noite está repleto do perfume de flores e da doçura que atrai as abelhas. — Inspirei profundamente o ar da noite.

— Meus sentidos estão negros e insensíveis, minha mente está apagada e tola. Minhas esperanças foram destruídas — Hamlet disse, com amargura.

— O senhor não é o rei, mas ainda é o príncipe da Dinamarca.

— Não sou nada.

— O senhor é meu Jack, e eu sou sua Jill. Lembra-se? — falei, para animá-lo, e fiz uma reverência, imitando uma pastora.

— Isso foi uma brincadeira de criança. Agora meu pai está morto, não sou mais jovem — ele redarguiu, sem esperança.

Olhei para o nobre semblante de Hamlet, a sobrancelha larga e grossa agora marcada pelo luto.

— Queria ter um espelho em que o senhor pudesse ver-se. Pois me faz lembrar do salmo: "O senhor fez o homem um pouco menor que os anjos, o senhor o coroou com glória e honra, o senhor coloca todas as coisas aos seus pés".

— Mas o chão foi tirado debaixo de mim — lamentou-se Hamlet.

Meus olhos estavam molhados de lágrimas. Ajoelhei-me diante dele.

— Hamlet, o senhor é uma peça do trabalho de Deus, a glória da Dinamarca, e meu amado — sussurrei.

Ele também se ajoelhou e colocou os braços ao meu redor. Seguramo-nos como se estivéssemos nos salvando de um afogamento.

— Não, Ofélia. Você é o trabalho maravilhoso, tão nobre em seu pensamento. — Suas mãos tocaram meu rosto. — A beleza do mundo. — Sua voz quebrou-se de emoção assim que seus dedos fizeram o contorno de meus lábios. — Você, também, me faz lembrar de uma canção divina, pois foi maravilhosamente e cuidadosamente feita. — Seus dedos tatearam minhas costelas. Debaixo de meu vestido, ele tocou as cicatrizes na parte de trás de minhas pernas. Gentilmente, ele me deitou.

Ali, sentindo a fria pedra em minhas costas e com meus braços ao redor de seu pescoço, senti o sabor de suas lágrimas e o consolei com toda a força de meu corpo. Entendi que a dor e o amor são primos próximos, pois por conta de sua perda ele finalmente falou as palavras que eu há muito queria ouvir.

— Prometo amá-la verdadeiramente e para sempre — ele sussurrou em meu ouvido.

— E eu a você. Hamlet, sou sua.

Então confirmamos nossos votos com o ato de amor.

Alguns dias depois do casamento, os convidados que tinham viajado a Elsinor partiram e o silêncio voltou, mas não a paz completa. Meus pensamentos guerreavam dentro de mim sempre que me lembrava do que Hamlet e eu tínhamos feito. Eu havia lhe dado meu bem mais valioso, aquele que nunca poderia pegar de volta.

Não é nada, pois é bastante comum que uma garota entregue sua virgindade a um homem, dizia uma voz em minha cabeça. Parecia o comentário de Gertrudes sobre uma história de amor.

Não é um prazer passageiro, mas um amor verdadeiro e duradouro, respondeu uma voz de um livro de ideais da corte.

Você está arruinada e acabada depois desse pecado!, rebateu uma voz puritana. O rosto de Elnora me vinha à mente, lamentando que eu tivesse perdido tudo que ela me ensinara.

Não, você renasceu através do amor. Não é mais uma serva, uma mulher nasceu, replicou uma voz mais sábia e generosa.

O que está feito está feito e não pode ser desfeito, chegou uma voz mais severa, como a de meu pai.

— Ah, mas o que devo fazer agora? — perguntei-me em voz alta.

Reze para que esse segredo não seja revelado, aconselhou uma voz mais experiente, e eu concordei, arrependida.

Enquanto debatia comigo mesma, meu pai me chamou. Perguntei-me o que poderia ser, pois ele tinha me ignorado durante meses. Quando cheguei a seus aposentos, ele estava andando de um lado para o outro entre caixas e coisas espalhadas de meu irmão, que tinha voltado da França. Pelo jeito como puxava a barba e mexia a garganta, eu sabia que ele tinha outras questões em mente. Deveria ter me ajoelhado à sua frente, mas me senti autorizada a não demonstrar esse respeito. Além do mais, ele tinha ignorado suas obrigações em relação a mim. Então fiquei em pé diante da mesa, esperando que ele falasse.

Meu pai se inclinou e perguntou, em voz baixa:

— O que você tem percebido sobre a rainha e Cláudio?

— Nada, meu senhor. — Essa era a verdade.

— Não finja tanta inocência, criança! Não te ensinei a ficar atenta ao seu redor? — ele perguntou, sua voz afiada.

— Sim, pai, mantenho meus olhos abertos — eu disse, fingindo humildade. Mas ele pegou meu queixo e o levantou, forçando-me a olhá-lo nos olhos.

— Muitos acham estranho que Cláudio tenha casado com a viúva de seu irmão tão rápido. Diga-me o que é falado em segredo entre vocês damas — ele pediu.

Agora eu suspeitava de meu pai. O que ele queria saber e em nome de quem? Na verdade eu não sabia de nada, pois nós falávamos com cuidado sobre as coisas que envolviam a rainha. Eu julgava mais seguro defender Gertrudes.

— Por que ela não pode escolher seu marido? Ela está acostumada a ser a mulher de um rei e não ficaria satisfeita com menos — retruquei, repetindo o que tinha ouvido de Elnora.

Com a mente cheia de outros problemas, meu pai não percebeu o tom desobediente de minhas palavras.

— Dizem que ela traía o rei Hamlet — ele sussurrou, inclinando-se mais perto.

A ideia me encheu de horror.

— Eu não vi nada! — falei. E devolvi: — Por quê? O que o senhor sabe?

Meu pai, surpreso, deu um passo atrás e torceu os lábios. Em vez de falar de novo, balançou o dedo para mim e saiu da sala bem quando meu irmão entrou. Laertes bateu numa pilha de caixas para não trombar comigo.

Segurei uma gargalhada. Mas eu estava feliz por ver meu irmão e esperava que ele falasse gentilmente comigo. Ele parecia bem, vestido com uma capa de viagem avermelhada sobre uma jaqueta bordada. Meias de seda cobriam suas pernas fortes. Com seu jeito de andar, ganhou um ar mais intenso e combativo que o que tinha quando era garoto.

Saí detrás da mesa e tentei alcançá-lo, sugerindo um abraço. Laertes segurou rapidamente minhas mãos e me manteve afastada dele.

— Querida irmã, antes que eu parta tenho um conselho a que você deve prestar atenção. — Seu tom era de negócios. Recuei, machucada.

— Diz respeito ao príncipe Hamlet. Eu soube que você sempre o encontra em segredo, vestindo um disfarce rústico. Duvido que seus jogos bobos sejam apenas inocentes — ele disse.

Sem palavras, olhei para baixo tentando esconder o rosto, que de repente parecia corar. Como Laertes tinha descoberto nosso amor?

— O sangue de Hamlet é quente, e você é ingênua. Talvez ele diga que te ama agora, mas não acredite. Ele não pode escolhê-la, pois está preso à sua origem. Nem sua vontade é dele mesmo.

Eu não queria ouvir essa palestra irritante.

— Por que não posso escolher quem eu amo? Quem me impedirá? — perguntei jogando o queixo à frente, como costumava fazer durante nossas discussões quando éramos crianças.

— Você sabe que esta é uma pergunta tola. Nosso pai decidirá com quem você vai se casar e quando. Ou eu, quando ele não puder.

Não me atrevi a discutir mais com Laertes. Sua armadilha tinha feito que eu admitisse meu amor por Hamlet. Mas eu não me entregaria.

— Você não pode me controlar — eu disse, cruzando os braços, determinada a ficar em silêncio.

Então meu irmão mudou seu comportamento e passou a suplicar:

— Querida Ofélia, minha reputação também está envolvida nesse assunto. Pense na sua honra perdida e na do nome de nossa família, se acreditar nos versos de amor de Hamlet e entregar seu tesouro a ele.

As almas e os espíritos testemunharam minha relação com Hamlet na muralha? Não, pois, se tivéssemos sido vistos, Laertes saberia que seu aviso estava atrasado. Enfiei o dedo em seu peito.

— Você, querido irmão, ouça este conselho que lhe dou. Cuide de sua própria honra, e eu cuidarei da minha. Não me mostre o caminho íngreme e espinhoso da virtude enquanto você segue pela tranquila trilha das prímulas.

Ele riu de escárnio. Eu queria me jogar contra ele e arranhar seu rosto. Por que algumas liberdades são dadas aos homens, mas são consideradas pecado se usadas pelas mulheres?

Naquele momento, nosso pai entrou no quarto, fazendo um gesto com o braço para que Laertes saísse rapidamente. Derramou todas as suas máximas como se espalhasse flores por onde meu irmão tinha passado.

— Acima de tudo, seja verdadeiro consigo mesmo e você não poderá ser falso com nenhum homem — ele gritou nas costas de Laertes.

Que palavras vazias vinham de meu pai, um homem tão acostumado a ajustar-se ao molde do poder que não tinha uma forma própria verdadeira! Notei, pela primeira vez, que suas costas estavam ficando arqueadas por causa da idade e seu cabelo já estava ralo. Observei que ele tocou os olhos e suspirou como um pai quando Laertes enfim desapareceu. Ele tinha alguma vez secado minhas lágrimas? Ele tinha amado minha mãe e chorado quando ela morreu? Ele seria diferente se ela estivesse viva? Gostaria de fazer essas perguntas a ele, mas não tinha coragem.

— Ofélia, o que Laertes disse a você?

— Alguma coisa sobre lorde Hamlet — respondi. — Nada importante.

— Tenho ouvido que você têm sido generosa em dedicar seu tempo a ele. O que há entre vocês? — Suas sobrancelhas se juntaram em uma linha, os olhos intensos sobre meu rosto.

Laertes e meu pai estavam conspirando contra mim? O que meu irmão sabia meu pai também deveria saber. Eu falaria a verdade e não o provocaria mais.

— O príncipe Hamlet sinalizou que sente algo por mim — eu disse, escolhendo cuidadosamente as palavras. Ousei acreditar que, como ele tinha amado minha mãe, pudesse entender meu amor.

— Quais foram os sinais? Diga-me agora — ele pediu, como se me persuadisse com doces.

— Cartas, presentes e promessas verdadeiras — enumerei, levando as mãos ao coração com a esperança de que minha alegria o comovesse.

— E você acredita em suas gentilezas afetivas? — ele questionou, com menosprezo. Na presença dele eu me senti pequena e insegura. Dúvidas sobre a sinceridade de Hamlet começaram a me cutucar.

— Eu não sei, meu senhor, em que devo acreditar — falei, minha voz trêmula pelo esforço de tentar controlá-la. Senti a irritação familiar a meu pai crescer em mim.

— Ouça-me. Aumente seu preço. Em breve, ofereça-se carinhosamente ou você me entregará um tolo! — Ele fez um gesto com os braços imitando uma mãe embalando um bebê.

Dei um grito sufocado, chocada com a grosseria de meu pai ao zombar de minha virtude.

— Ele prometeu seu amor a mim da maneira mais honrada — lancei, envolvendo-me em minha dignidade como em uma capa rasgada. Lágrimas começaram a encher meus olhos.

— Não acredite nas promessas dele! São armadilhas para pegar galo! — ele gritou para mim.

Meu esforço para manter a calma falhou. Não consegui conter a raiva, e minha dor espirrou incontrolavelmente.

— Eu acredito em Hamlet! — gritei. — Por que o senhor não acredita em mim? Não sou uma criança, uma garotinha como parece pensar. Olhe para mim! — Joguei-me sobre ele, batendo meus seios violentamente, depois levantei as mãos, pedindo sua atenção. — Tenho quase a idade que minha mãe tinha quando me deu à luz. O senhor me enxerga? Se lembra dela? — Fui descuidada com as palavras, querendo machucá-lo, como se ele ainda possuísse algum lugar que pudesse ser ferido.

Ele pegou meus punhos e os segurou. Não me apertou, mas seu olhar gélido fez com que eu não acreditasse que podia ter algum sentimento carinhoso.

— Não a quero trocando palavras ou gastando tempo com lorde Hamlet daqui em diante — ele disse, em uma voz dura e fria que me impedia de enfrentá-lo novamente.

Olhei para baixo a fim de esconder minha tristeza e minha fúria. Decidi que, a partir daquele momento, não seria mais a filha de meu pai. Mas continuaria a deixá-lo pensar que ainda me controlava.

— Eu saberei se você me desobedecer, menina — ele avisou.

— Eu obedecerei, senhor.

A mentira que falei para meu pai foi na verdade a promessa que fiz a Hamlet. Eu tinha dado tudo a Hamlet. Ele, não meu pai, era agora meu senhor.

Por ausência e negligência, os laços que me ligavam a meu pai e a Laertes se desgastaram desde que eu entrara para ajudar Gertrudes. Agora esses laços tinham se rompido, como uma corda podre. Sem porto, um barco no oceano, eu encontraria meu próprio caminho pelas ondas. E poderia ver Hamlet de novo quantas vezes quisesse.

Pensava nisso enquanto voltava para meu quarto depois do confronto com meu pai. Ali encontrei uma mensagem de Hamlet pedindo que eu o encontrasse naquele mesmo dia. Estava quase na hora, por isso me apressei em vestir minha fantasia de pastora. Fiquei pensando como Laertes soubera de meu disfarce e lamentei a mudança de meu irmão, que se importava comigo ainda menos que com sua reputação. Senti a injustiça do tratamento de meu pai, que carinhosamente autorizou Laertes enquanto cruelmente me repreendia. Meus lábios tremeram, mas contive as lágrimas. Por que deveria me importar se o amor de meu pai estava perdido quando eu tinha o amor de Hamlet? Corri para encontrá-lo como se qualquer atraso pudesse significar perdê-lo.

Saindo do castelo por um caminho circular, olhei para trás, esperando ver o espião que meu pai colocara atrás de mim. Mas ninguém me seguia. Apesar do calor do meio-dia, eu usava uma capa sobre o vestido rústico, como se ela fosse a chama que queimava meus pensamentos. Eu queria, mas temia ver Hamlet, enquanto rememorava nossas palavras de amor e nosso beijo na muralha. Aquela noite mudara tudo entre nós? Ele agora me cumprimentaria tão gentilmente quanto antes? Ou tinha me chamado para acabar com tudo? Que os céus impeçam que isso aconteça! E lá ia eu, como um servo à disposição de seu chamado! Talvez eu devesse falar antes e cancelar nossas promessas, com isso salvando algumas migalhas de honra. Vozes distintas brigavam dentro de mim, e com elas estavam as vozes desdenhosas de Laertes e de meu pai, até que comecei a acreditar que eu na verdade era uma tola que perdera sua virtude.

Com esses pensamentos, diminuí o passo até chegar a um recanto sombreado entre o campo e a floresta. Era um lugar deserto que Hamlet e eu usávamos para nossos encontros. Ali soltei o cabelo e o deixei cair livremente, como Hamlet gostava. O ar frio acalmou meu coração quente. Borboletas voavam entre as margaridas e os pássaros que cantavam de seus ninhos camuflados. Vi Hamlet e Horácio deitados à sombra de um grande arbusto enquanto seus cavalos pastavam na doce grama ali perto. Ao me ver, Horácio levantou-se e se afastou. Assim que galopou para longe, Hamlet gritou:

— Apresse o passo, pois lembre-se, hoje me confessarei.

Gravei suas palavras, pois elas alimentaram os pensamentos que me torturavam. De qual pecado Hamlet estaria arrependido? Era o pecado de me amar?

— Minha amada Ofélia, o que lhe aflige neste dia tão bom? — perguntou Hamlet, percebendo meu humor atormentado. Evitei beijá-lo enquanto ele pegou minha capa e a esticou na grama para mim.

Sentei-me, mantendo-me firme e ereta. Olhei para o sorridente Hamlet, que se espalhou pelo chão. Ele não se comportava como uma amante que pretendia me descartar. Mas escolhi minhas palavras com cuidado entre aquelas que poderiam jorrar de minha boca.

— Discuti com meu pai e Laertes, que suspeitam de nosso amor e duvidam de suas boas intenções. Eles estiveram me espionando. Sinto-me como uma veado cercado pelos cachorros!

Hamlet esticou os braços para mim e cantou:

— Venha aqui, minha Rosalinda. Sou um veado sem uma das patas.

— Mas eu me desviei.

— Não estou disposta a brincadeiras hoje, Hamlet. Só quero ser livre e, onde quer que eu esteja, alguém está tentando me pegar — retruquei, tentando descrever meus sentimentos sem que parecessem reclamações. — Seu beijo é a armadilha com a qual meu pai está contando para me pegar.

— Você me entende mal, Ofélia, pois eu não a entregaria a ele ou a seus cachorros — disse Hamlet.

— Então eles vão me destroçar! Minha honra foi destruída, serei expulsa da corte e enviada para um convento em algum lugar, para nunca me casar!

— Isso não vai acontecer, pois eu me casarei com você.

— Hamlet, eu o avisei que não consigo aguentar suas provocações hoje. Sua alegria é uma estratégia para me afastar do senhor? Diga-me com palavras diretas que se arrepende de nosso beijo!

— Não estou brincando — ele interveio, com o olhar ferido. — Prometi meu amor a você, e agora me casarei com você. Depois poderemos nos tocar sem que isso seja pecado e ninguém mais poderá fazer nada.

Era difícil acreditar em suas palavras. É verdade que casando-me com Hamlet eu me livraria do poder de meu pai. Era um pensamento tentador. Mas como eu poderia ter certeza de que Hamlet falava sério?

— O senhor sabe que não é livre para se casar comigo. O senhor mesmo disse.

Hamlet falou com uma paixão repentina:

— Não sou livre para me casar? Quem me impediria? Meu pai? Ele está morto. Minha mãe, que se casou de novo antes de seu corpo esfriar? Não! Cláudio poderia me dar ordens? Nunca! Ele não é meu pai e nem o reconheço como meu rei.

— Mas meu pai não permitiria que eu me casasse com quem eu desejo — lamentei.

— Pelo contrário. Nada melhor para as ambições de Polônio que a senhora se casar comigo — replicou Hamlet, friamente.

— Danem-se as ambições dele! Não quero sua permissão! Não lhe agradarei! — gritei, confusa e frustrada.

— Então se case comigo e esqueça-o para sempre! — Hamlet respondeu rapidamente, como alguém que dá a estocada vencedora na esgrima.

Levantei-me de uma vez da sombra e peguei minha capa como se fosse voar. Hamlet me seguiu de joelhos para o sol, que o iluminava. Sua túnica estava aberta no pescoço e suas mangas, levantadas até os cotovelos. Seu cabelo preto estava bagunçado, a touca e os sapatos rústicos de couro, jogados ali perto. Ele sorriu, com os olhos azuis brilhantes, e eu me senti fraca de amor. Eu sabia que faria qualquer coisa que ele pedisse.

— Case-se comigo, Ofélia. — Ele pegou minhas mãos, que seguravam a capa.

Fiquei sem ar, pois ele tinha lido meus pensamentos.

— Juro, minhas ambições não vão além de seu coração — ele disse, com sentimento. Sua cabeça estava na altura de meus seios, e resisti à tentação de mergulhar os dedos em seus cabelos. — Se você estivesse ao meu lado, eu escolheria este lugar simples na grama em vez do trono folhado a ouro da Dinamarca.

Meus olhos saltaram ao ouvi-lo renunciar a todo desejo pelo trono injustamente tomado por Cláudio.

— Na verdade, acho que o senhor fala honestamente — respondi devagar. — O senhor não me enganará, meu amor?

— Juro pelos céus. E agora devo me confessar por ter jurado! Venha, vamos juntos nos livrar de nossos pecados.

Eu o deixei pegar meu braço. Ele me levou até onde estava seu cavalo e me colocou na sela. Montou atrás de mim, e o cavalo, com o peso dobrado, nos levou calmamente pela floresta fechada, como se soubesse nosso destino. As folhas nos roçavam levemente quando passávamos, e os pássaros voavam à nossa frente, nos chamando. As árvores cresciam altas, depois arqueavam sobre nossas cabeças como abóbadas de alguma grande igreja, seu vitral brilhando em cores com a luz dourada do sol. Não falamos, mas respiramos como uma só pessoa.

Chegamos à velha cabana de pedra onde tínhamos nos encontrado antes. Alguém aguardava vestido com uma capa marrom com capuz. Era o pároco da vila, levado até ali por Horácio para perdoar, como lhe contaram, uma pobre alma prestes a morrer.

— Eu sou ele — anunciou Hamlet —, aquele que morrerá se esta dama não me aceitar.

Então Hamlet orientou o pároco, pegando sua Bíblia e lhe mostrando quais as passagens que deveria ler.

— Teremos o Canto de Salomão, o elogio do amor — disse Hamlet. Depois, falou de lado para mim: — Duvido que a educação das servas permita a leitura deste livro da Escritura.

O pároco pegou a Bíblia de Hamlet e considerou a passagem, mexendo no queixo barbado. Então limpou a garganta demoradamente antes de falar. Veio-me à mente que ele deveria ser tratado com um emplastro de mostarda, mas afastei essa ideia, que não combinava nada com o momento solene que estava para acontecer.

— Esse livro, realmente, é o mais apropriado para esta ocasião — começou o pároco —, pois ele expressa o próprio comprometimento de Cristo com sua Igreja, que promete fidelidade a seu Senhor.

Hamlet o interrompeu com um gesto impaciente de mão.

— Guarde a pregação, bom padre. Apresse-se para nos casar e Deus o recompensará.

Horácio mexeu nas moedas em sua bolsa, e o pároco quase derrubou a Bíblia no afã de obedecer. Começou a cerimônia com o entusiasmo de alguém encantado por casar amantes secretos. Se suspeitou que era o príncipe da Dinamarca que estava à sua frente, não o demonstrou.

— "As flores surgem na Terra; o tempo de cantar chegou, e a voz da rolinha é ouvida em nossas paragens" — ele leu. Os versos eram perfeitos para a cena da floresta, pensei. — "Meu amado é como uma gazela ou um jovem veado. Espere, ele vem saltando pela montanha, pulando nos montes!" — Esse seria Hamlet, meu amante selvagem, pensei. O pároco segurou o livro em uma mão enquanto gesticulava com a outra em direção à floresta ao nosso redor como se convocando a gazela, que sem dúvida era uma criatura maravilhosa, perfeita para uma história de amor. Estava tão encantada com o momento que precisei fechar os olhos para segurar as lágrimas de alegria.

— "Deixe que ele beije sua boca, pois seu amor é melhor que o vinho" — entoou o pároco enquanto Hamlet me beijava amorosamente. Apesar de estarmos na floresta da Dinamarca, senti como uma brisa os perfumes imaginários das distantes terras bíblicas: mirra, aloe, hena e canela. Mas o cutucão de Hamlet avisou-me para não sonhar.

— Sim, me casarei agora — sussurrei, consentindo a mim mesma antes de fazê-lo para Hamlet.

— "Meu amado é meu e eu sou dele. Grave-me como um selo em seu coração, pois o amor é tão forte quanto a morte." — Com essas palavras, um selo sagrado foi colocado sobre nossos desejos. Hamlet provou a verdade de seu amor por mim. Segurou minha mão firme em seu peito, e meu coração bateu com uma alegria à qual não estava acostumada.

Então Hamlet e eu estávamos casados com nossos trajes rústicos, enfeitados de flores silvestres. Eu disse meus votos acreditando que o amaria até minha morte. Ele também disse seus votos com uma fé perceptível, e Horácio foi nossa testemunha.

Naquela noite em Elsinor, nenhum banquete real celebrou o casamento do príncipe. Mas Hamlet e eu o celebramos nos olhando e tocando, e ousamos dormir em sua cama. Quando o relógio anunciou meia-noite, uma forte batida me fez tremer de medo. A porta se abriu violentamente, a tranca cedeu, e Horácio entrou no quarto.

— Para as muralhas, Hamlet. Ele está chegando! Chega a qualquer momento! — Hamlet saltou da cama sem dizer nada, pegou suas roupas e desapareceu com Horácio na escuridão.

Fiquei deitada sem me mexer e em silêncio como uma estátua numa tumba na escuridão do quarto de Hamlet enquanto perguntas vagavam por minha mente. Que coisa terrível teria levado Horácio a interromper nossa noite de núpcias? Nosso casamento secreto fora descoberto? Qual o significado de seu olhar apavorado e suas palavras "Ele está chegando"? Elsinor estava sendo atacada? Ouvi, mas não consegui perceber nada de estranho no castelo. Apenas meu coração fazia um barulho que eu confundia com passos. Ninguém se mexeu ou gritou. O silêncio cobria Elsinor como um pesado cobertor.

Achei que não era seguro ficar na cama de Hamlet. Então me vesti e, pela densa e desconhecida escuridão, arrastei-me de volta para meu quarto e me deitei em minha cama. Ouvi os chamados tristes das pombas nas cavidades das rochas das paredes do castelo e invejei os pássaros que faziam seus ninhos livremente e sem medo.

Quando amanheceu, levantei-me e coloquei meu vestido amarelo-damasco. Peguei alguns instrumentos de bordado, mas meus dedos eram incapazes de segurar uma agulha. Apenas olhei para o trabalho inacabado com cravos e margaridas em uma seda azul e púrpura enquanto sussurrava para mim mesma: "Sou a esposa de Hamlet". As palavras soavam estranhas e impossíveis. Comecei a duvidar dos acontecimentos do dia anterior, como quando se suspeita que uma visão do céu aberto é uma invenção da mente. Eu tinha apenas sonhado com nosso casamento?

Debrucei-me na janela e olhei o sol da manhã disputar espaço com os sapos. Seus fracos raios brilhavam na grama orvalhada e fazia as ervas do jardim brilharem como se estivessem enfeitiçadas.

— Hamlet é meu... marido? — disse a mim mesma. A afirmação se tornou uma questão quando me lembrei quão de repente ele abandonara nossa cama. Por que ele tinha se levantado e desaparecido sem nenhuma explicação, um beijo ou promessa de retorno? Não foi um bom presságio para nosso casamento.

Então arranquei esses pensamentos que pareciam rebarbas em meu cérebro. Quando ouvi um profundo suspiro, olhei para cima e assustei-me ao ver Hamlet emoldurado no arco de pedra da porta. Quanto tempo fazia que ele estava ali? Por que não me cumprimentou?

— Meu querido, meu amor — eu disse. — Não consegui dormir, pois senti sua falta — falei com cuidado, pois não queria repreender meu marido na manhã seguinte ao nosso casamento, apesar de achar que seu comportamento pedia isso. — Qual foi o problema?

Interrompi-me quando notei sua péssima aparência. Suas meias estavam rasgadas e sujas, e sua capa, desamarrada. Seu rosto estava pálido e ele tremia como se estivesse com frio, embora fosse julho.

— Por que, meu senhor, parece que foi visitado por um fantasma!

Ele falou como um homem culpado.

— Você também o viu? — sussurrou.

— Se eu o vi? O que quer dizer? Hamlet, o senhor está me deixando com medo. — Eu me levantei e fui até ele.

— Não se aproxime, Ofélia. — Ele se afastou e me manteve a um braço de distância.

— Esta não é uma maneira apropriada de cumprimentar sua nova esposa — reclamei.

— Shhh. Não fale nada sobre isso agora. Mais segredo.

— Por quê? Quem vai nos ouvir neste quarto? O senhor parece tão distraído. O que o perturba?

— Não posso dizer.

— Acredite em mim. Sou sua...

— Não! Você deve permanecer inocente em relação aos meus atos — ele murmurou, com um sentimento repentino.

— O que o senhor fez? — perguntei, minha voz se alterando de medo. Quando ele respondeu, suas palavras estavam pesadas e tinham um ar desesperançoso.

— Nada ainda. Mas o que estou prestes a fazer vai provocar uma fenda entre mim e a senhora.

— Não entendo, meu senhor. Rogo que me explique o que quer dizer — implorei. Isso significaria que ele se separaria de mim?

Inclinei-me mais para sentir o perfume de alecrim em meu cabelo e coloquei a mão em sua face. Ele a segurou ali por um momento, então a afastou e balançou a cabeça repetidamente.

— Não me afaste — pedi, minha voz embargada com as lágrimas. — Estou disposta a compartilhar o seu destino, e o senhor o meu. — Pude vê-lo lutando com alguma força interior. — Fale comigo — sussurrei.

— Jure que não vai dizer a ninguém o que estou prestes a revelar. — Suas mãos pressionaram meus ombros.

— Não direi a ninguém. — Apesar de minha confusão, estava excitada, aguardando a revelação.

Então ouvi com surpresa Hamlet relatar que tinha ido com Horácio até o parapeito na noite anterior, exatamente no local de nosso beijo. Ali os guardas tinham visto uma aparição fantasmagórica. Minha pele pinicou quando Hamlet me contou que ele, também, viu o fantasma de seu pai morto, armado da cabeça aos pés. Que ele seguiu a visão que acenava na escuridão, apesar dos avisos de Horácio de que aquilo poderia levá-lo à loucura. Que seus ossos congelaram quando o perturbado espírito lhe revelou que ele, rei Hamlet, tinha sido assassinado.

— Assassinado? — repeti. — Mas como? E por quê?

— Sim, assassinado. Cláudio foi a serpente que mordeu meu pai — Hamlet disse, com agonia na voz e nos olhos. — O espírito me contou que meu tio colocou essência de meimendro em seus ouvidos, coagulando seu sangue e acabando com sua vida.

Lembrei-me do armário de Mechtild com sua fila de venenos, uma maneira fácil de fazer o mal ao alcance de um vilão que tem o coração de uma raposa. Pensei na relação ruim entre o rei Hamlet e seu irmão, os rumores que circularam depois da morte do rei e meu pai me questionando o que eu tinha visto.

— É o crime de Caim, o assassinato do irmão — balbuciei.

— Esse Caim então roubou a esposa de seu irmão e a levou para sua cama incestuosa. E ele roubou a coroa de seu irmão... a coroa de meu pai e minha por direito! — disse Hamlet, entredentes.

— Pensei que o senhor não quisesse a coroa! Ainda ontem, antes de nos casarmos, o senhor disse que renunciaria ao trono da Dinamarca. — Meu protesto pareceu fraco naquele momento, e Hamlet o ignorou.

— Mas tenha cuidado, Cláudio, pois jurei pela espada de meu pai que vingarei seu asqueroso assassinato. — Cada uma das palavras traduzia sua firme decisão.

Estremeci ao ouvir a promessa de Hamlet. Tentava entender o horror que ele descreveu, um assassinato provocado pelo ciúme.

— Parece coisa de uma estranha ficção. — Balancei a cabeça, incrédula. — Como o senhor pode acreditar na palavra de um fantasma?

— Eu não duvido da visão. Por que duvida de mim? — As palavras de Hamlet soaram afiadas.

— Horácio deve estar certo. O fantasma deve ser um demônio enviado para contaminar sua mente com tristeza — falei, tentando raciocinar com Hamlet. — O senhor tem certeza de que ele não o está enganando?

— Era a imagem de meu velho pai e falou com sua voz. De verdade, não era um demônio!

— Mas por que o senhor precisa fazer justiça? Matar um rei! Não pense nisso, deixe a vingança para os céus!

— Fiz um voto sagrado, e a vingança é minha responsabilidade — ele afirmou, sem desistir.

— O pedido de um fantasma está acima da súplica de uma esposa? Como sua promessa de vingança usurpa nossos votos matrimoniais? — perguntei.

— Você mesma disse, Ofélia, que nós somos obrigados a compartilhar o destino um do outro. Este é o meu destino agora.

Hamlet ajoelhou-se diante de mim como quando fez a proposta de casamento.

— Jure ficar em silêncio e não contar a ninguém o que sabe.

— Por que o senhor me contou isso? — gritei, colocando as mãos nas orelhas. — Não quero saber dessa maldade!

Hamlet tomou minhas mãos nas suas.

— Uma vez você me disse: "Teste-me, não vou decepcioná-lo". Agora eu a testo. Não me decepcione, meu amor.

Balancei a cabeça devagar, mais derrotada que negando.

— Jure!

Sentindo-me obrigada, eu jurei, como ele me pediu, não revelar seu plano de vingança. Meu coração parecia um saco cheio de pedras e jogado em alto-mar.

— Com sua ajuda, eu não falharei. Ofélia, prometa ajudar-me!

— Que escolha tenho? — falei, em desespero. — Sou prometida ao senhor, e o senhor prometeu vingar-se. — Minhas lágrimas começaram a cair, e Hamlet transformou-se de novo na imagem do marido amoroso. Ele secou minhas bochechas com as mãos e me beijou na testa.

— Uma vez que essa promessa esteja cumprida — ele continuou —, vou honrá-la. Todos saberão que somos marido e mulher, e a senhora, Ofélia, será minha rainha.

Eu deveria ter ficado feliz por ouvir aquelas palavras e imaginar-me como rainha. Mas eu teria trocado tudo para sermos Jill e Jack, um simples casal de camponeses.

— Farei como pede, meu senhor — respondi, ainda que meu coração não aceitasse.

— Encontre-me hoje ao entardecer na capela — ele pediu e foi embora, os passos silenciosos sobre o chão de pedra.

𝒟urante todo o dia, fiquei incomodada pensando no que acontecera entre mim e Hamlet. Meu marido estava louco, perguntei-me, com sua conversa de fantasmas e assassinato? Como pude concordar em ajudar em sua vingança? Por que tinha um marido que conhecia tão pouco? Eu precisava da sabedoria de alguém que estava casada havia muito, como Elnora. Procurei-a e, dissimulando minha situação e meus pensamentos atormentados, ofereci-lhe uma bebida de menta e a abanei enquanto ela bebia.

— Estive lendo uma história sobre uma boa esposa severamente testada por seu marido, e isso me fez pensar em algumas questões concernentes ao casamento. Lorde Valdemar alguma vez a deixou perplexa com seu comportamento e pareceu estranho à senhora?

Elnora olhou-me com surpresa, como se suspeitasse de algo.

— Ora, que pergunta peculiar, Ofélia!

— Só quero um pouco de sabedoria para quando eu me casar — falei, como se aquilo não importasse muito.

— Toda esposa um dia acorda e se pergunta se cometeu um equívoco casando-se — disse Elnora. — E o mesmo acontece com os maridos, suspeito. Mas então é muito tarde, pois estão tão ligados um ao outro como um boi ao seu longo mugido.

Tentei outra questão que poderia trazer um conselho melhor.

— Foi difícil para a senhora entregar-se às vontades de lorde Valdemar quando se casou?

— Uma jovem noiva curva-se facilmente às vontades de seu marido. Ha, ha! — Elnora cutucou-me com o cotovelo. — Na verdade, lorde Valdemar não é diferente de nenhum outro homem. Ele achou que me controlava, como vai fazer seu marido um dia. "Eu sou o líder", ele dirá. Então conceda isso a ele — ela aconselhou, mexendo os ombros e se curvando mais. — Mas lembre-se disto: o marido pode ser a cabeça, mas a esposa é o pescoço, e é o pescoço que vira a cabeça na direção que lhe agrada.

— Espero que o tempo me deixe tão sábia quanto a senhora — eu disse com um suspiro. Tinha certeza de que poucos maridos se comportavam de maneira tão estranha quanto Hamlet. Além disso, não acreditava que poderia liderar meu marido como Elnora aprendera a controlar lorde Valdemar.

Quando anoiteceu, fui à capela esperar Hamlet. Sentei-me em um banco na arcada embaixo das janelas e pensei nas palavras de Elnora. Desde o enterro do rei Hamlet, a capela tinha sido pouco usada e a poeira havia tomado conta do lugar. Nenhuma forma semelhante a um fantasma tinha aparecido, a paz não era perturbada. Olhei quando o sol mergulhou no horizonte e o vidro das janelas do santuário reuniu gotas de sangue vermelho e azul-cobalto ao longo da nave pouco nítida da igreja.

Vi Hamlet entrar com um grande livro nas mãos. Ele tinha se trocado e estava usando novamente sua tradicional roupa preta. Seus gestos eram calmos, mas ele estava mergulhado em pensamentos. Olhava para cima como se procurasse respostas no teto onde os arcos da nave se encontravam. Meu coração disparou ao ver seu nobre rosto, seu amado corpo que não se alterava com a agitação da manhã. Rezei para que ele tivesse deixado de lado suas ideias extremadas.

Hamlet olhou para baixo e percebeu que estava na frente da lápide colocada recentemente, sob a qual seu pai estava enterrado. Balançou a cabeça e o profundo suspiro que deixou escapar ecoou como o vento na capela vazia.

— Aqui estou, meu senhor — sussurrei, saindo das sombras dos arcos.

Hamlet virou-se para a direita e para a esquerda antes de me ver e aproximar-se.

— Não quis assustá-lo — eu disse, pegando suas mãos e as encostando gentilmente em minha bochecha. Mas Hamlet não estava com ânimo para o toque carinhoso. Ele pegou minha cabeça com as duas mãos e me beijou com paixão, deixando o livro cair no chão com um estrondo.

Suas mãos e lábios estavam quentes e cheios de vida, mas senti um arrepio percorrer-me as costas. Afastei-me de seu abraço e olhei ao redor. Uma efígie de pedra de algum rei morto havia muito nos encarava com severa repreensão. Em um quadro escurecido com lama escura, Adão e Eva nus afastavam-se do anjo vingador. Senti seus olhos ruins em mim e estremeci.

— Uma nuvem de testemunhas mortas há tempos registrou nosso beijo — falei. — Não existe privacidade neste lugar sagrado.

— Como esta capela pode ser sagrada se ninguém mais reza aqui? — questionou Hamlet. — Vamos santificá-la novamente para o deus do amor.

— Apesar de estar abandonada e vazia, alguma coisa sagrada ainda está presente e não vou desonrá-la. Por isso, vamos fazer amor mais tarde em um local mais apropriado.

Hamlet não brigou. Afrouxou o abraço, e o ardor esfriou como carvão quando o vento para de soprar. Sua atenção voltou-se para o livro, que tinha recolhido do chão. Ele segurava o grande volume encapado com pele, e vi por suas letras douradas que era o livro de anatomia de Vesalius.

— Estive estudando a questão, Ofélia, de onde se localiza o mal nos homens.

Seus dedos ágeis viraram as páginas até que chegaram ao desenho do corpo de um homem com sua pele aberta revelando os ossos, o coração e um labirinto de veias e tendões. Estava ao mesmo tempo chocada e curiosa, mas não hesitei em desviar os olhos. A voz de Hamlet ficou mais animada.

— Quando ouvi sobre a morte de meu pai, estava viajando para a universidade de Pádua, onde milhares vão estudar com os mestres da medicina para dissecar todas as partes do homem e descobrir seus segredos.

— Não é pecado? — perguntei, perdendo o ar. — Uma ofensa contra a criação de Deus, abrir e cortar o corpo humano?

— Aqueles que dizem isso são inimigos da razão e do conhecimento — zombou Hamlet.

— Diga-me o que isso significa — sussurrei ansiosamente, passando o dedo pelos intrincados desenhos.

— O espírito vital origina-se aqui, no coração, e é tornado perfeito pelos pulmões, que coloca ar no sangue — Hamlet explicou. — Em uma pessoa amaldiçoada, o espírito vital está corrompido, seja por uma doença do coração ou algum distúrbio nos órgãos ou humores. E isso deixa sua marca lá dentro: um cancro no fígado ou um baço escuro. — Hamlet parou antes de chegar ao ponto. — Quero descobrir se um cirurgião, tirando um local afetado, conseguiria restaurar o espírito vital dele perfeitamente.

— Mas o mal, como um verme invisível, não trabalha dentro da fruta, mesmo quando a fruta parece boa? — perguntei. — Ninguém pode remover o verme sem destruir a maçã.

— Sim e, assim como o lado de fora da boa maçã no fim mostra sua ruína interior, os maus pensamentos com o tempo corrompem o homem.

Pensei em Cláudio. Apesar de não gostar de seus olhares, não poderia dizer que seu rosto parecia corrompido. Decidi que disputaria gentilmente com Hamlet, usando a razão para atiçar a dúvida nele. Assim agiria como o pescoço que viraria a cabeça de meu marido para longe de sua vingança, pensei, lembrando-me do conselho de Elnora.

— Se o que o senhor disse é verdade, então o assassinato de seu pai estaria escrito na testa de Cláudio — argumentei. — Mas não está. Talvez ele seja inocente?

A simples menção a seu tio fez Hamlet levantar-se rapidamente.

— Cláudio! Eu poderia mandar sua alma para o inferno! — Ele andava de um lado para o outro, cada vez mais agitado. — Mas por que, eu lhe pergunto, em alguns homens os pensamentos sobre ações nunca se movem da cabeça para as mãos? — Ele olhou para as próprias mãos como se fossem desconhecidas.

— O senhor não é um deles, Hamlet. Pense com que rapidez o senhor se casou comigo ontem. Eu hesitei, e o senhor empurrou-me para a ação — aleguei, esperando fazê-lo se distrair com pensamentos de amor. Mas Hamlet não se deixava levar.

— A senhora não entendeu o que eu quis dizer.

— Sim, entendi — respondi, firme. — Sei que o senhor fala de crimes e ações más. Mas creio que esses pensamentos extremos não sejam dignos do príncipe da Dinamarca e do meu marido.

Hamlet não deu ouvidos a minha opinião e seguiu seu raciocínio anterior.

— Você precisa me ajudar a entender, Ofélia. Diga-me, como em alguns homens seus pensamentos ruins transformam-se em ações cujas consequências afetam uma nação inteira? — perguntou, pressionando a testa como se a estivesse forçando para que seu cérebro respondesse.

Percebi que a mente de Hamlet estava presa à ideia de vingança, como uma roda presa em uma valeta. Se eu conseguisse forçá-lo para o caminho tranquilo do bom senso, então Hamlet poderia ser ele mesmo de novo.

— Responda-me! — ele pediu. — Se já existe crime no pensamento de matar, por que a ação de matar não acontece tranquilamente?

— Não sei — eu disse. — Talvez a mão dos céus esteja na sua mão. Ou talvez a razão seja sua força principal. Apenas aqueles controlados pela paixão permitem que seus pensamentos violentos tornem-se atos violentos. — Estava determinada a fazer Hamlet, pela razão do pensamento, questionar o caminho sangrento da ação. E Hamlet, como se lesse minha mente, pegou minha linha de pensamento.

— Essas ações violentas — ele me interrompeu, balançando devagar a cabeça — corrompem o corpo e a alma do homem que as comete. Mas e se o ato, por mais que pareça cruel, é desejo dos céus? Então quem pratica a crueldade deve ser agente de Deus!

— Não! Pois o ato de matar desobedece às leis humanas e divinas — argumentei, com um ardor que combinou com o dele. — Certamente não se pode continuar debatendo essa verdade.

— Vou considerar suas palavras, Ofélia, pois estão repletas de sabedoria — disse Hamlet, fechando o livro de anatomia e encerrando nossa discussão.

Minha mente estava rodando com as ideias que jogamos de um lado para o outro tão rapidamente. Será que eu tinha dissuadido Hamlet de sua vingança? Eu tinha esperança, pois sabia a força de sua razão.

— Enquanto isso — Hamlet recomeçou a falar —, precisamos encontrar uma maneira de despistar o rei e seu pai para que não suspeitem de nosso ato secreto. Nosso casamento, quero dizer.

— Eu gostaria que não precisássemos escondê-lo — falei, apesar de saber que era mais inteligente não provocar meu pai ou o rei com a revelação. E tinha crescido acostumada com segredos.

— No momento certo, Ofélia, virá à luz — tranquilizou-me Hamlet, embora não parecesse que estava pensando em nosso amor, pois seu rosto estava carregado.

— Tenho um plano, marido — falei vividamente, tocando seu braço para chamar sua atenção. — Existe uma maneira melhor de esconder que estamos casados que fingir interesse? O senhor deveria me seguir, pois meu pai acha que o senhor faz isso. Vou recusá-lo e fazer o papel de filha virtuosa, enquanto roubamos beijos secretos um do outro.

— Sim! Vamos fingir o amor para esconder o amor. Esse é um paradoxo que representarei com prazer — completou Hamlet, curvando-se para beijar meu pescoço, onde era possível ver meus batimentos cardíacos.

Segurei sua cabeça e a acariciei. Sabia que eu quebraria minha promessa para Hamlet. Como alguém que cava um túnel debaixo da fortaleza, eu minaria sua vingança, não colaboraria com ela. O jogo amoroso o distrairia de seu caminho obscuro.

A vingança era o plano de Hamlet. Esse era o meu.

Meu simples esforço de enganar Polônio e o rei transformou-se, nas mãos de Hamlet, em uma história com temas cada vez mais complexos e finais incertos.

— Lembre-se, vou parecer louco de amor por você, ou louco de modo geral, mas estou fazendo isso para enganá-los e testá-los — ele avisou.

— Por que os testamos?

— Para julgar o conhecimento deles e provar seu julgamento — ele disse, parecendo gostar da confusão.

— Por que o senhor vai fingir-se de louco? — perguntei, sem entender seu plano. Era tarde da noite e estávamos no quarto de Hamlet. Uma vela garantiu a luz trêmula sob a qual fizemos nossos planos.

— Amantes que não podem se amar são melancólicos, e melancolia não é uma forma de loucura? Deixe-os duvidar da minha sanidade mental — propôs Hamlet. Ele pegou papel e pena e em alguns minutos tinha escrito um soneto.

— Ouça — ele disse, e começou a ler com um jeito afetado.

Arqueou comicamente as sobrancelhas e seus gestos exagerados me fizeram rir. Seu olhar ferido me fez gargalhar até enfraquecer.

Duvide que as estrelas são fogo,
Duvide que o sol se move;
Duvide que a verdade seja mentirosa;
Mas nunca duvide que eu ame.

— Nada mal, mas nada muito bom também — opinei. Na verdade, o poema apressado deixava a desejar em melodia e tinha problemas na métrica.

— "Nunca duvide de que eu ame" também pode significar "nunca suspeite que eu ame". Entende?

Assenti, embora o significado tivesse me parecido obscuro.

— Não importa, pois eu sei que o senhor me ama — respondi, com um leve movimento da cabeça.

Mas Hamlet foi direto em sua resposta:

— Deve servir aos meus propósitos — refletiu.

— Como exatamente? — perguntei.

— Se Cláudio fez alguma maldade, sua razão e seu poder de julgamento estarão corrompidos, e ele será enganado; ou seja, ele vai acreditar que o que demonstramos é real. Se ele for inocente, buscará a verdade: que só fingimos sermos amantes.

— O senhor sabe que não é verdade que somos apenas amantes. Somos casados — eu o lembrei gentilmente.

— Claro. — Ele fez um gesto com a mão. — Refiro-me à verdade de nossa interpretação.

— E como meu pai reagirá? — perguntei, duvidando de que Hamlet estivesse raciocinando bem.

— Polônio, não sendo mau, mas apenas um tolo... Desculpe-me, mas ele é um tolo. Ele acreditará que essa besteira é a prova de meu amor — explicou Hamlet. — Agora vamos fazer esse poema ir a público e observar a reação deles.

— Precisamos de uma carta mostrando que o senhor escreveu o poema para mim — lembrei.

— Sim, claro. Não tinha pensado nisso. — Hamlet pegou a pena de novo e escreveu uma carta tratando-me por "embelezada" Ofélia. — Veja, eu deveria dizer "bela Ofélia", mas com o engano sugiro que sua beleza tenha sido pintada.

Tentei sorrir, mas não consegui entender como ele atingiria seu propósito escrevendo daquele jeito. Hamlet percebeu meu incômodo e tirou os olhos do papel.

— Amo a senhora, Ofélia, minha verdadeira esposa.

— E eu ao senhor, meu adorado marido — falei, animada de novo.

— Lembre-se, em sua companhia atuarei como o amante que padece diante do desprezo de sua amada; a senhora não demonstrará piedade e, mesmo assim, lhe darei minha atenção. Vamos ver como vão receber este amor.

— Sim, vou me deleitar com esse jogo — afirmei. — Como uma dupla de bobos autorizados, vamos puxar a barba dos velhos. — Coloquei a carta em meu corpete e lhe dei um beijo de boa-noite.

Na manhã seguinte, procurei meu pai, fingindo aflição, e contei-lhe que Hamlet entrara em meu quarto enquanto eu estava bordando. Descrevi-lhe suas meias soltas, sua capa aberta e seu rosto pálido. Imitando o olhar surpreso de Hamlet, mostrei a meu pai como ele me examinara. Peguei sua mão e a pressionei forte, fazendo com que sentisse meu desespero. Passei minha outra mão pela testa, como Hamlet havia feito. Fiz um sinal com a cabeça, suspirei e me afastei de meu pai sem nenhuma palavra.

— Foi exatamente assim que ele agiu! — declarei. — Não disse nada, mas seus movimentos falaram de um sofrimento terrível. Foi muito estranho!

Meu pai reagiu à minha pantomima como Hamlet previra que ele faria.

— Foi uma demonstração do verdadeiro êxtase do amor! — Esfregou as mãos de prazer e beliscou minha bochecha.

Encorajada, fiz o papel de filha obediente ainda com mais vontade. Representei tão bem que até mesmo meu pai, apesar de ser escolado em trapaças, não percebeu meu fingimento.

— Recusei as cartas de Hamlet e evitei sua presença como o senhor, querido pai, me orientou. Aqui está, com o selo intacto.

Ele pegou o envelope como se fosse dinheiro. Depois de ler a carta e o poema, vibrou de prazer e, esquecendo-me, apressou-se em procurar o rei. Esperei algum tempo e saí, sentindo um pouco de pena de meu pai por ter sido tão crédulo. Ele não parou até que soube que Cláudio estava no salão principal. Enquanto meu pai se dirigia para lá, tropeçando, apressado, subi a escada da torre para os arcos, de onde podia olhar para baixo e observar o encontro sem ser vista.

Sentado, Cláudio falava em voz baixa com Rosencrantz e Guildenstern. Gertrudes estava inclinada para ele, parecendo aborrecida. Ela segurava a coroa no colo e a polia displicentemente no vestido. Fiquei surpresa, pois nunca a tinha visto tão sem dignidade. Então espantei-me ao ver um guarda de farda azul e branca aproximar-se e parar ao lado do rei. As pernas estavam abertas e os braços cruzados de maneira ameaçadora. Uma das mãos segurava uma longa lança em cuja extremidade havia uma ponta afiada e uma lâmina curva assustadora. Reconheci que o guarda era Edmundo. *Combinação perfeita*, pensei. O vilão tinha encontrado seu lugar como soldado mercenário para proteger Cláudio e lutar por ele.

Quando os dois cortesãos estavam saindo, Gertrudes curvou-se e os chamou de volta. Esforcei-me para ouvir a conversa. Sua testa estava enrugada de preocupação. Ela parecia implorar um favor para Rosencrantz e Guildenstern. Eles curvaram a cabeça, ansiosos para atendê-la. Ouvi as palavras "amigos de Hamlet" e "visitar meu muito mudado filho".

Será uma visita muito bem-vinda, pensei com desdém. Hamlet atacaria aqueles agentes como um lobo ataca um par de patos.

Meu pai entrou apressado, anunciando a chegada dos embaixadores da Noruega e prometendo, quando saíssem, notícias muito importantes sobre a recente disposição de Hamlet. Tive de sorrir pela maneira como ele conseguira ser recebido rapidamente. Os embaixadores então entraram, usando capas com bainhas de pele e carregando mapas e muitos papéis. O embaixador-chefe proclamou em voz alta que, em função de sua inteligente diplomacia, o príncipe Fortinbrás tinha mudado de ideia em relação ao desafio a ser feito à Dinamarca. O trato com Fortinbrás, eu sabia, não era simples, pois sua missão era retomar as terras que seu pai perdera em batalha para o rei Hamlet. Mas Cláudio apenas dispensou os homens e os convidou a se reunirem com ele em uma festa à noite. *Quão pobre*, pensei, *fica o manto da realeza em seus ombros descuidados*.

Edmundo acompanhou os embaixadores até a porta e depois retornou para o lado do rei, onde permaneceu imóvel. Meu pai adiantou-se e começou seu discurso tão cheio de palavras quanto a roupa de um ator que precisa parecer gordo. Logo Gertrudes o interrompeu e pediu que fosse direto ao ponto.

— Minha rainha e senhora, encontrei a razão da doença de Hamlet — declarou. — Ele está mentalmente destemperado, louco, e a causa é esta. Eu tenho uma filha, a senhora sabe. Seu nome é Ofélia. Ele, Hamlet, seu filho, está louco de amor por ela, minha filha!

Segurando a respiração, observei como Gertrudes respondeu. Ela se endireitou e esbugalhou os olhos de interesse. Queria ler seus pensamentos. Estaria brava comigo? Então mexeu levemente a cabeça, como se soubesse. Cláudio, mantendo o rosto como uma pedra, não demonstrou nada.

— Já errei em meus conselhos, meu senhor? Alguma vez disse "isso é assim" e não era? — Meu pai atrapalhou-se em seu esforço de comunicar um assunto menor. — Acredite, nunca.

Sem responder, Cláudio fez um gesto impaciente para que meu pai continuasse. Então ele mostrou sua prova, a carta. Leu-a em voz alta, pronunciando cada frase do soneto com gestos elaborados.

Em meu esconderijo, ri, quase me entregando. Meu pai parecia ter caído na armadilha que Hamlet havia planejado. O rei também fora enganado?

Cláudio inclinou-se para a frente e questionou meu pai em voz baixa. Pensei em como meu pai tinha pensado rápido, apesar de ser um tolo. Não demonstrou que estava feliz por Hamlet estar apaixonado por mim, pois isso poderia levar Cláudio a suspeitar de suas ambições. Ao contrário, ouvi-o garantir ao rei que tinha mantido sua virtuosa, mas desprezível, filha longe do mais nobre príncipe.

— Foi esse impedimento — ele disse — que fez o príncipe mergulhar profundamente na melancolia do amor. A inquietude, a tristeza, a estranheza no modo de se vestir são sinais infalíveis.

O rei pressionou um dedo nos lábios, pensando no próximo movimento. Meu pai aguardou com um ar de expectativa. Sem dúvida, esperava que Cláudio me consideraria a cura para a loucura de Hamlet. Então ele, o sábio Polônio, avançaria para o conselho.

Eu também aguardei o passo seguinte do rei, como um peão no tabuleiro de xadrez. Desejei e rezei para que Cláudio dissesse: "Deixe-o cortejá-la. Não há nenhum mal nisso. Dou meu consentimento".

O que desejaria Hamlet? Ele queria me amar abertamente ou planejava usar nosso amor para alcançar seu propósito mais negro?

E Gertrudes? Ela pressionou o seio contra o braço de Cláudio e murmurou em seu ouvido. Sorriu para meu pai, então pareceu que estava do nosso lado. Mas Cláudio se levantou, afastando-se do seu toque.

— Descobrirei onde está a verdade — anunciou, batendo na carta.

Meu pai estava preparado.

— Produzirei uma prova mais contundente. Deixe-me colocar minha filha no caminho de Hamlet e secretamente observaremos o encontro deles.

Cláudio gostou do plano e assentiu.

Antes que a conversa terminasse, segui meu caminho para encontrar Hamlet. Tinha de contar-lhe sobre a dúvida de Cláudio e avisá-lo do plano que ele e meu pai haviam arquitetado. Procurei-o em todos os cantos até minha respiração ficar ofegante, mas o castelo estava estranhamente deserto.

Perto dos aposentos dos guardas do rei, quase trombei com meu pai, mas me escondi nas sombras rapidamente. Ele coçou a cabeça e balbuciou estranhamente quando passou:

— Ainda reclamando de minha filha! E ele me chama de vendedor de peixe? Não me conhece. De verdade, ele é louco.

Seu jeito era um mistério, mas eu não tinha tempo para pensar nisso.

Uma trombeta soou distante, anunciando a chegada de alguém ao castelo. Quando alcancei as janelas da guarita, vi um grande grupo de lordes, damas e servos acenando. Uma carroça carregada de roupas entrou no pátio, puxada por um velho cavalo. Dezenas de curiosos a seguiam. Um jovem pulou da parte de trás da carroça, acompanhando a batida do tambor, enquanto um homem gordo vestindo um colete vermelho e sinos nas calças dançava e outro tocava um tamborim.

A multidão abriu caminho para Hamlet, que ia em companhia de Rosencrantz e Guildenstern. Eles haviam seguido as instruções da rainha rapidamente, encontrando Hamlet antes de mim! Eu os xinguei silenciosamente, pois sabia que grudariam nele como sanguessugas.

Hamlet cumprimentou o jovem com um abraço e deu as boas-vindas a todos, batendo nas costas dos homens e trocando apertos de mão.

Uma trupe de atores chegara a Elsinor.

A chegada dos atores deixou Hamlet de bom humor. Na verdade, todos na corte estavam animados com a perspectiva de várias noites de música, malabarismo e teatro. Afinal, quem não queria esquecer um pouco a morte suspeita de rei Hamlet e o estranho casamento de Cláudio e Gertrudes? Também gostei de ter a chance de ver encenações da famosa trupe, que havia muitos anos não visitava Elsinor.

Hamlet gastou todo o tempo na companhia dos atores, e tive vontade de me juntar a eles. Imaginei a cena animada, os atores e Hamlet criando uma comédia para animar Elsinor. Talvez eu pudesse sugerir alguma coisa inteligente que lhes agradasse e fosse usada na peça. Três vezes ao longo do dia procurei uma mensagem de Hamlet, um convite para me juntar a eles, mas nada. Passei a noite sozinha e triste em meu quarto. Hamlet parecia ter me esquecido.

No dia seguinte, decidi ficar perto de onde os atores se reuniam, e, assim, esperava ter a atenção de Hamlet. Depois de alguma procura, encontrei-os ensaiando no vestíbulo do castelo. Hamlet os dirigia. Meu pai estava sentado em um banco, observando o comportamento de Hamlet enquanto fingia assistir aos ensaios. Ao ver meu pai, gemi por dentro. Não cairia bem para nosso jogo ser vista procurando Hamlet. Escondi-me nas sombras para observar.

— Combine a palavra com a ação e a ação com a palavra — Hamlet os instruiu, como faz um professor com seus alunos. — Não atropele os limites da natureza.

Os atores, posicionados em seus lugares, prestavam atenção. Sabiam que sua sorte dependia da satisfação de Hamlet.

— Venha, faça um discurso apaixonado — Hamlet pediu, saltando sobre o cavalete da mesa que servia de apoio. Ali se agachou e contorceu o rosto em uma expressão forçada. — Faça o discurso de Pirro, que, com os braços voltados para seu propósito, procurou vingar-se do velho Príamo!

O primeiro ator, um que tinha uma enorme barriga, assentiu com vigor e esfregou as mãos, pronto para a ação. Limpou a garganta e falou, com um profundo som grave, enquanto andava para a frente, a mão direita levantada segurando uma espada imaginária.

— Bem falado — elogiou meu pai, batendo palmas. Então se calou quando Hamlet o olhou.

— Não, não corte tanto o ar com a mão! — Hamlet ordenou ao ator. Ele estava irritado e agitado, como fogos de artifício soltando faíscas.

— Esta é minha espada procurando seu lugar — o ator protestou.

Hamlet pegou a espada invisível do ator, quebrou-a ao meio e a colocou no chão. Os atores riram nervosamente.

— Você deve controlar sua paixão para adequar-se à cena! — disse Hamlet, com uma intensidade que fez as veias de suas têmporas saltarem. Com uma estranha paixão, parecia desesperado para controlar os atores, seus movimentos e palavras. — Comece de novo — ordenou, e desta vez o tom sinistro do ator me arrepiou.

— Excelente, excelente — murmurou Hamlet.

— Está muito longo — reclamou meu pai, limpando a testa com um lenço.

Com um súbito gesto de mão, Hamlet encerrou o ensaio. Os atores começaram a recolher suas coisas, mas não rápido o suficiente para Hamlet. Com uma irritação crescente, gritou com eles até que saíram como ovelhas assustadas, deixando o figurino para trás. Meu pai seguiu os atores, balançando a cabeça.

Receosa de aproximar-me de Hamlet, escondi-me debaixo de uma mesa coberta com um grande tapete. Estava confusa com a loucura aparente que tinha tomado conta dele. Ao contrário de nossa história para enganar o rei e meu pai, essa cena que Hamlet ensaiou tinha um propósito obscuro e sério que não consegui identificar.

Hamlet agora estava sozinho, ou pelo menos acreditava estar. Pegou a armadura de Príamo e o capacete entre o figurino largado pelos atores e contemplou-os. Foi minha chance de me aproximar. Eu me comportaria como se o tivesse encontrado por acaso. E pelo seu sorriso familiar teria certeza de seu amor. Depois o avisaria de que Cláudio e meu pai tinham planejado espionar nosso próximo encontro.

Mas hesitei e perdi a oportunidade, pois Hamlet jogou o capacete no chão com um palavrão. O barulho do metal na pedra ecoou pelo quarto vazio.

— Oh, que mau caráter e escravo sou! — ele gritou, segurando a cabeça. Seu rosto estava retorcido de agonia. Estava ensaiando o papel que deveria apresentar à noite?

Não, pois falava para si mesmo, não para uma plateia imaginária. Segurei a respiração e me esforcei para ouvir suas palavras. A fala de Pirro o tinha tocado muito, e ele lamentava que a paixão do ator fosse maior que a dele. Mas eu nunca tinha visto Hamlet falar e mover-se com tamanha emoção. Segurava seu queixo e agarrava sua garganta. Chamou a si mesmo de covarde e tolo desonesto. Bateu o punho contra a palma da mão e bradou contra um vilão sanguinário e obsceno. Cláudio, sem dúvida.

Eu suava e minha respiração estava acelerada. Com vergonha, dei-me conta de que estava espionando meu marido como uma esposa desprezível. Mas como eu poderia tentar entender esse homem que estava tão perto de mim e ainda assim era um estranho? Além disso, estava escondida debaixo da mesa e não podia me aproximar de Hamlet nem sair sem ser vista. Não me restava alternativa a não ser observar, em segredo, seu sofrimento particular e profundo.

O ânimo de Hamlet mudou, como a fúria de uma violenta tempestade que de repente se vai. Agora parecia calmo e pensativo, como se planejasse algo. Ouvi apenas as palavras "a peça é a coisa", antes de ele deixar a sala.

Engatinhei de debaixo da mesa e, na pressa, derrubei o tapete e a mesa sobre minha cabeça. Quando consegui me recompor, Hamlet já havia desaparecido e nem seus passos ecoavam no vestíbulo vazio.

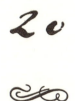

No dia seguinte, o rei desempenhou seu papel para testar a razão da loucura de Hamlet. Eu não queria participar, mas não podia optar por sair de cena. Cláudio levou-me para o palco, o largo vestíbulo por onde Hamlet sempre passava e o mesmo lugar no qual o vi orientando os atores. Meu pai me recomendou devolver os presentes dados por Hamlet e não dizer nada que pudesse encorajá-lo. Gertrudes ficou a meu lado, penteou meu cabelo e prendeu um ramo de alecrim fresco em meu corpete.

— Espero que sejam suas muitas belezas que estejam causando o descontrole de Hamlet — ela disse, examinando meu vestido e aprovando-o com um sorriso. Sua voz era baixa para que Cláudio não a escutasse.

— Obrigada, minha senhora — foi a única resposta que consegui dar.

— Rezo para que suas virtudes o tragam de volta. Essa honra deve cair sobre vocês dois — sussurrou, colocando em minha mão um livro das horas com capa de couro e páginas douradas. — Fique com isto — disse antes de Cláudio mandá-la embora.

Essa honra deve cair sobre vocês dois. Essas palavras significavam que ela aprovaria nosso casamento? Ocorreu-me, com a força de uma revelação, que, uma vez que Hamlet era agora meu marido, Gertrudes já era minha mãe. E, infelizmente, eu não podia aproveitar nem um nem outro! Quando tirei os olhos do livro, a rainha tinha desaparecido.

Cláudio e meu pai estavam próximos, sussurrando.

Então meu pai virou-se para mim e disse, com um gesto impaciente:

— Ande para lá e leia.

Meus passos relutantes levaram-me ao centro do largo vestíbulo, onde esperei, uma isca armada para pegar Hamlet desprevenido. Ao som de passos se aproximando nas pedras, esperança e preocupação batalharam dentro de mim. Vi Cláudio e Polônio parados como fantasmas silenciosos atrás de uma tapeçaria. Hamlet apareceu do outro lado do vestíbulo, falando sozinho, seu novo e estranho costume. Não consegui entender o que ele dizia. Debrucei-me sobre meu livro de orações e li as palavras sem compreendê-las.

Meus pensamentos estavam desordenados. Como Hamlet me trataria chegando a esta cena inesperada? Ele desempenharia o papel do amante sofrido, contando que pudéssemos ser vistos? Ou seria naturalmente carinhoso, acreditando que eu estava sozinha? Vi quando ele interrompeu suas reflexões e, enquanto se aproximava de mim, tentei avisá-lo com o olhar que estávamos sendo observados.

— A boa Ofélia — Hamlet disse, como um cumprimento. — Em suas orações, lembre-se de meus pecados. — Seu cabelo preto estava bagunçado e seus olhos tinham um contorno escuro. Queria tocá-lo e alisar seu cabelo, mas me detive e apenas respondi a seu cumprimento:

— Bom senhor, como vai?

— Bem, obrigado. Rosencrantz forçou-me a vir por este caminho. Adivinhei que a encontraria aqui, apesar de estar surpreso com o mensageiro que escolheu — ele disse.

— Não o enviei, meu senhor — eu disse. Então acrescentei, em um sussurro: — Foi Cláudio. — Mas devo ter falado muito baixo, pois Hamlet pareceu não ter me escutado. Ele se virou e olhou para todos os lados como se procurasse algo que estava perdido ou escondido, depois fixou um olhar inquisidor em mim.

Com os dedos trêmulos, peguei algumas cartas que estavam penduradas em meu pescoço e as entreguei a Hamlet com sua fita de cetim. Senti a força do olhar de Cláudio forçando-me a falar as palavras que eu abominava.

— Já que o senhor está aqui, gostaria de lhe devolver estas lembranças. Ele me olhou com estranheza.

— Não lhe dei nada — ele disse.

— O senhor se entregou a mim. Isto é nada? — murmurei, rezando para Cláudio e meu pai não ouvirem.

— Não fiz isso. Eu não — retrucou Hamlet em voz alta e com um tom que mostrava que estava ofendido.

Suas palavras me confundiram, e era difícil entender seu olhar. Ele negava nosso casamento ou estava jogando? O que eu deveria dizer agora? O silêncio ficou pesado. As paredes de pedra pareciam nos pressionar. A tapeçaria atrás da qual se escondiam meu pai e Cláudio parecia ter se mexido. Então, a distância, uma pomba entoou uma nota triste que ressoou como o chamado de meu próprio coração.

— Meu senhor — comecei —, sabe que me deu esses presentes e, com eles, doces e gentis palavras. — Como sua negativa tinha me machucado! — Mas pegue-os de volta, pois ricos presentes perdem o valor quando os doadores mostram-se indelicados. — Empurrei as cartas para ele, cartas que eram verdadeiros tesouros para mim. Ele as pegou e as jogou no chão.

— A senhora é honesta? — ele atirou as palavras em mim como flechas afiadas.

Recuei, ferida pela pergunta. Na última vez que nos encontramos, ele me chamara de sua verdadeira e honesta esposa. Como podia duvidar de minha honestidade? Mirei-o, concentrando-me para que todo o meu amor se mostrasse através de meus olhos.

— Não pareço honesta para o senhor?

— Parecer? — Ele finalmente olhou para mim. A suspeita estreitou seus olhos. — Na verdade, a senhora parece honesta, mas age dessa maneira?

— Não, meu senhor. Quero dizer, sim — falei. — Minhas ações são verdadeiras. — Sentia-me confusa e presa em uma armadilha por suas palavras maliciosas.

— Ha! — ele gritou, como se tivesse provado algo para si mesmo.

Por que Hamlet me atormentava sem razão? Não suportava mais, mas o irritaria de volta.

— Não sou como sua fraca mãe, que foi falsa com seu pai, como o senhor mesmo a acusou — disparei em voz baixa.

Hamlet fechou ainda mais a fisionomia, e seus olhos escuros examinaram meu rosto.

— A senhora é justa? — perguntou.

O que queria dizer? Ele sabia que eu não pintava meu rosto como as outras damas. Levantei as mãos para minhas faces, convidando-o a olhar para o que ele sempre elogiara.

— Amei a senhora — ele admitiu, buscando-me com suas mãos. Então as retirou e negou o que tinha dito. — Não amo mais.

As palavras caíram, uma a uma, tão leves como as folhas de uma árvore morta, e fui largada, como um galho no inverno, nua e sem defesa.

— Então fui enganada! — gritei, as palavras arranhando-me dolorosamente a garganta. Comecei a duvidar de que aquele fosse meu marido. A cena de nosso casamento na floresta tinha sido um sonho falso? Eu estava louca?

— Vá para um convento. Vá! — Seu rosto torceu-se de desprezo enquanto se afastava de mim.

Chocada, não me mexi. Era Hamlet que estava louco. As palavras que ele tinha gritado para mim não faziam sentido. Por que me mandaria para um convento? Era, certamente, alguma piada cruel.

Então o tom de Hamlet mudou, e ele falou como se carregasse todo o sofrimento da vida.

— Por que a senhora alimentaria pecadores? — gritou dolorosamente, fazendo as palavras rolarem numa grande onda de angústia.

— Qual pecado alimentei? — supliquei por uma resposta, tomando minha própria onda de tristeza por sua cruel rejeição. — O que aceitei além desse abuso injusto?

Minha pergunta se perdeu entre o que Hamlet dizia. Ele mostrou raiva em relação a seu nascimento. Disse que odiava a humanidade, pois todos eram homens e mulheres desonestos e trapaceiros.

Depois, interrompendo-se, perguntou:

— Onde está seu pai? — Ele me olhou com ar de suspeita.

— Em algum lugar. Por aí. Não sei — falei. Já não importava mais que ele e Cláudio estivessem nos observando. Talvez Hamlet já soubesse e estivesse atuando em benefício deles. Nessa cena em que atuei sem nenhum interesse, não entendi nada de meu papel.

— Para um convento! — ele gritou de novo, sua voz ecoando pelas paredes de pedra do grande vestíbulo. — Vá! Ou se casará, se casará com um tolo, pois os homens inteligentes sabem que vocês vão transformá-los em monstros!

— O senhor transformou-se em um monstro sozinho! — Minha voz explodiu em lágrimas que não conseguia controlar. — Na verdade, mal o conheço.

Hamlet, em vez de responder, pronunciou um decreto que surgiu como um trovão da tempestade que eram suas palavras.

— Digo, nós não nos casaremos mais!

Afundei-me no chão, fraca, sem conseguir acreditar.

— O senhor me rejeita, sua honesta e boa Ofélia? — sussurrei.

— Daqueles que já são casados... — Hamlet parou, e eu o encarei com uma réstia de esperança. Ele não me olhou, mas, com uma voz forte, soltou suas palavras para todos os cantos — ... apenas um deve viver.

Como Hamlet pôde ser tão imprudente e tolo de fazer essa ameaça se sabia que Cláudio escutava? Entendi que a vingança ainda estava em sua mente, afastando todos os pensamentos amorosos. De joelhos, gritei violentamente:

— Não! — Meu grito ecoou pelas quatro paredes antes de se derreter em silêncio. Hamlet, lentamente, balançou a cabeça de um lado para o outro, o semblante contorcido por uma grande angústia. Lágrimas transbordaram de seus olhos e escorreram por sua face, mas ele não fez nenhum gesto para secá-las. Afastou-se, ainda estendendo a mão para mim. Parecia que oscilava entre segurar-me ou afastar-me.

— Para um convento. Vá, e rápido. Adeus! — disse, em tom baixo e suplicante. Então se virou e saiu, deixando-me sozinha.

A histeria apoderou-se de mim, e eu gritei, entre soluços:

— Sua nobre mente está doente. Por que, oh, por que lhe dei meu amor? Estou acabada! — Meu lamento transformou-se em lágrimas amargas que me fizeram tremer como se todos os meus membros fossem se soltar de meu corpo.

Cláudio se aproximou com meu pai, que protestou:

— Ainda acredito que a tristeza dele seja fruto do amor não correspondido.

— Quieto, Polônio! — Cláudio gritou como um trovão. — Amor? Os pensamentos dele não seguem este caminho. — Seu rosto ficou vermelho. — Não, isso é uma perigosa melancolia, que exige acompanhamento de perto — declarou, jogando seu olhar irritado sobre mim.

Chorando, apoiei-me em meu pai e deixei que me levasse para meu quarto, onde caí na cama. Minhas lágrimas não o comoveram. Falou algumas palavras de piedade, mas colocou a culpa em mim.

— Foi a maneira como você devolveu os presentes que fez Hamlet explodir. Se tivesse usado palavras mais doces, teria despertado o amor dele, não sua raiva — repreendeu-me.

Não deixei que suas críticas mexessem com minha raiva, nem fui falsamente gentil.

— Desculpe, meu senhor — repliquei, de forma tola e pouco amigável. Na verdade, já tinha muito sofrimento para mim mesma.

— Talvez a melancolia dele se deva a outra coisa, não ao amor — disse, pensativo. — Eu poderia estar enganado em meu julgamento? Você me enganou, menina?

Meu orgulho ferido despertou e eu me defendi.

— Hamlet me amava; ele falou e agiu demonstrando isso. Não menti.

Chacoalhando a cabeça em dúvida e confuso, meu pai me deixou sozinha. Então a lembrança das palavras de Hamlet me atormentou e minhas lágrimas me castigaram até que, exausta, caí em um sono agitado.

Mais tarde naquele dia, acordei e vi meu pai sentado em minha cama.

— Acorde, Ofélia, e escute-me. — Ele me chacoalhou com cuidado e mexeu na barba, mostrando evidente preocupação. — Estive pensando, filha. Não foi inteligente de minha parte colocá-la no caminho de Hamlet. Minha intenção de melhorar sua posição, e a minha, fracassou.

Eu me sentei, espantada com suas palavras, que pareciam quase um pedido de desculpas.

— Agora as suspeitas do rei afloraram, e ele é tão perigoso quanto um urso pego em uma armadilha. Já é ruim o suficiente que Hamlet aja como um maluco. — Arqueou as sobrancelhas, e um aspecto sombrio tomou conta de sua fisionomia. — Mantenha-se dentro do castelo, Ofélia. Não apareça em público — ordenou. Encostando os lábios secos na minha cabeça, partiu de novo.

Desta vez eu não queria lhe desobedecer. Mas o desespero, mais que a obrigação filial, fez-me seguir o que ele tinha dito. Permaneci no meu quarto dois dias e duas noites, não me importando por ter perdido a diversão no salão principal. Elnora trouxe-me um tônico de tomilho e vinagre para acabar com minha letargia. Tomei sem reclamar, mas não caiu bem em meu estômago. Também não consegui comer nada sem passar mal. Elnora mediu meu pulso, acariciou minha testa e, com um tom persuasivo, tentou descobrir minhas feridas.

— O que fez para seu pai me pedir que cuidasse da senhora de perto?

— Nada. De verdade, sou inocente — respondi, mas não consegui falar mais nada sem chorar.

— Por mais virtuosa que seja, a reputação é uma coisa frágil, facilmente perdida e normalmente nunca recuperada — ela disse, examinando meu rosto como se procurasse evidências.

Como suas palavras tocavam minha alma amedrontada! Era verdade que eu estava arruinada?

— Por Deus, juro que sou honesta. Ele mentiu para mim quando jurou que me amava!

— Ah, um coração partido. Vai se recuperar — Elnora murmurou. Sua piedade só fez minhas lágrimas brotarem com força, mas meus segredos mais profundos continuavam comigo.

No segundo dia, Gertrudes me chamou. Fui até ela, apesar de pálida e fraca.

— O rei diz que meu filho não está apaixonado por você — Gertrudes disse, sem rodeios. — Lamento, mas não leve isso muito a sério. Ele ainda é jovem e simplesmente brinca de ser amante. — As palavras dela não me consolaram, pois falava como uma mãe se desculpando por seu filho ter sido rude. Mas como ela podia saber que Hamlet tinha sido tão cruel? Ela não tinha visto a cena entre nós.

— Agora vá e descanse. Você não parece bem — recomendou, com um olhar piedoso.

Mas meus pensamentos agitados não me deram sossego. A toda hora eu relembrava meu encontro com Hamlet, e a lembrança alimentava meu sofrimento. Por que ele tinha me desprezado e zombado de minha virtude? Criticou o casamento? Negou que me amava?

Somos trapaceiros. Não acredite em nenhum de nós.

Eu não deveria acreditar em nenhuma das promessas que Hamlet fizera para mim, nem em suas palavras de amor nem em seus votos matrimoniais? Ele também tinha mentido quando disse que não me amava? Não consegui entender esse marido com rosto de Janus que falava mentiras e verdades ao mesmo tempo. Irritada e incomodada, gritei para o ausente Hamlet:

— O senhor é um trapaceiro mesmo para abusar de mim com suas mentiras e promessas! O senhor não merece o meu amor!

Mas, quando a cena voltava à mente, minha amargura diminuía. Imaginava que tinha ouvido algo além de desespero e raiva em suas palavras.

Vá para um convento. Vá! Adeus.

Hamlet estava, de alguma forma, pedindo para eu deixar a corte da Dinamarca? Se sim, por quê? Talvez ele não quisesse que eu testemunhasse sua vingança e suas consequências terríveis. Então estava me mandando para um convento para minha segurança, não para esconder minha vergonha? Minhas perguntas ficaram sem resposta, e meus pensamentos continuaram a me atormentar até que eu temi que a loucura estivesse começando a afetar minha mente.

Na terceira noite, não suportei mais minha solidão. Tinha de ver Hamlet e falar com ele. Vesti-me com meu melhor vestido e um corpete de gola alta, não ousando mostrar muito de meu corpo. Enfeitei meus cabelos, colocando-os sob uma touca bordada de flores. Juntei-me às damas de Gertrudes em sua reunião nas arcadas e segui para o salão principal. Elas riam e tagarelavam, antecipando os prazeres da noite, enquanto eu me mantinha sobriamente calada.

Cristiana estava agitada de excitação. Suas bochechas brilhavam, coradas, e seus seios se destacavam com o corpete apertado. Uma joia verde que combinava com seus olhos brilhava em sua garganta. Apesar da má sorte anterior, Rosencrantz tinha começado a cortejá-la novamente. Algumas vezes ela favorecia Guildenstern para fazer ciúme, e outras vezes os três mostravam-se amigos.

— Eu soube que lorde Hamlet criou uma apresentação excitante hoje — Cristiana disse, falando de lado para mim, a mão cobrindo a boca.

— Não sei — respondi.

— Mas com certeza você sabe o que faz o príncipe estar tão agitado e louco. Dizem que é a recente morte do pai, outros acusam o casamento apressado de sua mãe.

— É natural que o luto atormente a mente durante algum tempo — repliquei. Não queria falar mais no assunto, pois suspeitei de que ela estivesse armando uma armadilha.

— Já outros dizem... — Esperou até que eu olhasse para ela. Teria ouvido rumores de nosso casamento? Então tomou uma flecha mais afiada que a que eu estava esperando.

— Dizem que o príncipe está tomado de paixão por uma mulher que não o merece.

Meu coração acelerou, mas não me curvei.

— E ouvi dizer que ela mente, o que o faz ficar agitado — continuou, procurando em meu rosto algum sinal de que tinha acertado o alvo.

Certamente não consegui controlar minha reação, apesar de ter tentado escondê-la. Como não tinha dado a Hamlet nenhum motivo para me achar falsa, alguém deve ter soltado o boato que o fez duvidar de mim. Suspeitei que tivessem sido seus falsos amigos Rosencrantz e Guildenstern, ajudados por minha inimiga Cristiana. Senti o sangue deixar meu rosto e temi que a escuridão tomasse conta de mim.

— Ora, Ofélia, a senhora está pálida como a lua — disse Cristiana, segurando meu braço. — Sente-se neste banco.

Empurrei-a e ela deu de ombros, afastando-se de mim e seguindo para o salão principal. Minha raiva cresceu de repente, dando-me força novamente. Odiava Cristiana e seus vassalos espiões, e estava furiosa com Hamlet por ele ter acreditado em fofocas. Naquela noite eu o confrontaria e pediria para saber com quem ele pensava que tinha sido falsa, e quando. Prometi-me, entrando no salão principal, que descobriria o que tinha transformado o amor de Hamlet em ódio.

No vasto salão de Elsinor, as tochas flamejavam. Ao fundo, uma área emoldurada por cortinas estava arrumada como um palco. Damas em seus melhores vestidos e cortesãos com copos cheios de vinho procuravam os melhores lugares nos bancos, cadeiras e almofadas. Alguns já estavam bêbados, e os seios vermelhos das mulheres chamavam a atenção dos olhos repletos de desejo dos amantes, quando não de suas mãos. No centro da sala, um tablado com cadeiras entalhadas esperava Gertrudes e Cláudio. Alguns ministros de Estado conversavam, sérios, mas meu pai não estava entre eles. Guardas, imóveis como estátuas, mantinham-se em seus lugares enquanto nobres e damas circulavam ao redor deles. Durante o tempo em que eu observava, um guarda deixou seu posto e levou uma serva para um canto escuro. Se ela resistiu, seu grito não foi ouvido.

A cena à minha frente tinha uma pretensão vazia de grandeza e alegria. Parecia que todo o amor nada mais era que desejo, toda a verdade parecendo apenas uma máscara para mentiras. Pensei no livro de anatomia de Hamlet, que mostrava um esqueleto sem nada sob a pele, uma séria lembrança da morte inevitável. Eu sabia que nunca mais me encantaria com a glória aparente de Elsinor. Mas o que podia fazer agora se não jogar o jogo, fingir algum prazer? Então me movi pela multidão, sorrindo falsamente e acenando com a cabeça para os lados. Quando senti que bati em alguém que não se mexeu, virei-me para pedir desculpas, um tanto irritada. Minha mão foi à garganta e abafei um grito de alarme quando me vi frente a frente com Edmundo. Ele estava parado, com as pernas afastadas e as mãos nos quadris, numa posição desafiadora. Meus olhos foram atraídos para seu rosto, onde ele tinha uma terrível cicatriz que ia do alto da cabeça até a mandíbula. Fedia a vinho azedo, cebolas e suor. Afastei-me como quem evita uma vasilha quente. Mas ele tinha me reconhecido.

— Ora, se não é a prostituta do príncipe — disse em voz baixa, desrespeitoso.

Nem mesmo o medo pôde apagar a raiva que suas palavras provocaram em mim.

— Seu falso, seu pedaço vil de carne podre! — devolvi.

Em resposta, ele apenas curvou a cabeça para trás e gargalhou, fazendo a cicatriz flamejar em seu rosto.

Afastei-me dele rapidamente e, acomodando-me em um banco perto da parede, tentei me acalmar. O insulto de Edmundo ressoava em minhas orelhas, ainda vermelhas de vergonha não merecida. Então me lembrei de que ele tinha testemunhado o momento em que meu pai contou para Cláudio que Hamlet estava louco em razão do meu amor. O estúpido está com ciúme, decidi. Eu o tiraria de minha cabeça.

Nesse momento, a risada estridente e alta de Cristiana chegou a meus ouvidos. Virando-me na direção do som, vi-a cumprimentando Rosencrantz, que se curvava enquanto tirava o chapéu, cuja pena encostava na bochecha dela e a fazia rir. Vendo a distância, Cristiana parecia honesta, até mesmo graciosa. Ponderei suas irritantes palavras sobre o amor de Hamlet. O que ela sabia sobre o príncipe?

Como se sentisse que eu a observava, Cristiana olhou para cima e nossos olhares se encontraram. Ela enrugou a testa e desviou os olhos. Levei meu banco para a sombra, assim poderia observar os outros sem ser vista. Mas Cristiana me surpreendeu aparecendo a meu lado com seu jeito silencioso. Falou, com voz baixa e ansiosa:

— Ouça, Ofélia, se a senhora valoriza sua vida. Rosencrantz é o confidente particular do rei agora. Ele diz que Cláudio teme que exista um plano contra ele e suspeita de Hamlet. Eu não seria, por preço nenhum, amiga do príncipe.

Antes que eu pudesse procurar seus olhos, Cristiana já tinha sumido. Não sei se deveria acreditar nessa informação, considerando a fonte. Ela estava me testando, procurando algum sinal de que eu estava ligada a

Hamlet? Estive, até Hamlet me rejeitar. *Vá para um convento. Vá.* Seu pedido angustiado soou de novo em minha mente. A Dinamarca tinha se tornado um lugar perigoso, onde o desejo levava ao assassinato e à tirania e alimentava nova vingança. Talvez Hamlet quisesse que eu deixasse este lugar do mal, com medo de que eu fosse corrompida. Mas por que comprometer-me com uma vida de fria e forçada castidade atrás dos muros de um convento? Não aceitaria isso!

Enquanto considerava como seria difícil representar o papel de uma freira, Hamlet entrou no salão. Usava calças pretas e uma capa de veludo preto na moda, o peitilho e as mangas arregaçadas deixando à mostra um tecido vermelho que estava por baixo. Sua mão segurava o ombro de Horácio, que se curvava levemente para ele. Hamlet falou com muita atenção com seu amigo, depois riu e bateu em suas costas quando se separaram. Então foi conversar com os atores enquanto Horácio se aproximou de mim. Pelo visto, eu não estava muito escondida.

— Como vai, minha senhora Ofélia? Eu... Nós sentimos sua falta nessas duas noites — ele disse, fazendo uma reverência e falando como se não soubesse nada sobre os maus-tratos que eu havia sofrido.

Pisquei para parar as lágrimas que começavam a surgir.

— Sou a mais triste das esposas, Horácio, pois meu marido não me ama. — Ousei falar honestamente com a única pessoa que sabia de nosso casamento secreto.

— O que a senhora quer dizer? Sei que ele a ama — disse Horácio, surpreso.

Olhei ao redor. Apesar da quantidade de pessoas, ninguém nos ouvia. Destilei minha tristeza para Horácio, e ela surgiu como ondas que quebram nas paredes de uma represa.

— Nos dez dias desde nossa noite de casamento, minha alegria de casada transformou-se em sofrimento. Agora Hamlet questiona minha virtude, mas não há razão.

O rosto de Horácio ficou vermelho, envergonhado por eu estar lhe falando de minhas dores do casamento. Mas eu estava desesperada para entender o motivo da frieza de Hamlet, e Horácio parecia ser minha única esperança.

— Sei que não há motivo — ele tentou me tranquilizar.

E um pouco de conforto, pensei, do bom Horácio.

— Horácio, o senhor o conhece, se é que alguém o conhece. O que é esse fantasma? O senhor acredita nele?

— Eu o vi, mas não falei com ele. Foi uma visão assustadora.

— Mas era real? — insisti.

— Não tinha corpo para ser tocado como eu ou a senhora — ele explicou.

— Horácio, o senhor fala como um filósofo que confunde verdade e falsidade — eu disse, impaciente. — Digo-lhe honestamente, duvido desse fantasma. Mas a visão enlouqueceu Hamlet. Não o reconheço mais.

Horácio calou-se, debatendo-se com sua discrição antes de responder.

— Na verdade, ele não consegue se controlar, nem ouvirá meu conselho — respondeu. — Temo por ele.

Uma salva de palmas nos fez olhar para o palco. Segurei a respiração ao ver um dos atores fazer malabarismos com laranjas enquanto se equilibrava em uma cadeira de ponta-cabeça. Então trompetes soaram e ele pulou para o chão, fazendo uma profunda reverência enquanto Gertrudes e Cláudio, de braços dados, desceram as escadas para o grande salão. Ficamos em pé até que rei e rainha estivessem sentados. Ouviram-se algumas palmas tímidas e poucos gritos, mas Cláudio manteve-se carrancudo e não os escutou. Ele se sentou, segurando os braços de sua grande cadeira. Considerei que poderia haver alguma verdade no aviso de Cristiana.

Vi Gertrudes procurar seu filho e fazer sinal para que ele se sentasse a seu lado. Ele a observou por um momento, então chacoalhou a cabeça e se virou. Olhando sobre os ombros para sua mãe, deu passos seguros ao cruzar o salão até o lado em que eu estava. Vi o sorriso da rainha desaparecer e respirei fundo pela indelicadeza de Hamlet.

Quando Hamlet chegou a meu lado, Horácio despediu-se, dizendo:

— Com todo o respeito, Ofélia, continuo sendo seu servo. — A bondade em seus olhos consolou-me um pouco.

Então Hamlet ajoelhou-se à minha frente, como uma mola apertada com força. Seus olhos brilhavam com o reflexo da luz, suas bochechas estavam vermelhas. Ele pegou minhas mãos, provocando um arrepio em meu corpo que me fez sentir fraca de saudade. Mas eu estava determinada a manter-me distante até que soubesse quais os sentimentos dele por mim. E, acima de tudo, queria desculpas por sua crueldade.

— Dama, posso me apoiar em seu colo? — Ele ergueu as sobrancelhas para reforçar a pergunta.

O rude pedido não era um cumprimento apropriado.

— Não, meu senhor. Este não é o lugar — respondi, minha voz afiada repreendendo-o.

— Quero dizer, simplesmente, posso encostar minha cabeça em seu colo? — ele perguntou, fingindo uma inocência infantil. Agora Hamlet queria jogar nosso jogo? Como reconheceria a mudança?

— Sim, meu senhor — eu disse, pois isso parecia combinar com seu papel de amante que suplica. Deixei-o curvar-se sobre mim, certa de que gentis desculpas seriam ditas. Mas, em vez disso, ele fez uma piada obscena sobre pensamentos puros descansando entre as pernas de uma serva. Seus olhos fixaram-se sobre meu corpo, e eu empurrei sua cabeça e me virei para o outro lado.

— Sou boa e sou honesta. Não mais uma serva, mas sua esposa honrada — falei.

Minhas palavras indignadas não tiveram resposta. Ao contrário, elas se afogaram nos aplausos que receberam os atores quando saíram detrás das cortinas. A peça de Hamlet estava para começar. As tochas foram cobertas, a não ser as próximas ao palco, trazendo escuridão para o salão. Torci para que a peça tirasse minha mente do estranho comportamento de meu marido, mas não foi nada agradável ou divertida. As falas eram longas e formais, e não prenderam minha atenção.

"A peça é a coisa", Hamlet tinha dito. Por isso esforcei-me para seguir as falas entediantes. O ator que fazia o rei lamentou sua morte próxima. A rainha, representada por um garoto que falava com voz alta, prometeu nunca mais se casar, enquanto o rei duvidava de sua decisão. A ação da peça parecia muito com os eventos recentes que tinham acontecido em Elsinor, mas não consegui entender seu propósito. Por que Hamlet encenaria acontecimentos que mexessem com a memória ainda fresca da morte de seu pai e do novo casamento de sua mãe? Tentei olhar as pessoas que estavam no tablado, mas, com a luz fraca, não consegui ver as expressões de Cláudio e Gertrudes.

Como um rude camponês assistindo a espetáculos em alguma vila, Hamlet fez comentários em voz alta ao longo de toda a peça.

— Sua sabedoria é superior — garanti a ele, levantando a mão para silenciá-lo. Em resposta, ele pegou minha mão e a colocou em seu colo.

— Então você me tocaria? — ele sussurrou.

Afastei a mão. A raiva tomou conta de mim. Ele me achava uma prostituta com quem poderia falar daquele jeito? Um pensamento de repente acertou minha barriga, deixando-me sem ar.

Hamlet era infiel a mim?

Dúvidas repletas de medo me oprimiram. Mas a coragem foi mais forte. Não podia deixar Hamlet colocar em mim o peso de seu pecado. Eu o confrontaria com sua mesma pergunta: "O senhor é honesto?", e observaria a resposta.

Assistindo à peça, esperei uma oportunidade para falar. A animação de Hamlet cresceu ao mesmo tempo que um vilão vestido com um robe preto surgiu das cortinas, segurando uma pequena garrafa e falando da importância e da força do veneno de seu conteúdo. Vi o vilão derrubar a poção no ouvido do ator que representava o rei dormindo e ouvi suspiros ao meu redor.

— Veja! Agora você vai ver como o assassino toma o amor da esposa do rei — Hamlet falou, amargo.

Dei-me conta então de que Hamlet acreditava que é destino do homem ser enganado pela mulher que ama. Eu o faria ver a injustiça desse pensamento e descobriria se tinha sido traída. Peguei seu braço e, quando ele me olhou interrogativamente, disse com firmeza:

— Hamlet, meu marido, eu lhe pergunto: o senhor é honesto?

Nesse instante, Cláudio levantou de sua cadeira e gritou, com a voz estrangulada de medo:

— Iluminem! Luz! Fora!

Minha pergunta ficou sem resposta, pois Hamlet afastou minha mão e se pôs de pé. Guardas pegaram suas espadas e cercaram o rei. Os servos vieram correndo com tochas acesas. Damas e cortesãos voltaram quando o rei saiu do salão acompanhado de Gertrudes. Os atores se esconderam atrás das cortinas. Eles sabiam que um rei descontente poderia significar a morte deles.

Devo ter ficado pálida também, pois encontrei Horácio a meu lado segurando meu braço.

— O senhor viu, Horácio? — gritou Hamlet, alegre. — A culpa de meu tio agora está clara. O fantasma é honesto!

— Percebi — disse Horácio. — Seja mais discreto. — Ele segurou a capa de Hamlet, mas Hamlet o empurrou e bateu palmas, pedindo música. Os atores correram para pegar seus instrumentos e soltaram uma canção enquanto Hamlet caminhava entre as pessoas, tentando, a seu modo, retomar o espírito festivo.

— Ele perdeu a razão e está possuído pelo demônio de seu pai — balbuciei, espantada.

— Há, ele diz, uma razão para sua loucura — Horácio soltou, sem dúvida na voz.

— Foi extremamente tolo fazer com que os atores encenassem o assassinato de seu pai na presença de Cláudio. Como é essa vingança? — sussurrei, incapaz de esconder meu profundo desânimo.

— A violência é contra a natureza dele, que é gentil e propenso à reflexão — Horácio explicou em meu ouvido. — Ele quer vingança, e mesmo assim a recusa.

Enquanto Horácio e eu conversávamos como íntimos, um novo medo tomou conta de minha mente. Naquela noite, Hamlet tinha revelado, através da peça, seu conhecimento sobre o crime de Cláudio. Cristiana tinha me avisado da raiva e da suspeita do rei. E Cláudio tinha se comportado como um homem que temia por sua vida. Ele sabia que eu me relacionava com Hamlet. E se ele começasse a suspeitar de que Hamlet tinha revelado o crime do rei para Horácio e para mim?

Meus olhos encontraram os de Horácio, e vi que seus pensamentos seguiam o mesmo caminho que os meus. Ele se afastou, mantendo o braço alto para evitar que eu falasse.

— A peça de Hamlet nos colocou em perigo mortal — disse. — A senhora não deve parecer minha amiga; não, seja uma estranha. Agora vá.

Depois que a peça de Hamlet foi interrompida e os espectadores se dispersaram, preocupados e cochichando, a noite tornou-se ainda pior. Um vento úmido e nebuloso soprou por todos os salões e aposentos do castelo e assobiou nas muralhas, soando como gritos ao longe. As chamas nas tochas tremeluziram e morreram até que a escuridão reinou tanto dentro quanto fora de Elsinor.

Por horas, o sono fugiu de mim. Então me levantei da cama para preparar uma poção calmante. Segui pela galeria da rainha, onde a tapeçaria estava exposta com suas histórias sem palavras. Eu a atravessei e cheguei às escadas da torre que levavam para baixo em direção ao boticário. Senti uma presença maligna, e minha pele se arrepiou como se tivesse sido tocada por fantasmas invisíveis. Parei no alto dos degraus. Uma figura obscura vestida de preto se aproximou. Por seu jeito de andar, sabia que era meu pai.

Balançando uma chave enquanto tentava manter a vela estável, abriu uma porta próxima que levava aos aposentos do rei. Era usada por Cláudio e antes pelo rei Hamlet para ir e sair em segredo do quarto de Gertrudes. Meu pai não trancou a porta quando entrou, então me esgueirei e o segui com passos silenciosos pelo quarto de descanso e pelo de dormir. A enorme cama, com suas cortinas levantadas como asas de um pássaro gigante quase do tamanho de sua presa, estava vazia. Sem dúvida Cláudio estava abrigado em um quarto seguro, iluminado e cercado por seus guardas.

Fiquei curiosa sobre o que meu pai tinha ido fazer ali. Ele levantou sua vela, cuja luz fez com que as sombras se movessem, pois sua mão tremeu.

Com outra chave, abriu a porta de um alto armário perto da cama do rei. Arrastei-me para mais perto e me escondi atrás de uma das cortinas da cama. Meu pai parecia procurar por algo. A luz passeou pelo conteúdo do armário — uma confusão de livros e caixas, pedras, esculturas e outras coisas curiosas. Então vi no canto de uma prateleira alta um pequeno pote de vidro caído. A etiqueta tinha uma caveira, e um selo de cera vermelho circundava sua boca sem rolha. O formato, o tamanho e os mínimos detalhes eram iguais aos dos potes de veneno que eu tinha visto no armário de Mechtild. Lembrei-me das palavras que Elnora dissera naquela ocasião: "Vamos, Ofélia, tire os olhos para não atrair o mal". Eu deveria ir e esquecer o que vira? Ou deveria seguir adiante e satisfazer minha curiosidade? *Não, afaste-se do mal!*

Devo ter falado em voz alta, pois meu pai rodopiou e caiu sobre o armário aberto. Livros caíram, fazendo barulho, e caixas se espalharam ao seu redor.

— Que espírito é? Quem vem lá? — ele perguntou, com a voz trêmula.

Largando a cortina e me movendo rapidamente das sombras para a luz fraca da vela, tentei pegar o pote. Toquei-o. Equilibrando-se nos dedos dos pés, agarrei-o. Confrontei meu pai, cujo rosto revelou sua surpresa e confusão.

— É isto que procura? — perguntei, abrindo a mão.

— Dê-me isso, menina! Isso precisa ser destruído.

— Não. Devo dar isso a Hamlet, pois prova que o fantasma não mentiu. — Segurei o pote no alto, na luz tremeluzente da vela, e vi que ele estava metade vazio.

— Que besteira está falando?

— Não é besteira, mas a verdade. Cláudio é um assassino.

Meu pai segurou meu pulso e o pote escorregou de minha mão para a escuridão.

— Não! — gritei, jogando-me de joelhos e tateando o chão, em vão, em busca do pote perdido.

Então a porta mais distante do aposento foi aberta e um dos guardas do rei entrou. Ele tinha um copo de cerveja em uma das mãos e uma espada a seu lado. Apesar da escuridão, reconheci seu perfil e, quando a luz que vinha detrás dele iluminou sua horrenda cicatriz no rosto, tive certeza de que era Edmundo.

— Quem está aí? Apresente-se! — ele ordenou, a voz pastosa de bebida.

— Vá, criança! Apresse-se para salvar-se! — meu pai sussurrou, colocando sua capa em torno de mim.

— É Polônio? Quem foge? Pare! — rosnou Edmundo, cambaleando para a frente.

Não precisei que meu pai pedisse. Saí correndo o mais rápido que meus pés e a escuridão permitiam. Enquanto corria, vi meu pai com os braços abertos, impedindo que Edmundo continuasse, e falando em uma torrente de palavras que estava atendendo a um pedido do rei.

Não sei se ele falou a verdade. Nunca soube o que aconteceu com o pote, a prova da maldade de Cláudio, e nunca mais vi meu pai.

Ao amanhecer cinzento da manhã seguinte, um sonho barulhento e agitado atrapalhou meu sono. Abri os olhos ao som de lamentos e batidas do lado de fora da porta de meu quarto. Depois Elnora entrou e me abraçou.

— Não, não. Pobre criança, não deve ouvir isso! — ela murmurou, cobrindo meus ouvidos. Livrei-me do sono e do abraço sufocante de Elnora.

— O que aconteceu? Diga-me! — pedi, abafando meu medo crescente de que Hamlet estivesse morto, assassinado por Cláudio.

Uma Gertrudes desgrenhada apareceu na porta, torcendo as mãos e chorando enquanto Cristiana tentava confortá-la. Ao ver Gertrudes, tive a certeza.

— Alguma coisa terrível aconteceu ao príncipe Hamlet! — eu disse rapidamente, esquecendo toda discrição.

— Devo falar com ela. Foi um trágico acidente! — Gertrudes gritou, empurrando Cristiana. — Hamlet esfaqueou a tapeçaria em meu quarto, pensando que havia um espião escondido. Infelizmente, era seu pai, e agora... Oh! Ele está morto.

Ainda sob a letargia do sono, fiquei pensando se era algum jogo, uma piada de Hamlet.

— Meu pai? Morto? É verdade? — perguntei, confusa.

— A intenção de Hamlet era apenas me proteger. Meu querido filho. Tenha piedade de sua loucura! Pobre, Ofélia, perdoe-o e me perdoe!

Com um alto lamento, Gertrudes caiu no chão diante de mim. Era uma cena terrível, como a cena de uma tragédia. A rainha da Dinamarca estava implorando a meus pés. Hamlet, meu marido, tinha matado Polônio, meu pai. Que vingança equivocada era essa? Toda a ordem da natureza estava de cabeça para baixo? Afundei nos braços de Elnora, tremendo com a notícia, incapaz de falar. Enfraquecida por seus sentimentos, Gertrudes deixou-se levar por Cristiana.

Nunca vi o corpo de meu pai. Cláudio organizou um enterro rápido e secreto, e não fui avisada. Nem Laertes esteve presente, pois estava no exterior. Chorei e bradei contra o rei quando descobri que meu pai estava no solo gelado. Elnora tentou acalmar-me dizendo que o culpado era Hamlet, não o rei, mas isso só me fez chorar mais. Então ela preparou poções de água de cevada, suco de alface e sementes de papoula e as serviu para mim, prometendo que trariam o sono e o esquecimento. Mas nada poderia me fazer esquecer a verdade terrível que meu pai tinha sido morto pelas mãos de meu marido. Meus sonhos foram assustadores, repletos de fantasmas que lembravam meu pai. Às vezes a própria morte me visitava, eu batia nela com os punhos e implorava para que ela partisse, e assim despertava. Via-me abraçada por Elnora, que, por mais que eu a tenha machucado com meus golpes, não reclamou.

Apesar de ter sentido pouco amor por meu pai, a tristeza tomou conta de mim como uma maré constante, deixando-me murcha. A culpa se misturava com o desespero quando pensava como eu fugia pela escuridão enquanto ele encarava o guarda, protegendo-me. Fiquei me perguntando se eu teria julgado mal o seu amor. Depois já ficava brava por ele ter se colocado em perigo. Por que estava no quarto da rainha, para espioná-la e a Hamlet? Suas ambições não tinham limites? Na morte, assim como na vida, meu pai permanecia um mistério para mim.

Também me desesperei porque Hamlet não tinha me procurado. Medo e vergonha, tinha certeza, mantiveram-no afastado. Sentia-me como alguém que mora no mais longínquo ponto da Terra, onde o calor e a luz do sol não conseguem vencer o frio e a escuridão.

Um dia ouvi Cristiana e Elnora sussurrando do lado de fora de meu quarto e me aproximei da porta para ouvir.

— Dizem que Hamlet gritou "Eu vejo um rato!" enquanto cravava sua espada em Polônio — Elnora disse. — Os ratos de Elsinor não são tão grandes! Com certeza o príncipe está louco.

— E depois para esconder o corpo enquanto ainda estava quente e ensanguentado? Não disse onde ele estava nem para Rosencrantz nem para

Guildenstern, apenas falou que estava sendo comido pelos vermes — comentou Cristiana, com um tremor na voz.

Esse boato era verdade? Eu não queria acreditar que Hamlet pudesse ser tão frio e sem remorsos em suas ações. Voltei para a cama, enterrei a cabeça debaixo dos lençóis e chorei.

Por fim, perguntei a Elnora:

— A senhora acha que o príncipe Hamlet se arrepende de seu ato? Ele deveria, pelo menos, expressar pesar por minha perda.

— Pelo que ele fez, deveria lhe pedir perdão de joelhos — ela disse, veemente, então acrescentou: — Eu não deveria dizer coisas assim, pois é o filho da minha rainha. — Ela se sentou a meu lado e pegou minha mão. — O príncipe tentou vê-la no dia seguinte à morte de seu pai. Mas, por segurança, não o deixei — falou. — Quando ele insistiu, eu disse que a porta estava trancada e que apenas o rei tinha a chave. Sim, era mentira, mas sem dúvida uma mentira perdoável.

— Por que a senhora o impediu? Pois eu teria ouvido de seus próprios lábios por que ele matou meu pai!

— Ouça-me, Ofélia. Quando lhe pedi que saísse, o príncipe agiu de forma tão desesperada e louca que respondi que ia chamar o guarda ou segurá-lo eu mesma se ele tentasse encostar na senhora.

Suspirei e enterrei a cabeça em minhas mãos. Não podia culpar Elnora por tentar me proteger. Quem poderia adivinhar quais eram as intenções de Hamlet? Pedir meu perdão ou me fazer mal? Declarar seu amor ou despejar seu ódio? O que isso importava naquele momento?

— Depois ele enviou seu amigo Horácio, que tinha uma mensagem apenas para a senhora. Suspeitando de seu propósito, tratei-o da mesma forma.

— Mas Horácio é tão inofensivo quanto um cordeiro, e um homem honrado — lamentei. Ele teria me trazido verdadeiras notícias de Hamlet, mas agora não saberia mais.

— Então o amigo de Hamlet está do seu lado! Talvez tente vê-la de novo logo — Elnora disse, com um sorriso esperançoso. Mas Horácio não retornou.

Nem Gertrudes me visitou. Como seu filho, ela se manteve fria e silenciosa. Com suas recentes tristezas, ela não queria saber das minhas, pensei, amarga. De qualquer forma, seu abandono somou-se à minha dor. Até senti falta de meu irmão, apesar de ele ter sido rude comigo antes de partir pela última vez.

Cristiana algumas vezes ajudava Elnora, trazendo-me comida da qual eu não tinha vontade. Uma travessa de figos doces, com os quais normalmente me deliciaria, soltava um perfume doentio que revirava meu estômago, e eu os afastava. Na verdade, nunca tinha me sentido tão estranha.

— Não estão envenenados, se esse é o seu medo — disse Cristiana, comendo ela mesma os figos. Mas, um dia, ela apareceu em prantos, precisando de um convite para desabafar suas dores.

Eu não me importava com a presença de Cristiana. Pelo menos ela segurava sua língua, talvez em respeito pela minha perda. E eu segurava a minha, não querendo dar-lhe assunto para fofocas.

— Gertrudes está de mau humor, pois ela e Cláudio discutem sobre o príncipe. Então, para alegrá-la, escolheu uma nova favorita, a sobrinha de um embaixador. Agora não me deixará assisti-la.

As preocupações de Cristiana pareciam insignificantes para mim, mas eu não tinha o direito de ser dura com ela.

— Para reis e rainhas, somos como um alaúde — refleti. — Eles nos usam para fazer suas canções e, quando estamos desafinados ou eles estão preocupados, colocam-nos de lado.

Cristiana enrugou a testa para mim como se achasse que eu tinha perdido a razão.

— É um modo de dizer, algo que um poeta escreveria — completei, cansada, fazendo um gesto com a mão. No dia seguinte, chegou a notícia de que Rosencrantz e Guildenstern tinham deixado Elsinor.

— Eles se foram. Seu destino é um mistério — ela contou, com seu jeito normal de dar um ar de importância para notícias frívolas. — É um serviço secreto para o rei, no qual, se eles se saírem bem... — Então se calou, esperando que eu a olhasse. Seus olhos brilhavam de prazer — ... Rosencrantz terá permissão para se casar comigo! — Ela percebeu minha surpresa. — É verdade. O rei prometeu, e a rainha também já deu seu consentimento.

Quase disse que Rosencrantz e Guildenstern eram meros fantoches, não homens, mas pensei melhor e resolvi deixar Cristiana aproveitar sua alegria.

Em seguida Elnora contou que Hamlet tinha viajado para a Inglaterra.

— Para onde? — gritei, chocada com a ideia de que ele podia ter me desertado.

— Foram ordens do rei. Melhor assim para a segurança de Hamlet. — Ela me olhou cuidadosamente. — Para que a morte de Polônio não fosse atribuída a ele como assassinato.

— Assassinato! Quem ousa chamá-lo de assassino? — bradei, horrorizada. Elnora fez sinal para eu falar mais baixo e se afastou para não me incomodar. — Horácio foi com ele? — perguntei, fingindo calma.

— Não. Foi a vontade do rei enviar Hamlet sozinho — ela respondeu.

A partida repentina de Hamlet foi uma notícia estranha e nem um pouco bem-vinda. Minha esperança de que pudéssemos nos reconciliar diminuiu, e eu estava cheia de novos arrependimentos. Talvez Hamlet tivesse esquecido seu ódio e me levado para a Inglaterra com ele se soubesse de minha nova suspeita. Recentemente meus seios e minha barriga tinham começado a doer, e minha menstruação estava atrasada. Passei a ficar enjoada do estômago facilmente. Talvez esse desconforto se devesse à tristeza. Mas, e se eu estivesse carregando um filho de Hamlet? Infelizmente agora ele nem saberia disso! Cheia de dúvida e confusão, decidi não pensar mais no assunto.

— Agradeça! — Elnora interrompeu meus pensamentos. — Apesar de a pobre mãe de Hamlet estar desesperada com sua partida, a senhora não tem mais nada a temer vindo dela. — Pensando que me confortava, ela enrugou a testa ao ver minhas lágrimas começarem a cair.

Meditei continuamente sobre o momento da partida de Hamlet e seu significado. Se tivéssemos falado depois da morte de meu pai, ele saberia que eu tinha visto uma evidência — o pote de veneno — que poderia condenar Cláudio, levando a uma vingança justa que não deixaria suas mãos sujas de sangue. Não achei que Cláudio pudesse simplesmente mandar Hamlet embora para protegê-lo da justiça em relação à morte de meu pai. Quem além do rei poderia condenar Hamlet pelo crime? E Cláudio nunca ousaria levar o filho de Gertrudes a julgamento. Seu propósito ao mandá-lo embora era obscuro. Agora ele tiraria a vida de meu marido?

Então pensei sobre a morte de meu pai, cada vez mais certa de que houvera um jogo sujo. Não duvido de que a espada de Hamlet tenha errado o alvo para Cláudio. Suponho que Cláudio tenha enviado meu pai para espionar Gertrudes e seu filho no aposento, sabendo que o selvagem Hamlet esperaria que o rei — e não meu pobre pai — estivesse espreitando por lá. Como o leal Polônio poderia desobedecer a uma ordem real? Pensei em sua aflição depois de minha cena com Hamlet no vestíbulo. Ele sabia que tinha ultrapassado os limites de sua ambição ao chamar a atenção para a loucura de Hamlet, despertando a suspeita de Cláudio. Ele temia por si mesmo e por mim. Meu pai, quando se escondeu atrás da tapeçaria, era um ator que agia contra sua vontade no drama arquitetado por Cláudio? Ele suspeitava do que poderia acontecer? Hamlet foi também um ator no enredo maldoso de Cláudio, forçado a assumir o papel de vilão no palco do quarto de sua mãe?

Balancei a cabeça, sem querer acreditar que essas maquinações fossem possíveis. Minhas ideias eram tão malucas quanto as fantasias da vingança orientada por um fantasma de Hamlet? Por que o rei queria matar meu tolo e insignificante pai?

A resposta, eu sabia, estava na descoberta do pote de veneno. Foi isso que colocou meu pai em perigo. Ele tinha encontrado a prova do mal por si mesmo ou tinha sido enviado por Cláudio para destruir a evidência do cruel assassinato? Arrependida, dei-me conta de que as verdades que procurava tinham morrido com ele e a única pessoa que poderia esclarecer essas questões, Hamlet, era um mistério. Chorei ao me lembrar de como ele me rejeitou e abusou de meu amor, e me repreendi por ter acreditado nele. O amargor cresceu dentro de mim quando pensei na coisa terrível que ele tinha feito, esfaqueando cegamente uma tapeçaria na simples esperança de que fosse o rei que estava ali. Bati os punhos na cama, em uma fúria inútil por não compreender o comportamento de Hamlet.

Quando descarreguei a raiva, pensei na mudança de posto por que passei na corte. A sorte, que tinha me favorecido, até o máximo de ter me casado com um príncipe, agora mudava de direção e me derrubava. Não tinha a proteção de um pai. Gertrudes já não me ajudava. Laertes estava longe, aparentemente sem saber da morte de nosso pai. E meu marido tinha me abandonado na incerteza e na tristeza. Eu estava sozinha no mundo.

Naquela noite dormi agitada, incapaz de separar o sonho da realidade. Imaginei a voz de meu pai gritando enquanto morria. Em minha mente, um trem com figuras fantasmagóricas serpenteava pelos corredores de Elsinor, seguido por Cláudio, cruelmente montado em seu caminho do mal. Ouvi passos e parei perto da porta. A tranca de ferro e as dobradiças estavam quebradas. Pulei com um grito, jogando-me contra a porta, e os pesados passos recuaram.

Quando a abri, o quarto estava escuro e parecia vazio, mas um cheiro azedo familiar de cebola e cerveja pairava no ar. Não tinha sido sonho. Eu tinha sido visitada pelo bêbado Edmundo. Mas por quê? Será que seu velho rancor tinha se transformado em uma paixão que ele queria satisfazer? Ou Cláudio o tinha enviado para me fazer mal? Edmundo certamente tinha me visto sair do quarto do rei na noite em que meu pai fora morto. Ele deve ter contado a Cláudio, que então soube que eu estava presente quando meu pai encontrou o pote de veneno. Será que ele achava que eu estava com o pote?

Eu sabia que estava em perigo. Tremendo e suando, lutava para controlar o medo que queria tomar conta de mim. Queria não estar sozinha, sem um pai ou um marido para me ajudar. Eu queria desaparecer, mas não sabia para onde ir. Queria ser qualquer outra pessoa, menos Ofélia, vítima de maldade e má sorte.

Certa vez eu vi um veado que estava sendo perseguido correr do campo aberto para a sombra de um arbusto, ofegante entre as folhas e galhos que ele rezava para que o mantivessem invisível. Da mesma forma, eu sabia que deveria me esconder para enganar o caçador. Procurei em meu baú algo com que me disfarçar. Peguei túnicas, toucas e corpetes, o livro dourado das orações e o espelho rachado que Gertrudes havia me dado. Ali estava a capa que meu pai havia jogado sobre mim na noite em que fora morto. Suas dobras ocultavam o pequeno retrato de minha mãe e a medalha com o rosto de Janus que Hamlet me dera na noite em que nos encontráramos no labirinto. Isso era tudo que eu tinha de meu marido. Por fim, meu baú guardava dois livros que eu resgatara das mãos da rainha e a obra sobre ervas. Minhas posses eram realmente poucas.

Levantei o espelho rachado e observei minha imagem distorcida. Quase não me reconheci. Meu rosto estava magro, com profundas e escuras sombras sob os olhos. Meu cabelo estava desgrenhado, sujo e embaraçado. Cheirei minha pele e minha camisa e enruguei o nariz. Eu cheirava como uma criatura que não está preparada para a companhia de homens. *O que eu tinha me tornado?* Refleti sobre isso, muito alarmada. Derrubei o espelho, que se quebrou em dois. *Não era mais eu. Quem eu era?*, perguntou a voz desesperada dentro de mim.

Segurei o vestido rústico com o qual tinha me casado com Hamlet, mas o deixei de lado. Nunca mais o usaria! Peguei então minha melhor saia, bordada na barra com intrincados fios de ouro. Não precisava mais daquela orgulhosa riqueza. Um plano estava começando a tomar forma em minha mente. Com algum esforço, usando as mãos e os dentes, rasguei a camisa em pedaços. Recolhi a roupa arruinada e um corpete e peguei meu cesto de madeira. Eu queria saber se conseguiria sair de Elsinor usando o disfarce de uma pobre mulher, uma mera serva. Tirando os sapatos, saí de meu quarto.

Quando me viu, Cristiana gritou:

— Olhe o que ela fez com sua melhor saia! Ela certamente enlouqueceu!

Sua reação me surpreendeu. *Eu estava louca?*, perguntei-me.

— Tenho todas as razões para isso — eu disse ao passar por ela.

Elnora se levantou, olhou para mim e então indagou:

— Aonde a senhora pensa que vai, Ofélia?

— A Dinamarca está doente — respondi. — Vamos encontrar a cura.

Elas não me interromperam quando desci a escada e saí do castelo, mas me seguiram a distância.

O ar de final de setembro indicava o frio que estava chegando. Vaguei pelo caminho que levava à vila e parei nos limites dos campos, enchendo meu cesto com ervas e flores. Observei os homens colhendo trigo e as mulheres, com as costas curvadas, reunindo o que tinha sido cortado. Os únicos sons vinham do movimento das foices, dos gritos dos homens e do canto dos pássaros que brigavam por grãos. Senti um obscuro prazer do qual apenas me lembrava por estar ao ar livre em um dia tão bonito, apesar de nublado pela minha recente angústia.

Meus passos eram lentos, meu caminho, sem direção definida. Percebi que Elnora parecia sofrer e se apoiava pesadamente em Cristiana, que lhe pedia para voltar para o castelo. Eu não tinha esfregado suas articulações com unguento havia dias e senti uma pontada afiada de culpa. Lembrando do horror de Cristiana quando apareci, cheguei à conclusão de que a aparência de louca poderia funcionar. Então dancei, conversei sozinha e ri de nada. Fingi não as ver me observando. Esperava que pensassem que eu tinha perdido a razão de tão triste.

Depois de um tempo, percebi que já não me acompanhavam. Incomodada por um medo repentino de me encontrar sozinha, rapidamente voltei ao castelo pelo caminho principal, por onde muitas pessoas viajavam. O sol da tarde me atingiu em cheio. Tive sede, como as flores em minha cesta.

Meus pés estavam machucados e sangravam com vários pequenos cortes. A grama seca dos campos tinha arranhado minhas pernas. Senti um prazer perverso nessas dores, pois me distraíam de minha miséria.

Mas, naquela noite, deixei que Elnora friccionasse sumo de violetas e margaridas nos cortes inflamados para aliviar a dor. Eu me deitei com dificuldade, apreciando o toque de seus dedos, e me permiti ser cuidada. Ela disse, soando preocupada:

— Ofélia, temo que seu cérebro esteja queimando e os vapores tenham lhe adoecido. A senhora me entende?

— Sim, a senhora é como uma querida mãe. Mas não me conheço mais.

No dia seguinte, preparei-me para sair de novo. Queria ser vista e testar os limites de minha prisão. Além disso, não me sentia mais segura sozinha em meu quarto em Elsinor.

— Devemos segui-la de novo? — ouvi Cristiana reclamar para Elnora.

— Não, a pobre menina não é perigosa para ela ou para os outros. E temo que meus pés não vão me sustentar hoje. Deixe-a ir. Talvez a natureza ajude a curar sua tristeza — respondeu Elnora, tristemente.

Por insistência de Elnora, vesti uma touca para evitar o sol na cabeça e um grande lenço para cobrir os ombros. Também usei sapatos para proteger meus pés machucados. Não estava louca, pois cuidava de mim mesma. Levei pão em minha cesta. Evitando os caminhos solitários, colhi frutinhas e as comi devagar para que meu estômago não reclamasse. Minhas roupas ficaram manchadas de amora e meus pés levantaram poeira, que secou minha boca. Pensamentos melancólicos passavam por minha mente. *O que é o homem senão poeira? O que é a mulher senão um copo de barro frágil?*

À tarde, vaguei pelo pátio cheio do castelo. Ali descobri que podia ser visível para o mundo, mesmo não sendo vista. Varri o chão com um ramo de galhos. Teci guirlandas de cravos perfumados e flores murchas, usando-as. Cantarolei cantigas, murmurei para mim mesma e fingi chorar. Essas eram as ações que eu achava próprias de uma mulher simples acometida pela tristeza. Nunca tinha observado uma criatura dessas, pois, por medo ou vergonha, ignorei os loucos e os pobres que viviam entre nós. Por isso, eu também era ignorada. Aqueles que passavam por mim pareciam não me ver. Tentava dar alguns olhares breves e piedosos, mas ninguém falava comigo. Alguns garotos jogaram maçãs podres em mim. Elas caíam no chão, soltando seu perfume de cidra.

Então vi Cláudio entrar no pátio com alguns de seus conselheiros e guardas. Congelei de medo, como o cervo quando sente o cheiro dos cachorros. Cláudio olhou ao redor, parecendo suspeitar de algo, como se pudesse sentir um assassino à espreita. Não ousei nem mesmo erguer a mão para puxar a touca mais para a testa. Cláudio passou tão perto que eu poderia ter jogado minha cesta na cabeça dele, mas ele não me notou. Atordoada de alívio, senti-me um ser invisível. Gritei alto para os velhos que se pareciam com meu pai, mas eles correram de mim, fazendo o sinal da cruz para se proteger de algum mal. Senti-me zonza e fraca, mas não tinha vontade de comer.

Jovens vestindo capas bonitas e calças elegantes lembraram-me Hamlet. Desfilando sem preocupação e fazendo reverências para as damas, eles fizeram meus pensamentos vagarem pelas canções sobre falso amor.

Jovens farão, se chegarem a isso;
Pelo Pênis, eles serão culpados.
Ela disse: "Antes de deitar comigo,
O senhor prometeu se casar".

Peguei-me cantando em voz alta essa canção, que encheu minha cabeça como o zumbido de uma mosca encurralada. Mas ninguém prestou atenção em mim. A música não me deixou, nem mesmo quando balancei a mão no ar. Estava louca? Se estava, como conseguia me lembrar das palavras tão claramente? Mudei minha voz e cantei a parte dos homens:

Eu teria feito, pelos céus,
Se a senhora não tivesse vindo para a cama comigo.

Peguei-me secando lágrimas verdadeiras. Arrependimento e remorso transbordavam de dentro de mim. Por que eu tinha acreditado nas falsas promessas de amor de Hamlet? Fui uma menina estúpida, como meu pai dizia que eu era. Lembrei-me de uma vez quando ele disse: "Apenas um tolo se casará com aquela que vai fácil para a cama dele".

— O senhor estava errado, pai. Hamlet se casou comigo... Então *ele foi tolo...* Vou *lhe* entregar um tolo!

Notei que havia falado em voz alta, e um homem havia parado para ouvir minhas palavras. Ele carregava uma capa e outras coisas, tal qual um viajante. Era Horácio. Vi pelo seu olhar de surpresa e desânimo que havia me reconhecido. Ele veio em minha direção, mas naquele momento uma multidão passou entre nós. Entre as pessoas estava Gertrudes, acompanhada por um cavalheiro mais velho e uma jovem dama que eu não conhecia. Fiquei brava por Gertrudes brilhar enquanto eu estava esquecida e miserável! Queria confrontá-la.

— Onde está a bela majestade da Dinamarca? — vi-me gritando alto. A rainha parou, como se obedecesse ao meu chamado, e a dama e o cavalheiro que a acompanhava também pararam. Aproximei-me, mas não me fixei em seus olhos. Mantive o olhar vagando além dela, como Hamlet certa vez olhara o nada para além de mim.

Gertrudes recuou e se apoiou no braço do cavalheiro.

— Não falarei com ela — disse, desviando-se de mim.

— As palavras dela não são nada. É uma criatura inofensiva — declarou o cavalheiro de cabelos brancos, em tom seguro. A jovem dama que esperava parecia horrorizada. Era a nova favorita de quem Cristiana havia falado?

— Não tenha medo de olhar para mim, senhora. Tudo ficará bem com a senhora — disse para a garota. Sem dúvida as palavras a assustaram ainda mais que minha aparência selvagem.

Enquanto isso, Horácio havia se aproximado e falava no ouvido de Gertrudes. Ela assentiu e sua expressão de alguma forma ficou mais tranquila. Ela me cumprimentou, ainda que com alguma hesitação.

— E agora, Ofélia?

À pergunta, respondi com uma canção para que ela se lembrasse da morte de meu pai.

Ele está morto e se foi, senhora,
Ele está morto e se foi.
Na sua cabeça, a verde grama,
Nos seus calcanhares, uma pedra.

Queria atormentá-la, admito. O sinal de inquietação em seu rosto me agradou. Quando ela esticou a mão, encolhi-me, evitando seu toque. Não senti vergonha por ver seu rosto coberto de lágrimas enquanto ia embora.

— Boa noite, queridas damas, boa noite! Venha, professor! — chamei como se eu fosse Gertrudes e tivesse toda a corte sob meu comando. Como era prazeroso desdenhar da rainha sem nenhum medo ou consequência! Acenei para Horácio, que já vinha falar comigo. Decidi que não seria controlada por ninguém, nem pelo meu marido, nem pelo meu pai, nem pela razão.

Absorta em meus pensamentos rebeldes, não me dei conta de para onde meus passos me levavam e vi-me no vestíbulo onde Hamlet havia me rejeitado. Encostei em uma coluna e deixei a pedra resfriar minha face, que queimava. A onda de revolta começava a perder força.

— Frio, frio conforto! — solucei, sentindo de novo todas as minhas perdas.

O som de passos tirou-me de meus devaneios. A imagem do rosto de Edmundo com a cicatriz brilhou em minha mente, e, como um animal, fiquei alerta para o perigo. Mas não tinha arma, apenas minhas mãos e meus ágeis pés. Deveria lutar ou fugir? Antes de poder escolher uma das opções, seguraram-me por trás e eu gritei. Uma mão forte cobriu-me a boca e eu desmaiei.

Quando abri os olhos, vi-me em um quarto empoeirado e abandonado que na verdade era um grande armário. Estava sentada em uma pilha de velhos tecidos, e o braço de Horácio me sustentava. Seu rosto pairava sobre o meu enquanto ele limpava minhas faces e minha testa com um pano. Endireitei-me e me afastei dele, subitamente ciente de meus cabelos sujos, minhas mãos cheias de terra e minha roupa rasgada.

— O que aconteceu comigo? — perguntei, confusa.

— Desculpe-me — Horácio disse, com um olhar distraído. — Sinto muito tê-la assustado. Eu tive de segurá-la, pois não queria provocar uma briga. — Apesar do sorriso, a preocupação crispava suas sobrancelhas. — A senhora está ferida?

Balancei a cabeça e sorri, demonstrando meu alívio.

— Estou feliz em vê-lo, Horácio. Pensei que fosse meu inimigo me atacando.

Horácio olhou-me com ar interrogativo, mas eu me sentia muito fraca para explicar o comportamento ameaçador de Edmundo.

— Minha senhora Ofélia, fico triste de vê-la tão mudada. Estive fora, buscando notícias sobre Hamlet, ou teria... — Suas palavras se perderam.

— Bom Horácio — falei rapidamente. — Não estou como pareço estar. Uso este disfarce de louca com um propósito. Posso colocá-lo e tirá-lo quando eu quiser.

— Assim falou Hamlet, mas suas ações me fizeram duvidar. — Ele olhou para mim, receoso. — Qual o significado de *sua* loucura?

— Ah. Provo a crença geral de que uma mulher, sendo mais fraca que o homem em corpo e mente, pode facilmente enlouquecer quando assolada pela tristeza.

— Sua mente é tão forte quanto a de qualquer homem. Por que provar o que não é verdade? — perguntou Horácio.

— É uma mentira útil. Pois o senhor veja. Eu, uma pobre, simples criatura sem razão, sou inofensiva e logo protegida de todo mal — expliquei. Pareceu-me claro, mas Horácio estava em dúvida.

— Pela cena que acabo de presenciar, sua loucura faz com que a senhora seja temida pelos poderosos da Dinamarca.

— O que há para temer em mim? — Dei de ombros. — A Dinamarca vai me evitar e eu ficarei sozinha como desejo.

Horácio não me deixou vencer a argumentação.

— Aprenda com o exemplo de Hamlet que a loucura, como um ímã, atrai o perigo para si! — ele disse tão alto quanto achou seguro em nosso esconderijo. — A senhora se engana. A senhora não está segura.

Comecei a dar razão para suas palavras, o que me fez refletir por um momento.

— Então deixarei Elsinor, com seus perigos e decepções, e viverei humildemente — afirmei. — Encontrarei alguma obscura vila ou cabana na floresta.

— Cláudio não a deixaria partir — Horácio disse, sacudindo a cabeça. — Pois a senhora é a esposa de Hamlet.

— Ele não sabe que somos casados. Ou sabe? — perguntei, de repente com medo.

— Eu não disse nada. Mas pode ser que Hamlet tenha deixado escapar antes de ser mandado para longe. Vimos como sua loucura o faz ser indiscreto. E Cláudio tem espiões em todos os lugares.

— Não há prova de nosso casamento. Palavras foram ditas. Só isso. E palavras são levadas pelo vento — eu disse, amarga.

— Ainda assim, a senhora é uma ameaça para Cláudio, e ele a achará.

— Bah! Ele não me reconheceu hoje, apesar de ter passado tão perto que eu poderia ter lhe jogado uma pedra. Aquele tirano não deveria se vangloriar de que eu tiraria a sua vida, pois para mim ela não vale um botão.

— Minhas palavras saíram afiadas, repletas de desdém.

— Tampouco me importo com a vida de Cláudio, mas temo pela sua — disse Horácio.

— Olhe para mim. Não sou nada — lamentei, de repente desesperando-me de novo. — Do nada, nada pode ser tirado.

— A senhora está errada, Ofélia. Mas não estou com ânimo para um debate acadêmico.

— Meu pai foi morto como se fosse um rato. Minha vida, também, não vale mais que a de um animal.

— Deus sabe. É natural que a senhora esteja de luto por seu pai, mas não deixe a tristeza destruir sua razão — implorou Horácio, pegando minha mão.

— Não é a morte de meu pai que mais me entristece, mas a frieza de meu marido — gritei, incapaz de parar minhas lágrimas. Meu único conforto era singelo, a pressão da mão de Horácio sobre a minha.

— Ninguém presenciou, como eu, o inferno íntimo que Hamlet enfrentou por saber que tinha matado, sem intenção, o pai de sua nova esposa — disse Horácio, seus intensos olhos castanhos fixos em mim. — Sei que ele a procurou para lhe pedir perdão.

Lembrei-me do relato de Elnora sobre um desesperado Hamlet à minha porta.

— Ele veio apenas pedir meu perdão? Ou meu amor também? — questionei, a esperança se debatendo com o medo.

— A senhora teria concedido os dois? — O olhar de Horácio era direto. Eu lhe devia a verdade, apesar de não querer enfrentá-la.

— Poderia perdoar um homem que assassinou meu pai por engano, mas amá-lo como um marido? Meu Deus, Horácio, eu não sei! — gritei, jogando as mãos para cima. — Partirei e viverei uma vida solitária; desaparecer e ser a esposa de Hamlet... não mais! — As palavras finais explodiram como um soluço e eu me levantei, desejando partir.

Horácio bloqueou meu caminho, impedindo-me de sair.

— Ofélia, um caminho desses seria vão e perigoso. Cláudio é mais esperto do que a senhora imagina. Como prova, tenho importantes notícias de Hamlet.

Notícias! Isso me faria ficar. Horácio enfiou a mão na capa e pegou uma carta. Falou com grande ansiedade:

— Leio aqui que Cláudio mandou Hamlet para a Inglaterra, não para sua segurança, mas para sua morte! Rosencrantz e Guildenstern também foram despachados levando cartas que determinavam a morte dele. Mas ele escapou e frustrou o terrível plano. Ele me escreveu dizendo que eu deveria me juntar a ele tão rápido quanto fugiria da morte.

Realmente, era uma nova reviravolta. Passei os olhos sobre a carta, escrita com a letra familiar de Hamlet. Ela me fez despertar como água gelada no rosto. O propósito de Cláudio era mais macabro do que eu havia imaginado. Ele havia ordenado a morte de Hamlet, seu sobrinho e filho. Sabia que ele tinha envenenado um rei. Deve ter pedido a morte de meu pai. Por que ele deveria poupar-me? Eu era tola de achar que a loucura poderia me proteger. Estava apenas me tornando uma presa mais fácil para o lobo.

— Estávamos certos, Ofélia, de temer as consequências da peça de Hamlet. A senhora e eu estamos em perigo se ficarmos em Elsinor. Fuja comigo e nos juntaremos a Hamlet — Horácio pediu.

— Como o senhor vai encontrá-lo? Ele viaja com uma tripulação de piratas em algum lugar do vasto oceano — eu disse, apontando para a carta.

— O mensageiro que entregou a carta nos levará até ele.

— Hamlet recusou meu amor e me odeia — repliquei. — Essa é a simples verdade. — Fiquei com a mão no ar para impedir que Horácio negasse isso enquanto eu lia a carta novamente. — Ele não pede para que o senhor me ajude a fugir. Por que o senhor se arriscaria?

Horácio parecia lutar consigo mesmo.

— Minha lealdade a Hamlet me obriga a protegê-la. Venha comigo e vou levá-la até ele.

Como a carta escrita por Hamlet não mencionava meu nome, eu não consideraria a oferta. Senti, como uma facada em meus ossos, a dor de decidir-me a romper com meu marido.

— Não posso ser uma esposa tão obediente quanto o senhor é como amigo. Não vou até Hamlet.

Horácio pareceu surpreso. Um longo e tenso momento passou antes que falasse de novo:

— A senhora não pode ficar aqui — insistiu. — A senhora sabe de coisas que a colocam em perigo. É apenas uma questão de tempo para Cláudio acabar com sua vida.

— O senhor está certo, Horácio. Mas como eu posso partir? Como o senhor pode partir? Os espiões de Cláudio nos seguiriam.

Horácio suspirou e passou a mão pelos cabelos ruivos.

— Eu me comprometi com meu amigo e encontrarei um jeito de ir até ele. Mas sua segurança é o problema de que agora estamos tratando. — Seus olhos pareciam pontos escuros escondidos atrás da sobrancelha enrugada.

Meus dedos brincavam entre as ervas em minha cesta: alecrim, arruda, a raiz selvagem do gengibre e tomilho. A mistura dos aromas espalhava-se pelo ar, despertando todos os meus sentidos e deixando minha mente mais aguçada. A razão me disse que eu não poderia continuar com meu disfarce de louca por muito tempo. Decidi por um caminho diferente.

— Deixarei Elsinor, Horácio.

Ele suspirou, aliviado.

— Mas seguirei meu próprio caminho, sozinha.

— Como? — ele perguntou, parecendo duvidar.

— Com uma morte de mentira. Uma poção cuidadosa, meus meios... Horácio me interrompeu.

— Não, Ofélia! A senhora não deve se desesperar e fazer mal a si mesma!

— Bom Horácio, ouça-me. Eu quis dizer escapar com vida, apesar de todos pensarem que estou morta. Tenho um plano, mas preciso de sua ajuda.

— Não entendo, mas me coloco a seu serviço. Prometo minha vida para protegê-la do mal — ele disse, com o fervor de um cavaleiro recém-nomeado sendo enviado para uma missão.

— Agradeço, gentil Horácio. Confiarei no senhor. Se não o fizesse, certamente morreria.

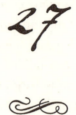

No armário empoeirado onde arquitetei minha fuga, a pequena réstia de luz que entrava pela estreita janela reluzia como um ponto brilhante de razão em um mundo caótico. Fiz com que Horácio memorizasse cada detalhe de meu plano, calando suas dúvidas e implorando para que ele acreditasse. Logo ele entendeu qual seria seu papel, meus sinais e nosso ponto de encontro no final. Não havia necessidade de jurar confidências, pois nossa confiança já era profunda. Quando partimos, ele me deu seu punhal e me fez prometer mantê-lo sempre comigo.

Apesar de confiar em Horácio completamente, não lhe contei que poderia estar grávida. Eu queria sangrar, que meu corpo afastasse essa suspeita. Sozinha em meu quarto, tirei o punhal de Horácio da bainha e senti sua ponta afiada. Uma pequena gota de sangue escorreu pela lâmina. Limpei-a com um sentimento de pânico. Com um golpe daquela faca acabaria com minha vida, algo pior que a mera perda da virgindade. E, se eu estivesse com uma criança, ela também se perderia.

Não tinha pistas do que significava parir um filho. Sabia apenas que eu cresceria e ficaria pesada com o fardo e, um dia, dores mortais tomariam conta de mim até que a criatura saísse de minhas entranhas e gritasse pedindo cuidados. O que eu faria então? Não tinha nem os instintos de uma gata. Queria fugir tanto de Elsinor quanto do destino desconhecido da maternidade, apesar de essa fuga parecer impossível, a não ser pela morte.

O medo da morte tentou continuamente desviar-me de meu caminho naquele dia. A cada hora, procurava Horácio para dizer-lhe que iria até

Hamlet. Então questões interrompiam meus passos. Mas, se eu reconquistasse o amor de Hamlet, qual a segurança que teria com ele, já que ele buscava acabar com a vida de Cláudio, e Cláudio com a dele? Seria melhor para mim subir no alto da montanha enquanto as luzes brigam no céu.

Então me deitei em minha cama e pensei que seria mais prudente adiar meu plano e, enquanto isso, defender-me do perigo com meu punhal. Pois, apesar de tudo, fui eu que aconselhei Hamlet a evitar ações violentas. Mas essa opção passiva trazia outros perigos. Se eu estivesse carregando um bebê, logo isso se tornaria evidente, e Cláudio poderia suspeitar de que Hamlet fosse o pai. Como o amaldiçoado rei Herodes, ele procuraria destruir o ser inocente. Pois a criança, se um garoto, seria herdeira de Hamlet e uma ameaça para Cláudio enquanto vivesse. Eu não podia esperar e torcer, rezando para que meu corpo tomado de tristeza voltasse a seu estado natural. Decidi não gastar mais tempo em busca de vãos caminhos possíveis. Eu agiria de uma vez.

Naquela noite, só fingi dormir. Perto da meia-noite, levantei-me, fiz pilhas com todas as minhas roupas na cama e as cobri com um lençol. Se Elnora olhasse, acharia que eu dormia. Vestindo a capa de meu pai e levando meu cesto, saí do quarto com passos silenciosos e cautelosos. Em tempos de menos cuidados, os salões escuros e as galerias de Elsinor vibravam com amantes furtivos e sentinelas que os deixavam passar. Agora ninguém ousava sair de seu quarto à noite, e os homens do rei Cláudio vigiavam como águias, quando não estavam bebendo ou dormindo. Desci as escadas da torre para a cozinha, onde coloquei dois restos de carne de veado no cesto. Destrancando uma porta perto da despensa, saí do castelo.

Dei no jardim, onde caules secos de vegetais apoiavam-se uns nos outros e raspavam como ossos finos e secos. Nuvens rápidas passavam na frente da lua e faziam sombras de padrões imprevisíveis. Contornei os estábulos do castelo e segui o caminho de sebes através do campo e para além da vila. De tempos em tempos, parava e me escondia na sombra de uma parede ou de uma árvore para ter certeza de que não estava sendo seguida. Pela floresta escura, segui por uma trilha pouco usada até chegar à cabana da sábia Mechtild. Torci para que ela estivesse dormindo, pois não queria confrontá-la.

Não havia luz na cabana. Até a lua havia desaparecido. Então, ouvi um profundo rosnado vindo da escuridão. Um fantasmagórico mastim branco avançou sobre mim, com mandíbulas enormes e espumando. Com um movimento ágil, joguei a carne de veado no chão e o cachorro pulou sobre ela. Como esperava, Mechtild tinha um cachorro bravo para guardar-se de ladrões.

No jardim, à luz da lua, logo encontrei a planta que procurava. Suas folhas verde-escuras fedidas espalhavam-se pelo chão como um dossel e sua fruta, como uma pequena maçã madura, escondia-se por baixo delas. Sem perder tempo, cavouquei a terra com o punhal de Horácio. Desenterrei a raiz esbranquiçada e grossa, bifurcada como duas pernas de homem. Era a mandrágora, que os tolos dizem que expulsa os demônios e faz as mulheres ficarem férteis, mas grita quando puxada da terra. Eu sabia que isso tudo era um velho conto, um mito. A verdade é que o suco da mandrágora traz um sono profundo. E eu sabia onde Elnora guardava a chave para o boticário do castelo, onde eu poderia encontrar outros ingredientes e instrumentos de que precisaria para preparar a poção cujo efeito lembrava a morte.

Enquanto cavava a terra, me lembrava das lendas. Temi ouvir um grito da terra que me mataria. Um grito que acordaria Mechtild. Mas não ousei demorar: o mastim poderia começar a latir assim que estivesse saciado. Então puxei a assustadora raiz da terra. O único som foi o de um pio de coruja, perto o bastante para me amedrontar. Com pressa, cobri o buraco com terra e coloquei a raiz, as folhas e a fruta da planta em meu cesto. Corri de volta para o castelo, agradecida pelo véu escuro da noite me esconder.

A escuridão encobriu as desagradáveis intenções, mais do que a mim. Quando abri a porta de meu quarto, vi que meu lençol estava rasgado, e as roupas que eu tinha colocado debaixo dele estavam espalhadas. Meu baú estava arrombado e seu conteúdo, revirado. Eu tinha certeza de que meu visitante havia sido o vilão Edmundo, e estremeci ao pensar em como ficou furioso ao perceber que eu não estava ali.

Naquela noite, roubei minha própria vida.

A certeza de que Edmundo tinha tentado me matar e o medo de que Cláudio estivesse por trás disso fizeram-me ficar constantemente atenta. Não permanecia em meu quarto e pedia para Elnora me deixar dormir com ela, dizendo que estava sendo atormentada por sonhos macabros. Pelo tipo de mulher que era, ela concordava em dividir sua cama comigo. Naquela noite, percebi que lhe custava mais movimentar-se e perguntei sobre suas dores.

— Todas as desgraças que aconteceram em Elsinor recentemente deixaram suas marcas sobre meus ossos cansados — ela gemeu, deitando-se na cama. — E a senhora, Ofélia, só me trouxe preocupação — repreendeu-me gentilmente. — Rezo para que essa sua tristeza logo acabe e a senhora volte a ser como era.

Eu queria tranquilizá-la, mas não ousava revelar meu plano. Então disse:

— Não se preocupe comigo, boa Elnora. Meus problemas aqui logo acabarão. — Ela me olhou sem esperanças, e temi que minhas palavras só lhe tivessem aumentado as preocupações. — Amanhã cuidarei de seus ossos doloridos. Tenho a receita de um novo remédio, feito com as raízes da malva que cresce nos pântanos — falei.

Satisfeita, Elnora entregou-se ao sono com um suspiro. Enquanto roncava como um gigante, vasculhei entre suas chaves até encontrar a que abria o boticário. Cobrindo minha lamparina, segui pela escuridão, passando pelo armário próximo da cozinha, onde as receitas eram preparadas. Segurei a porta atrás de mim e fechei o vão embaixo dela com minha capa, para nenhum brilho de luz me entregar.

Com quantidades iguais de excitação e medo, concentrei-me no trabalho. Cortei a raiz da mandrágora em pedaços e os coloquei em um frasco de vinho doce para amolecer. Quanto sumo eu precisaria fazer para ter um sono que lembrasse a morte? Muita poção seria mortal, mas pouca também acabaria com meu plano. A incerteza me atormentava. Olhei no *Ervário* e em outros de meus livros, mas as instruções, como eram muito gerais, obrigaram-me a adivinhar. Trabalhei em silêncio, a não ser pelo pio das corujas, o arranhar dos ratos e as batidas de meu coração nas costelas. Sentando-me com as costas apoiadas na porta, dormi um pouco enquanto a mandrágora soltava sua essência no vinho.

Quando achei que várias horas já tinham se passado, retirei os pedaços de mandrágora do frasco. Com dedos trêmulos, pressionei a última gota do líquido da raiz e a devolvi ao vinho. Acrescentei algumas frutinhas amassadas e depois aqueci a mistura sobre a chama de uma vela, reduzindo-a a um xarope grosso e pesado. Com os primeiros raios da luz do dia, coloquei o líquido preto em uma pequena garrafa e a fechei com uma bola de cera. Quando devolvi a chave a Elnora, ela se mexeu, mas não acordou.

Então saí do castelo, pretendendo buscar a raiz de malva que tinha prometido para fazer o remédio de Elnora. O que encontrei, no entanto, foi uma oportunidade para realizar meu plano. Na boca de todos, corria a notícia de que o príncipe Fortinbrás, da Noruega, estava marchando para a Dinamarca com a intenção de vingar a derrota de seu pai. Cláudio mandou seus embaixadores com um discurso naquela mesma tarde. Era seu hábito, nessas ocasiões, andar entre as pessoas, com Gertrudes a seu lado, para chamar a atenção ou tranquilizá-los. Nesse cenário, eu os confrontaria e encenaria a parte final de minha peça em Elsinor, com a ajuda de Horácio. Parecia que a Fortuna, oferecendo essa ocasião, mostrou-se favorável a mim.

Movendo-me com uma estranha excitação, corri de volta a meu quarto e vesti-me com meu disfarce de pobre mulher louca. Como um toque final, coloquei flores em meu cabelo bagunçado. Quando cheguei ao pátio, uma grande e variada multidão de pessoas comuns, servos e donos de lojas já esperava pelo rei. As pessoas procuravam réstias de sol ou ficavam juntas para se proteger do frio de outubro, que tinha começado antes do tempo. Queria estar de sapatos, pois meus pés estavam ficando dormentes com o chão gelado. Eu me sentei e os esfreguei. Um palco com o brasão azul de

Cláudio tinha sido montado para os eventos do dia. Apesar das flâmulas alegres que balançavam com o vento, um ânimo obscuro prevaleceu, pois todos estavam cientes da perspectiva de uma nada desejada guerra.

Meu cesto estava cheio de guirlandas e ervas que tinha escolhido com cuidado para o rei e a rainha. Tinha encerrado minhas buscas por raiz de mandrágora por causa de minha pressa em voltar ao castelo, e tentei ignorar as ferroadas da culpa, acreditando que Elnora me perdoaria por ter quebrado a promessa. Tremendo, embrulhei firmemente uma capa em volta dos ombros. De tempos em tempos, tocava, dentro do bolso da saia, a pequena garrafa de poção.

Com um olhar nervoso, observei o pátio. Suspirei de alívio ao ver Horácio, mas balancei a cabeça quando ele começou a andar em minha direção. Mesmo assim, ele abriu caminho na multidão e ficou a meu lado.

— Se a senhora partir agora, escapará sem ser vista — ele murmurou, rapidamente.

— Não, não posso partir até ter encenado minha parte no plano. O senhor se lembra do nosso plano e da sua parte nele?

— Sim, mas duvido que funcione. A senhora chamará a atenção, e isso só aumentará o perigo.

Por mais irritado que Horácio pudesse estar comigo, falei duramente.

— A multidão me protegerá. Seguirei adiante. Acredite em mim e faça sua parte!

Ele cedeu com um suspiro.

— Manterei minha promessa. Que Deus esteja com a senhora — ele disse, afastando-se com passos relutantes.

Minha despedida, mais gentil que a repreensão, perdeu-se no barulho de uma fanfarra que indicou que o rei estava chegando. Os conselheiros e políticos começaram sua procissão vinda do castelo, seguidos pelos guardas que cercavam o rei e a rainha. Cláudio e Gertrudes faziam sinais com a cabeça para saudar as pessoas, mas poucos eram os vivas e uma quantidade menor ainda a de sorrisos.

Ao se aproximar do palco, uma repentina comoção chamou a atenção para o portão do pátio. Ouvindo gritos, a multidão desviou o olhar do palco e começou a seguir em direção ao portão. Subi em uma caixa de madeira, o assento abandonado de alguém, e vi a fonte do tumulto. Era Laertes chegando a Elsinor.

Uma onda de alegria me perpassou. A esperança, havia tempo destruída, cresceu em meu peito. Meu irmão tinha chegado e me protegeria.

De meu poleiro, gritei:

— Laertes! Laertes! — Mas minhas palavras eram como água jogada ao vento. Depois meus gritos morreram em meus lábios, pois vi meu irmão balançando a espada. Atrás dele vinha um grupo eclético de cerca de trinta homens armados com pedaços de madeira e pedras.

— Laertes deve ser o rei! — eles falavam, e gritavam que Cláudio era um tirano e um porco. Os soldados do rei rapidamente pularam sobre eles, esmagando as armas de madeira dos homens com suas espadas como se fossem galhos. Alguns na multidão celebraram, enquanto outros se cobriram como se estivessem com medo de serem atingidos também.

— Quem matou meu pai? Cláudio? Diga-me! Juro que me vingarei pela morte dele — uivou Laertes.

Três guardas seguraram meu irmão, que se contorceu, xingou e cuspiu sobre eles. Seus desorganizados seguidores se dispersaram como sementes ao vento.

Com tristeza, dei-me conta de que Laertes, também, estava louco, contaminado pela vingança! Rebelde e cheio de raiva, ele não poderia me oferecer segurança, apenas mais perigo. Eu não tinha escolha a não ser continuar com meu plano e enfrentar seus perigos desconhecidos.

Vi Cláudio e Gertrudes chegarem ao palco. Imediatamente foram protegidos por um círculo de guardas que os levou em direção à segurança do castelo. Eu logo perderia minha oportunidade! Desci tropeçando na caixa e abri caminho entre a multidão com toda a minha força.

— Mexa-se! Saia! Deixe-me passar! — eu gritava, com pressa de alcançar o rei e a rainha. Os guardas os seguiam, levando Laertes.

Os ministros do rei, com olhos confusos e piedosos, deixaram-me passar. Assim como os guardas também não me pararam quando os alcancei. Joguei-me contra a porta e entrei antes que fosse fechada.

Surpreendida pelo barulho da pesada tranca de madeira, virei-me para trás. O guarda que a tinha fechado usava um capacete que lhe ocultava os olhos. A cicatriz no lado de seu rosto, que parecia um verme gigante, e um sorriso cruel torceram sua boca. Senti-me como um veado que acaba de cair na armadilha bem armada do caçador.

No salão principal havia apenas uma luz fraca, como em um teatro pronto para a encenação. Atrás de mim estava o maligno Edmundo. À minha frente, um irritado Cláudio mantinha uma conversa íntima e profunda com Laertes. Gertrudes estava próxima, mas afastada, de costas para eles. O corpo inteiro de meu irmão tremia, agitado. Esperava poder confrontar o rei e a rainha com segurança no meio de mais pessoas. Agora não tinha mais escolha a não ser encenar minha peça ali mesmo.

Nem Cláudio nem Laertes tinham me visto. O rei agarrou meu irmão pelos ombros e falou com atenção. Ouvi-o murmurar:

— Não tenho culpa pela morte de seu pai. — Isso me soou como uma mentira, mas vi meu irmão mudar sua posição dura e rebelde e abaixar a cabeça em submissão. A lembrança dele como um garoto castigado mexeu com meus sentimentos e deixei que um pequeno choro escapasse. Gertrudes ouviu-me e se virou. Então, vendo-me, bufou e afastou Cláudio de Laertes. Eles tomaram distância para testemunhar nosso triste encontro.

Meu irmão se virou. Quando lentamente me reconheceu, seu rosto ganhou uma expressão de profunda tristeza.

— Oh, rosa de maio, querida cortesã, gentil irmã, doce Ofélia.

Laertes nunca fora tão amável comigo. Suas palavras gentis quase me fizeram desistir de meu firme propósito. Eu teria me jogado em seus braços, mas o cuidado prevaleceu.

— O juízo de uma jovem cortesã pode ser tão mortal quanto a vida de um velho? — gritou Laertes. Em sua voz, reconheci o sofrimento e a perda, que se identificavam com o que eu sentia. Não conseguia falar por causa da dor em meu peito. Então comecei a cantar com uma voz fina e vacilante. Laertes pegou minhas mãos e olhou-me de cima a baixo.

— Se você tiver juízo e conseguir me persuadir, não prosseguirei com a vingança! — Ele cerrou os dentes enquanto a raiva tomava conta de seu ser novamente.

Nos olhos de meu irmão, vi o desejo violento que obscurece a luz da razão. Temi por sua segurança, sabendo que não podia confiar nele. Infelizmente, eu devia agir como se não conhecesse meu próprio irmão. Mexendo em meu cesto, peguei algumas ervas murchas.

— Aqui está o alecrim; é para a memória — eu disse, enfiando um ramo em sua capa, que fora rasgada e estava suja de terra como resultado da briga com os guardas. Queria que ele se lembrasse de mim como eu costumava ser, que se lembrasse de como costumávamos estudar e brincar juntos. — E aqui, amores-perfeitos.

Laertes pegou as delicadas flores brancas e púrpuras e soluçou.

Virei-me para Gertrudes. Ela olhou para o outro lado, mas deixou que eu me aproximasse. Ao redor de seu pescoço, coloquei uma guirlanda de ramos de erva-doce, suas flores costuradas com aquilégias murchas. Não esperava que ela soubesse que as flores são o símbolo da infidelidade e que, com meu presente, eu a repreendia por ter sido desleal.

Com meu coração saltando, dirigi-me a Cláudio. Minha entrada tinha desfeito seu trabalho de apaziguar Laertes, e seu rosto se contorcia em um esforço para reprimir a raiva. De meu cesto, retirei um punhado de folhas, que amassei para que liberassem um odor forte. Busquei a mão do rei, cedida a contragosto, e as pressionei em sua mão carnuda, quente e úmida.

— Aqui tem arruda para o senhor. É chamada a erva da graça — eu disse, dando a entender que ele deveria se arrepender de suas maldades. Ele talvez não soubesse que o sumo da arruda cura dores de ouvido ou que é um antídoto contra a mordida de cobras venenosas. Assim, amparada em loucura e metáforas, declarei, vigorosamente, que sabia de seu crime: derramar veneno nos ouvidos do rei Hamlet. Com meu presente, acusei-o de ser a serpente no jardim da Dinamarca. Seu rosto não mostrou compreensão, apenas ódio.

— E aqui está uma margarida — falei, arremessando uma tiara de flores brancas com seus núcleos amarelos como o sol. Ela se enganchou em sua coroa e ali ficou pendurada. Com sua brilhante inocência, caçoei de sua maldade e o chamei de usurpador. Eu sabia que a margarida, um remédio para todas as dores e feridas do corpo, não tinha poder suficiente para curar a doença de sua alma maldosa.

O olhar de Cláudio queimou com uma raivosa humilhação. Gertrudes colocou a mão no braço dele para acalmá-lo e detê-lo. Laertes, também, protegeu-me com sua presença, pois Cláudio não ousaria pegar-me ou abusar de mim e, assim, provocar ainda mais meu irmão. No fim das contas, seu retorno repentino acabou sendo providencial.

Considerando que minha encenação tinha chegado ao fim, saí. Esticando os braços em um adeus, cantei:

Não, não, ele está morto,
Vá para o teu leito de morte,
Ele nunca mais voltará

Laertes afundou as mãos na testa, balançando de tristeza, enquanto Gertrudes esforçava-se para consolá-lo. Apenas Cláudio me observava. Seus olhos sem piedade e cheios de ódio fixaram-se nos meus enquanto jogou a tiara de margaridas no chão e a destruiu com o pé.

Enquanto me aproximava da porta, que eu sabia estar trancada e vigiada por Edmundo, temi que o castelo se tornaria minha prisão para sempre. Mas, para minha surpresa, a tranca da enorme porta levantou-se para me libertar.

Então vi Cláudio mudar seu olhar, assentir deliberadamente para Edmundo e mover a cabeça de lado. "Siga-a!", o gesto dizia.

Eu tinha arriscado demais a minha boa sorte.

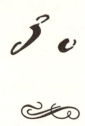

Deixei o grande e sombrio salão de Elsinor pela última vez. Apesar de o perigo estar em meus calcanhares, exigindo que me apressasse, uma grande tristeza diminuía o ritmo de meus pés. No pátio banhado de sol, as pessoas conversavam em grupos, talvez ponderando sobre os movimentos de Fortinbrás contra a defesa do rei. O tumulto repentino da revolta tinha passado como uma tempestade de verão. Mas a tempestade ainda rugia entre as paredes de Elsinor, onde a raiva nervosa de Laertes confrontava a frieza de Cláudio. Lágrimas enchiam meus olhos e borravam o mundo a meu redor como a chuva.

Minha tristeza deu lugar ao medo. Minha peça, assim como a de Hamlet, que havia tocado no assunto do assassinato do rei, tinha sido uma perigosa loucura? Talvez, mas ela servira como meu pequeno ato de vingança. Embora eu não pudesse fazer justiça pelos crimes de Cláudio, nem repreender Gertrudes por ter sido volúvel, havia acertado sua consciência. Representei minha cena de loucura até o final, assim minha morte aparente não seria questionada.

Cruzei o pátio em direção aos portões abertos de Elsinor. Ninguém me observava enquanto eu caminhava, mas sentia que estava sendo seguida. Era Edmundo? Não ousei olhar, mas esperava que Horácio estivesse logo atrás de mim. Torci para que a Morte não passasse à frente de meu fiel amigo.

Segui adiante, atravessando os portões e chegando ao caminho principal. Um garotinho perseguindo uma galinha fujona trombou comigo, mas não pediu desculpas. Uma carroça carregada com grãos seguia pelo centro do caminho, e eu pulei para o lado a fim de não ser atingida por ela. Não olhei para o castelo onde tinha sido educada para ser uma dama, querida por uma rainha, cortejada por um príncipe e, depois, traída por ele. Quando senti o sol em minhas costas, soube que estava além da fria sombra das paredes de Elsinor.

Ao chegar à beirada do morro, deixei a estrada e desci pelo campo em direção ao ponto onde o rio passava. Pequenas criaturas fugiam e voavam com meus passos. Nunca mais, pensei, passaria por aquele caminho pensando no prazer da companhia de Hamlet. Com as mãos, arranquei a grama que sussurrava e peguei gentilmente algumas flores murchas, dizendo adeus para tudo que tocava.

Segui pela curva da margem de onde Hamlet tinha me visto nadar quando eu ainda era criança. Cheguei ao chorão, a verdadeira imagem da Natureza que chora. Seus galhos cresciam para cima formando um arco gracioso, depois caíam para a terra e raspavam suas pontas na água. Observei folhas caírem na superfície, que gorgolejava ao passar pelas pedras. O rio estava cheio e caudaloso por causa da chuva recente. Eu sabia que a água estaria fria. Patos nadavam entre a vegetação das bordas e um martim-pescador, escondido nos arbustos, piou.

Minha solidão parecia completa, e a paisagem familiar trouxe-me paz. Peguei as guirlandas que tinha feito e as pendurei no pescoço, gostando de seu perfume doce, mas fraco. Embora soubesse que meu inimigo estava em minhas costas, esperando para atacar, confiei em Horácio para me proteger. Não tinha nem trazido meu punhal, temendo perdê-lo na água. Queria me deitar por um momento na margem aquecida pelo sol e revisitar algumas das mais doces lembranças antes de entrar na jornada para meu futuro desconhecido. A prudência, no entanto, avisou-me para não perder tempo nem enfraquecer minha decisão com muita reflexão. Então peguei no bolso o pequeno frasco. Meu dedos tremiam enquanto eu abria e derramava o conteúdo em minha boca. O escuro xarope de mandrágora, doce e forte, escorregou até minha barriga. Lambi as últimas gotas e deixei o frasco cair na água, onde desapareceu.

Eu tinha apenas alguns minutos, talvez menos. Não sabia quão rápida a mandrágora faria efeito. Esperando imóvel, tentei sentir a poção agindo. Nada tinha acontecido. Busquei alguma sensação prazerosa, uma lembrança reconfortante, mas senti apenas um pânico crescente. De repente, tive medo do esquecimento que viria, e um desejo desesperado de ficar acordada tomou conta de mim. E se esses fossem realmente meus últimos momentos de vida? Deveria confessar meus pecados e rezar, para o caso de a poção se mostrar forte demais? Minha respiração ficou curta enquanto o terror me possuía. Empurrei a terra, tentando me levantar, e encontrei meus dedos enfiados no meio de frias e enceradas folhas da mandrágora que se agarrava à margem pantanosa do rio. Lembrando de minha promessa não cumprida, arranquei suas raízes da terra com dedos desesperados e as joguei no cesto, esperando que Elnora, de alguma forma, as encontrasse ali. O esforço me enfraqueceu, e senti que eu flutuava. Deixando meu cesto na base do chorão, subi num galho forte que se estendia sobre o rio. Águas profundas e escuras passavam por baixo de mim, e o som enchia meus ouvidos. Minha cabeça começou a girar e manchas pretas como cinzas espalharam-se à minha frente. Então o mundo pareceu virar de cabeça para baixo, e o céu e a água trocaram de lugar, de novo e mais uma vez. Agarrei-me ao galho do chorão, mas a mandrágora que então enchia minhas veias havia roubado minhas forças. Meus olhos se fecharam, e senti o sono apoderar-se de mim. Contra minha vontade de viver, meus membros queriam o esquecimento.

O galho dobrou-se sob meu peso como se eu me entregasse às profundezas, e murmurei:

— Venho a vocês, águas da morte e da vida. Tirem-me deste mundo de loucura e conflito.

Ouvi uma voz gritando "Ofélia!" no momento em que meus membros anestesiados soltaram-se e eu caí na água, a escuridão me engolindo.

Lutei contra o peso do sono para abrir os olhos. Mal via o fogo da lareira cuja fraca luz iluminava o gesso irregular das paredes de uma pequena cabana. Eu estava deitada em uma cama áspera. Tentei sentar, mas descobri que meus braços e pernas não obedeciam a meu comando. Não sabia onde estava. Vi ramos de plantas secas pendurados no teto, e seus perfumes misturavam-se no ar quente. Não era a velha casa de ermitão onde Hamlet e eu costumávamos nos encontrar. Aos poucos, dei-me conta de que estava na cabana de Mechtild.

Não estava sozinha. Alguém estava em um banco no canto cheio de sombras. Meu esforço para me mexer o fez se levantar. Para meu alívio, vi que era Horácio. Ele se aproximou e se ajoelhou a meu lado. Ansiedade e preocupação marcavam as linhas de seu rosto.

— Vejo que ainda estou viva — eu disse. Minha voz soava estranha e distante. — Mas por que estou aqui? — Esperava acordar em uma cabana na floresta, com tudo pronto para minha viagem. — Horácio, o que deu errado?

— Não tenha medo; a senhora está segura. Depois que a livrei da terra, precisei das habilidades de Mechtild.

— Como o senhor sabia deste lugar? Eu sempre escondi meu rastro para cá.

Horácio sorriu.

— A sábia mulher e suas poções do amor não são tão secretas como algumas damas acreditam. Os cortesãos também recorrem a seus remédios e conselhos.

O som de passos anunciou a velha mulher, que entrou no quarto com o mastim branco como um sentinela a seu lado. Ela me mirou com olhos penetrantes, mas gentis, posicionados no fundo de seu rosto enrugado.

— A mandrágora trouxe um sono tão profundo que até eu duvidei de que a senhora estivesse viva — ela disse. — Dei-lhe um antídoto, há horas. Não tente se levantar ainda.

Então mexeu um recipiente na fogueira, e o cachorro se deitou perto da porta, obedecendo ao comando de sua mão.

— Contei a ela que o desespero levou a senhora a buscar a morte. Não acho que ela tenha acreditado em mim. Ela sabe que a senhora roubou a mandrágora, mas não lhe deseja mal — Horácio sussurrou.

Eu estava com vergonha de ter sido injusta com Mechtild. Mas minha curiosidade era maior que a culpa. Como alguém que caiu no sono no meio de uma história excitante, queria saber o final.

— Diga-me, Horácio. Conte-me tudo o que aconteceu, pois a poção limpou completamente minha memória.

Então Horácio me revelou que me seguiu até o rio, onde me observou beber a poção e subir no chorão. Contou-me que ficou alarmado quando caí do galho. Então correu correnteza abaixo, pulando na água para interceptar meu corpo, que flutuava.

— Estava frio e a corrente seguia calma. Sua roupa encharcada levou-a para o fundo. Perdi o pé e quase me afoguei. Se não fosse o guarda que ouviu meus gritos, teríamos morrido os dois. Ele ajudou a puxar seu corpo sem vida do rio. Juntos levamos a senhora de volta para a corte.

— Oh, Horácio! — gritei, levantando-me nos cotovelos. — O guarda estava por perto para acabar com a minha vida. Por pouco o venci. — Expliquei que era Edmundo, meu tormento na infância, e descrevi seu comportamento ameaçador.

Horácio ficou inconformado ao saber que estava sendo seguido sem perceber, por um mau-caráter daquele.

— Não pense nisso — aconselhei. — Pense que, se o senhor não estivesse por perto, ele certamente teria me matado. Agora continue a história.

Horácio sentou-se em um banco próximo da cama, apoiando os cotovelos nas coxas.

— O enterro seguiu tranquilamente, pois muitos suspeitavam de que a senhora buscava a morte e, logo, sua alma estava amaldiçoada.

— Um evento rápido, o que é bom. Se tivesse sido longo e formal, não teria funcionado bem para mim, pois acordei muito depressa — disse, com um sorriso. — Mas o que importa é que Cláudio acredita que estou morta. Não acredita?

Horácio levantou os braços em um gesto de incerteza.

— A senhora sabe, Ofélia, nada é o que parece em Elsinor. Gertrudes chorou quando as palavras foram lidas, e acredito que sua tristeza era real, mas Cláudio não demonstrou nem satisfação nem pesar. — Horácio pensou por um momento, então balançou a cabeça. — Não há razão para ele achar que a senhora está viva. Ele viu seu corpo branco e frio, e testemunhou seu enterro.

— Como Elnora recebeu a notícia? — perguntei. Ela era a única pessoa que me arrependi de ter enganado com minha falsa morte.

— A mulher foi a que mais ficou perturbada. Ela ungiu e arrumou seu corpo, enquanto enxugava lágrimas abundantes. Não suspeitou de que a senhora estivesse apenas dormindo.

Quando o efeito da poção foi soltando meus sentidos, liberou também minhas emoções. Ao imaginar Elnora em luto por mim, caí em lágrimas. Sabia que ela tinha lavado meus cabelos com alecrim, pois ainda sentia o perfume. Ela tinha me arrumado com meu vestido favorito, amarelo-damasco, sobre uma anágua bordada por ela mesma, seu último presente. Como seus ossos devem ter doído com o esforço. Enquanto eu chorava, Horácio se levantou e se afastou de mim, ficando próximo do fogo.

— O senhor devolveu meu cesto para ela? — perguntei. — Deixei-o próximo do chorão.

— Não, não o vi. A senhora me falou dele?

Balancei a cabeça, pois não tinha falado.

— Não, foi minha falha, Horácio. Pensei apenas em mim.

— Não é pecado desejar viver. Não é razão para chorar.

— É o sentimento mais estranho, estar viva e ao mesmo tempo morta para todos que me conhecem... a não ser o senhor, Horácio — eu disse, sentindo a solidão me invadir. Tentei de novo e consegui me sentar. Determinada a acabar com meus pensamentos sombrios, sequei as lágrimas com a borda de um pano que estava preso a mim. Era o pano com o qual meu corpo fora enterrado. Rasguei um pedaço para carregar comigo, pensando que daria um bom paninho para um bebê.

Mechtild trouxe-me uma vasilha de caldo quente e ficou a meu lado enquanto eu o tomava.

— Isso vai trazer vida para seus membros — prometeu. — Misturado com açafrão, para tirar a letargia e acelerar os sentidos. — Enquanto ela falava, eu sentia uma onda de energia em minhas pernas e pés. — Vou cuidar das dores de Elnora. Horácio vai entregar alguns remédios hoje — ela disse.

Fiquei encantada com sua sabedoria. Como tinha lido minha mente e sabido de minha culpa? Agradeci e segurei a vasilha quente nas mãos.

— Continue, Horácio — pedi, fazendo um gesto. Teríamos de confiar em Mechtild. Seria inútil tentar esconder qualquer coisa dela.

— A senhora foi enterrada no final do dia, e eu voltei com o cair da noite para tirar a terra ainda solta. Temi que os ladrões de túmulos chegassem antes, pois eles não respeitam os que se mataram.

Perdi o ar, pois não tinha pensado que poderia ter sido roubada da terra e ter meu corpo aberto por ladrões. Cruzei os braços e senti um arrepio ao me lembrar do livro de Hamlet, com seus desenhos de um cadáver aberto, as partes vitais internas expostas como um butim de piratas em um saco sujo.

— Felizmente — Horácio continuou —, ninguém estava por perto. Mas não consegui tirá-la desse sono de morte. Temi que a senhora estivesse perdida... — Sua voz falhou, e ele respirou fundo antes de voltar a falar. — Trouxe-a com toda a pressa para a cabana de Mechtild, e, com a ajuda de um espelho, concluímos que a senhora ainda respirava.

Senti a garganta apertar ao ouvir que eu realmente quase havia morrido. Oh, bravo Horácio, que correu tantos riscos para me salvar da água e da terra! Como podia lhe pagar por sua devoção?

— O senhor foi visto no cemitério? — foi tudo que eu disse.

— Na verdade, não sei. — Ele esfregou as têmporas, em consternação. — Ladrões deviam estar esperando ou um guarda pode ter me visto quando a desenterrei. A preocupação com sua vida me fez ser pouco cuidadoso. Desculpe.

— Não há por quê — tranquilizei-o. — Sou eu que tenho de lhe pedir desculpas por lhe ter envolvido, o senhor, um homem honesto.

— Essa armação pode estar errada, se preserva o que é virtuoso? — perguntou Horácio.

— Não estou com ânimo para filosofias, e estou cansada da razão! — gritei, o descontentamento crescendo dentro de mim. — Eu traí a amizade de Elnora. Levei o senhor e Mechtild pelo caminho da enganação. Devo sair daqui antes que vocês sejam descobertos e prejudicados por minha causa. — Levantei-me e percebi que minhas fracas pernas me sustentavam bem. — Duvido que minha vida valha o perigo que o senhor enfrentou, Horácio. Deixe-me agora e se esconda até que esteja em segurança.

Horácio segurou meu braço para me acalmar.

— Não. Espere — ele disse. — Tenho mais a lhe contar. Hamlet voltou a Elsinor.

As palavras de Horácio me tiraram o chão. Minha mente lutou para tentar compreendê-lo.

— O que o senhor quer dizer? — sussurrei.

— Enquanto eu estava no cemitério, observando os coveiros cavarem sua sepultura, Hamlet apareceu. Na verdade, fiquei muito surpreso.

— O senhor viu o fantasma dele?

— Não, era Hamlet em carne e osso — disse Horácio, destruindo minha descrença. — Nos abraçamos, depois conversamos. Não era um fantasma.

Por que Hamlet voltaria para a Dinamarca, fiquei pensando, e se colocaria ao alcance do assassino Cláudio? Era ainda mais tolo de vir sem um exército se queria enfrentar o usurpador.

— O retorno dele só pode significar uma coisa — concluí. — Ele quer matar Cláudio! O senhor acha que ele fará isso dessa vez? Como ele estava?

Horácio pensou em minha pergunta antes de responder.

— Estava ao mesmo tempo contente e sóbrio. Seus pensamentos giravam em torno do tema da morte. Pegando uma caveira jogada pelos coveiros, disse que ela pertencia ao bobo de seu pai, o velho Yorick. Zombou do poder como não sendo nada além de pó. Mas não parecia desesperado, apenas um tanto melancólico.

— Essa chegada é bastante inesperada! O que aconteceu depois?

— Enquanto Hamlet e eu conversávamos, a procissão de seu funeral passou com Cláudio e alguns lordes que eram amigos de seu pai. Gertrudes jogou flores. Laertes chorou aos brados sobre seu cadáver e repreendeu o pároco pelas pobres orações.

— Quando Hamlet soube de minha morte, como ele...? — não consegui terminar minha pergunta.

Horácio balançou a cabeça e mostrou tristeza nos olhos. Esperei ouvir que Hamlet tinha caçoado de minha morte ou que não se importara.

— Não deixe de falar a verdade agora, Horácio. Por mais dolorosa que seja, não me voltarei contra o senhor — disse.

Então ouvi, para meu horror, que Hamlet, perdendo a compostura, pulou em minha sepultura para enfrentar meu irmão, que segurava meu corpo sem vida. Depois, como inimigos, brigaram, enforcando-se um ao outro.

— Ele ficou louco. Tive de separá-los, e custou para acalmar Hamlet de novo — relatou Horácio, e suspirou pesado.

— Hamlet e meu irmão, que costumavam treinar como parceiros! Eles trocaram golpes mortais sobre meu cadáver? — Descrença e raiva brigaram dentro de mim. — Eles deveriam ter agido como irmãos, ambos sem pais e compartilhando seus sofrimentos. Por que brigaram como dois loucos? Isso não faz sentido!

— Tenho esse conforto para lhe oferecer, minha senhora — disse Horácio. — Hamlet gritou para os ouvidos de todos os presentes que a amava.

— Mas ele me chamou de sua esposa? — questionei.

— Não, não nessas palavras. Mas disse que o amor dele era maior que o de quarenta mil irmãos.

— Isso não me conforta! — falei, amarga. — Deixe que ele meça sua afeição com números. O que chama de amor não merece esse nome! — Então fiquei furiosa, mas, no fundo, esperava que as palavras de amor de Hamlet fossem verdadeiras, e queria tê-lo ouvido dizê-las. Minha raiva passou e eu perguntei: — Hamlet sabe que estou viva?

— Não, ele não sabe — Horácio admitiu. — Ele estava tão alterado que tive certeza de que a senhora não desejaria que ele soubesse. E eu não quebraria a promessa que lhe fiz.

— Então o senhor enganou seu amigo de toda a vida por mim?

— Eu assumo — ele disse simplesmente.

— O senhor não fez nada errado — confortei-o. — Hamlet não deseja uma esposa, pois apenas atrapalho sua vingança.

Essa verdade pairou no ar, e Horácio não a negou.

— Há algum tempo quis que Hamlet retornasse, mas agora é tarde — eu disse, com tristeza. — Já deixei o palco. Agora o senhor deve levar esta notícia para ele. Diga-lhe que eu sabia que o teria ajudado em sua vingança se tivesse chegado antes à cena.

— O que a senhora quer dizer? — perguntou Horácio, confuso.

— A Fortuna tem sido minha amiga volúvel, Horácio. Na noite em que Hamlet matou meu pai, ela me mostrou a prova de que Cláudio é culpado...

— Que prova? — Ele se levantou. — Onde está?

— ... mas ela não me deixou ficar com essa prova. — Levantei a mão para parar Horácio. — Mechtild, um de seus frascos de veneno não foi roubado em abril, antes da morte do rei Hamlet?

Mechtild, que estava acompanhando nossa conversa com muito interesse, assentiu.

— Que substância era? — eu quis saber.

— Essência de meimendro, negro e mortal. — ela disse. — Faz o sangue engrossar nas veias.

Horácio arregalou os olhos, pensativo, enquanto se lembrava:

— Meimendro! Hamlet me contou que o fantasma de seu pai disse o nome da poção assassina que foi despejada em seu ouvido!

— É verdade, as palavras de Mechtild confirmam as do fantasma — falei, com certeza. — Agora ouça, Horácio. Depois da peça de Hamlet, segui meu pai até os aposentos de Cláudio, onde encontrei um pote de veneno escondido. Peguei-o e vi as gotas de sumo negro que sobraram. Certamente era o veneno que matou o rei! Brigamos pelo pote, e ele escapou de minha mão. Horas depois, meu pai estava morto, seus segredos silenciados para sempre. Não foi uma divindade benevolente que comandou os acontecimentos macabros daquela noite — concluí, amarga.

— E a senhora não conseguiu contar a Hamlet sobre sua descoberta, pois ele foi enviado para longe logo em seguida — disse Horácio, entendendo toda a situação. — Se ele soubesse de tudo isso, teria organizado uma vingança justa e rápida. Infelizmente, a Fortuna é uma verdadeira falsa dama! — Ele pensou por um momento, então acrescentou: — Mas o que seu pai estava fazendo no quarto de Cláudio?

— Ele disse que Cláudio o tinha enviado. Devia saber que Cláudio tinha envenenado o rei Hamlet. Então, para impedir que meu pai o traísse, Cláudio o mandou para ser morto pelas mãos de Hamlet. Isso não posso provar, apesar de ter certeza, pois a morte de meu pai fez com que o rei mandasse Hamlet para longe, para sua própria morte.

Horácio segurou a cabeça entre as mãos, deixando os cabelos vermelhos desarrumados.

— Oh, que trilha densa e complicada o mal segue, retorcida e cheia de voltas! O que a senhora diz é possível. Seu pai participou de um jogo perigoso e apostou sua própria vida nele. E Cláudio é um tirano cujos crimes sempre levam a mais um. Ele se banha e se alimenta com o sangue dos outros.

— O senhor concorda, então, que todos esses eventos estão interligados? — perguntei, aliviada diante do fato de Horácio não achar que eu era louca.

— Como peças de uma corrente de ferro — ele respondeu, preocupado. — Se pudéssemos dobrar Cláudio com isso! Ofélia, a senhora corre mais perigo do que eu imaginava.

— Sim, e, sem poder para lhe fazer justiça, não tive outra escolha a não ser fugir de Elsinor.

— Tenha coragem, brava Ofélia, pois a senhora e Hamlet podem comemorar por terem enganado Cláudio sobre suas mortes — disse Horácio.

— Ah, mas o jogo está longe de ser decidido em nosso favor — admiti. — E meu irmão ainda joga, sem consciência de seu inimigo. Laertes é vingativo e rebelde. O senhor o viu ameaçando o rei. Temo que ele seja a próxima vítima.

Estive em contato durante tanto tempo com a maldade de Cláudio que acreditava saber qual seria seu próximo passo. Peguei Horácio pelos ombros e falei, com a voz baixa e intensa:

— Ouça, Horácio! Hamlet escapou da primeira armadilha arquitetada por Cláudio, que agora mesmo está forjando uma nova. Vi o rei tentando levar meu irmão para o lado dele e persuadi-lo de que não tem culpa da morte de nosso pai. O senhor viu Hamlet e Laertes brigando em minha sepultura. — Minha voz ficou mais alta de tanta agitação. — Cláudio está colocando meu irmão contra Hamlet para provocá-lo. Ele acende o fogo da rivalidade entre os dois, que ameaçam seu poder e sua vida. Para não sujar suas próprias mãos, Cláudio fará Hamlet e Laertes se destruírem! Só o senhor, Horácio, pode pará-los.

Horácio arregalou os olhos ao compreender, e sua sobrancelha enrugou-se com determinação.

— Será meu dever preservar Hamlet e seu irmão — ele assumiu. — Mas, diga-me, Ofélia, como a senhora, uma dama de grande virtude, entende o coração amaldiçoado de Cláudio?

— Não sei. Talvez lendo muito sobre ambição e paixão — respondi, pensando nas várias histórias que saboreei enquanto duvidava da maldade que havia nelas.

Naquele momento, o mastim da velha senhora acordou e rosnou, um som como o do trovão. A porta da cabana abriu-se com um rangido de dobradiças. Um raio de sol se espalhou pelo quarto escuro, e a brisa fria da manhã trouxe vida para a poeira.

Contra o brilho da luz do dia, vislumbrava-se a silhueta de Gertrudes.

A rainha entrou na cabana de Mechtild. Os pés vestidos com calçados de couro não faziam barulho no chão de terra, os fios dourados do vestido refletindo a luz. Murchei com a presença dela, como um botão que floresce muito cedo e é congelado por um vento repentino de inverno.

— Não tenho mais esperanças! Horácio, fomos traídos — gritei, afundando na cama.

Mechtild caiu de joelhos com uma agilidade impossível para alguém com sua idade. Horácio postou-se à minha frente para me proteger. Fez uma reverência para a rainha, mas sua mão tocou o cabo de sua espada, mostrando-se pronto para reagir a qualquer som ou movimento do lado de fora da cabana.

Gertrudes pediu para Mechtild sair com um gesto, e a velha e seu cachorro, que vivia escondido, desapareceram. Então ela se dirigiu a Horácio.

— Vim sozinha — disse. O corpo tenso de Horácio relaxou e ele deu um passo para o lado, deixando-me frente a frente com Gertrudes.

— Estou feliz em vê-la viva, Ofélia — ela disse. Não consegui identificar o sentimento que estava por trás de suas palavras.

— Como a senhora sabia...? Por que a senhora veio aqui? — sussurrei, confusão e medo segurando minha língua.

Gertrudes sentou-se em um banco perto de mim, ereta como se estivesse em seu trono, e começou sua história.

— No dia em que Laertes voltou, prometendo caos e vingança, vê-la teria feito uma pedra ter piedade. Você parecia a pintura da Natureza arruinada, tão descontrolada e desesperada que temi que pudesse fazer mal a si mesma. Tentei segui-la quando partiu de Elsinor, mas Cláudio me impediu. Em meu lugar, ele enviou um guarda para observá-la.

Gertrudes sabia que Edmundo queria fazer-me mal? Olhei para ela com atenção, procurando alguma pista em seu olhar ou em seu discurso.

— Ele logo voltou com Horácio, que a carregava nos braços. Uma multidão o seguia, alguns chorando, outros simplesmente curiosos. O guarda reportou que tinha visto você tomar o veneno e jogar-se na água. Ele testemunhou com alguma satisfação que você tinha "feito o trabalho completo", nas palavras dele.

— Como o rei reagiu? — perguntei, sem conseguir evitar a interrupção.

— Imperturbável, sem demonstrar tristeza, pois um rei precisa saber receber notícias sobre a morte de pessoas — ela respondeu, com um leve amargor. — Ele fez uma cena criticando o guarda por não tê-la protegido. Mesmo assim, o desprezível bêbado permanece trabalhando.

— Eu mesmo deveria ter despachado o vilão! — Horácio balbuciou para si mesmo. Perguntei-me qual a recompensa que Edmundo recebeu pela minha morte. Mas não desperdiçaria meus pensamentos com ele.

— Como a senhora suspeitou de que eu ainda estivesse viva? — questionei a rainha. Lembrei-me de que ela sempre tinha me observado quando eu achava que não prestava nenhuma atenção em mim. Eu tinha subestimado sua percepção de novo?

— Horácio, peço que nos deixe por um momento — a rainha falou. Ele se curvou e saiu da cabana. Gertrudes e eu ficamos a sós.

— Antes, quando você cantou no pátio e não me olhou nos olhos, pensei que tinha sido tomada pela loucura. Mas, quando distribuiu o alecrim, a erva-doce e a arruda, percebi que suas ações eram intencionais. Eu a entendi — continuou Gertrudes —, mesmo que Cláudio não a tenha entendido. Sei que você o considera culpado de vários pecados e que me acusa por minhas atitudes também.

Gertrudes, então, tinha enxergado através de meu disfarce de louca. Eu estava envergonhada de ter acusado a rainha, minha senhora, por seus erros. Mas eu também estava com medo. O que ela tinha contado de mim para Cláudio? Eu queria saber, mas não consegui falar.

— Quando ouvi que você tinha tomado veneno, suspeitei de que tivesse buscado uma poção ou a produziu. Claro que eu sabia onde você e Elnora conseguiam seus remédios e tônicos raros. Eu costumava visitar a velha sábia antes de Elnora ganhar habilidade com ervas. — Ela parou, e ouvi o farfalhar de seu vestido quando se acomodou no banco. — Eu a persuadi a ser uma dama, Ofélia. Ensinei-lhe as maneiras da corte, e vi você se tornar uma mulher inteligente e estudada. — A rainha dirigiu-me seu olhar penetrante. — Não acreditei que se destruiria por tristeza ou amor rejeitado. Logo deduzi que tinha apenas encenado sua morte — ela disse, com a satisfação de alguém que resolve um quebra-cabeças.

— Foi contado nos livros — sussurrei, pensando nas histórias que lemos juntas.

— Muito natural e sincero, no entanto — Gertrudes continuou — foi o olhar de tristeza desesperada de Horácio ao enterrar seu corpo úmido e suas lágrimas quando o médico confirmou sua morte. Ele não é um ator que consegue fingir as emoções.

Ela me lançou um olhar de lado, experiente.

Não consegui controlar, minhas bochechas ficaram quentes.

— A senhora não entende... — comecei.

— Ah, sim, entendo — ela interrompeu. — Mais do que imagina. Então não reconhece os sinais do amor? Eu conheço. Agora seu coração está encoberto, como um vale escondido pela neblina, mas, quando o sol voltar e sua tristeza deixá-la, você voltará a ver claramente.

O rosto de Gertrudes encobriu-se e seus olhos marejaram enquanto falava.

— Embora muitos achem que você não vale nada, confesso que desejo que se case com Hamlet e se torne minha filha — ela disse, com uma voz quase inaudível.

Suas palavras banharam meus ouvidos como um bálsamo calmante. Eu não quisera, durante anos, abraçar Gertrudes como mãe? Que ela aprovasse meu amor por seu filho? Fiquei tentada a gritar a verdade, a confessar que Hamlet era meu marido. Mas a prudência e a desconfiança me impediram. Entre nós, cresceu um longo silêncio que não ousei quebrar. O único som era o das brasas que brilhavam na fogueira. Gertrudes parecia perdida em suas lembranças. Finalmente olhou para cima de novo.

— Então, para não me alongar demais na história, o instinto me trouxe até aqui, para a cabana de Mechtild. Eu esperava descobrir a verdade, admito, mas não esperava encontrá-la aqui. Agora vou assistir à resolução dessa trama e representar meu papel nela.

Minha mente agitou-se. Ela estava brincando comigo como faz um gato com um rato na ratoeira? Agora me entregaria a Cláudio, como uma leal rainha e obediente esposa deve fazer?

— Quando me aproximei da porta da cabana, ouvi suas acusações contra o rei. — Gertrudes parou, e segurei a respiração. — Admito que minha carne é frágil. Eu também temo Cláudio. — Deixou escapar um suspiro profundo e trêmulo. — E não posso fazer nada para salvar Hamlet. Ele está perdido para mim, assim como para você.

Ela falou como se soubesse de nosso amor. Então ousei admiti-lo.

— Eu amei seu filho, com o maior dos carinhos.

— E ele a amou. Como eu, ele a achou inteligente e bonita. — Ela levantou as sobrancelhas para mim. — E ambiciosa, por dirigir seus olhares para um príncipe.

— Faltou-me humildade, isso é verdade. Mas foi a senhora que me ensinou a pensar grande — disse em minha defesa.

Gertrudes apenas sorriu levemente e balançou a cabeça.

— Não tenho sua coragem, Ofélia, apesar de ser uma rainha. — Olhou com olhos úmidos para o fogo, que estava fraco.

— Não, eu aprendi isso com a senhora — sussurrei. Eu sabia que não deveria contradizer a rainha, mas de que outro jeito ela saberia como eu era grata pelas virtudes que ela havia me ensinado?

Depois de um momento, Gertrudes buscou as dobras de sua saia e tirou uma bolsa de couro, que colocou em meu colo. Pesava como uma pedra. Fiquei confusa, sem saber o que falar.

— Eu a amei, Ofélia, apesar de tê-la tratado mal ao abandoná-la quando você precisava. Perdoe-me.

— Sim. Mas a senhora não me deve nada — protestei.

— Eu esperava gastar isso em sua festa e em seu vestido de casamento. Pegue o ouro agora e comece uma nova vida.

— Mas como poderei estar segura se Cláudio sabe que estou viva?

Gertrudes arregalou os olhos de surpresa e dor.

— Garanto que o rei não sabe que está viva, e nunca saberá de minha boca — ela disse, fazendo uma pausa para dar mais peso à sua promessa. — Para meu arrependimento, fingi não ver seus crimes. Mas não vou mais cooperar com a maldade dele. Não serei responsável por sua destruição, Ofélia. Talvez com isso consiga expiar...

A voz dela sumiu. Por qual erro buscava expiação? Nunca saberei.

— Vá, mas não me conte seu destino — ela pediu. — Não devo saber por onde anda.

Cheia de gratidão e alívio, peguei a barra de seu vestido, suja como estava, e afundei o rosto nele, chorando como uma criança sentida, pois nunca tinha desconfiado dela. Ela se levantou e me colocou em pé, abraçando-me com uma força surpreendente. Inalei profundamente o perfume de água de rosas e lavanda que por anos me traria a imagem dela à mente.

— Recomendo que fique com Horácio. Ele será fiel e cuidará de você — ela sussurrou.

Não tentei explicar que eu partiria sozinha. Queria falar, mas consegui juntar palavras apenas para um insignificante obrigada e para demonstrar uma pálida afeição, por isso não as pronunciei.

— Acho que meus sentimentos... são muito profundos para palavras, apenas... Deus a acompanhe — gaguejei, chorando agora pela perda de uma segunda mãe.

— Que Deus a acompanhe também, minha filha que seria, e que logo você tenha motivo para rir — murmurou Gertrudes, as lágrimas caindo sobre minha cabeça.

Então, com o mesmo ar real com que entrou na cabana de Mechtild, ela partiu, fechando a porta atrás de si e deixando na escuridão seu perfume e o eco do farfalhar de sua saia.

Horácio me encontrou zonza, pesando a bolsa de Gertrudes em minha mão. Contei-lhe da promessa da rainha de manter minha fuga em segredo. Juntos, contamos o ouro, que equivalia a um pouco menos que um dote de princesa. Eu preferia o amor de uma mãe e a proteção de uma rainha, mas, como Gertrudes não podia me dar nenhuma dessas coisas, seu ouro deveria ser suficiente.

— Realmente, ela é uma rainha digna — disse Horácio, com admiração na voz.

— Sim — concordei, fechando a bolsa firmemente. — Essa soma tornará mais fácil minha viagem. Agora devo me apressar, pois demorar mais é um convite a ser descoberta.

— Tudo está pronto, guardado aqui desde a noite passada — explicou Horácio, pegando vários pacotes do armário de Mechtild e de uma caixa de madeira. — Apesar de me preocupar com algumas de suas instruções.

Dentro dos pacotes encontrei o livro de orações de Gertrudes e um parecido de minha mãe, ambos embrulhados na capa de meu pai. Toquei a medalha de Hamlet, o primeiro presente que tinha me dado, que eu costurara em um bolso interno. Horácio também tinha conseguido alguns pequenos objetos de valor de meu pai. Tinha planejado vendê-los para financiar minha viagem.

— Eu agradeço, gentil Horácio. Deixe-me pagar pelo trabalho — falei, procurando a bolsa, mas ele segurou minha mão.

— Não foi nada. Seu quarto não estava sendo vigiado, e as coisas de seu pai não estavam trancadas, pois esperavam que Laertes voltasse para pegá-las. Apenas a égua de seu irmão, amarrada aqui perto, deverá ser procurada logo. Devo cuidar dela agora — ele confabulou, com uma reverência educada, e partiu.

Vasculhando mais, encontrei o que precisaria primeiro, o punhal e um espelho. Coloquei o espelho em um banco e ajoelhei para que a luz do sol que entrava por uma pequena janela iluminasse minha cabeça. Então, sem hesitar, cortei meus cabelos, olhando arrependida para os longos cachos amarelo-pálidos que caíam pelo chão. O punhal acabou sendo afiado e fácil de usar. Logo os cabelos em minha cabeça não tinham mais que um dedo de comprimento. Na sequência, tirei meu vestido amarelo-damasco e embrulhei o cabelo cortado e minhas roupas em um pacote bem fechado para Horácio destruir. Rasguei uma tira do lençol e amarrei ao redor de meu peito para deixar meus seios achatados. Do saco de roupas que Horácio trouxera, puxei uma camisa bordada que pertencera a meu pai e uma calça larga que disfarçaria o formato redondo de meus quadris. Improvisei um colete de couro e o amarrei. Vesti as meias e admirei a qualidade dos sapatos de sola dupla e como estavam em bom estado. Também tinha uma capa de tafetá, um pouco ruim, e um chapéu simples, reto.

Quando estava colocando o chapéu sobre meus cabelos curtos, Mechtild entrou na cabana pedindo que me juntasse a ela perto do armário, onde seus dedos se moveram por pequenas gavetas, derramaram pós em papéis dobrados e encheram vários pequenos jarros com essências e extratos. Observei, tentando imaginar o que ela pretendia. Finalmente, ela falou, resumindo seu trabalho:

— Camomila e chá de gengibre para enjoo do estômago. Chá de folha de morango e menta para tonificar e fortalecer o útero. E, quando chegar a hora de dar à luz...

— Espere. Como a senhora sabe que preciso dessas coisas? — perguntei, espantada. — Pois eu mesma não tenho certeza. — Alisei o tecido da calça sobre minha barriga, que ainda estava plana como a de um garoto.

— Há sinais no corpo muito antes de a barriga crescer. Acredite em mim. — Ela colocou as ervas em uma pequena bolsa de tecido. — Fenacho, com as folhas que parecem as do trevo, tanaceto e raiz-amarela promovem um trabalho mais fácil. Salsa e heléboro amarelo aliviam o pós-parto. E erva--doce ou aneto com camomila vão aumentar o leite.

Não duvidava da sabedoria de Mechtild, mas lutava para acreditar no que até aquele momento só tinha suspeitado. Então um medo repentino me invadiu.

— A mandrágora... — murmurei, pensando em seus poderes mortais.

— Você não dormiu demais. A criança estará bem. Você é jovem e forte. — Ela me estendeu a bolsa e me deixou só, enquanto surpresa, alívio e desânimo misturavam-se dentro de mim como os ingredientes de algum estranho e inquietante elixir.

Ainda estava parada ali, apertando a bolsa contra meus seios, quando Horácio voltou. Parecendo confuso, ele olhou em toda a pequena cabana, onde não havia lugar para uma pessoa se esconder.

— Sei que deixei uma dama aqui. O que o senhor fez com ela, seu falso Jack?

Era tão raro Horácio brincar que ri com prazer.

— Ora, Horácio. O senhor não foi enganado!

— Ah, a senhora é Ofélia! — Ele riu, fingindo surpresa. Observei-o pegar meus cabelos curtos e olhar para minha calça folgada. — A senhora se parece com um homem em todos os detalhes. É um excelente disfarce.

— Na verdade, sinto-me como uma criatura estranha e recém-criada — confessei, andando pela cabana a passos largos, maravilhada com a facilidade com que podia me movimentar sem anáguas, saia e vestido prendendo-me as pernas. — Que delícia é ser homem e livre! — comemorei, balançando a cabeça, que estava muito leve sem os cabelos compridos, que pesavam como uma coroa. — Mas, não! Sou uma mulher ainda em cada centímetro! — gritei com uma voz cheia de dor, pensando na vida dentro do corpo de mulher.

Horácio sorriu sem muita certeza e levantou um espelho.

— Olhe para si mesma — ele me pediu. Fixei o espelho colocando minhas mãos sobre as dele e me olhando mais de perto.

— Poxa, pareço um irmão meu e de Laertes! — fiquei pensando, preocupada, virando o rosto de um lado para o outro. Nunca tinha me dado conta de que nos parecíamos.

— Aqui está a peça final de seu novo eu — disse Horácio, mostrando papéis, uma pena e um mapa. Eu os estudei como um pergaminho que me mostrasse meu futuro. Depois de fazer algumas pequenas alterações, meu passaporte pareceu autêntico.

— Agora não sou mais Ofélia. Sou Philippe L'oeil, pronto para a França sob a proteção do rei Cláudio — lembrei, com bom humor.

— Para onde na França a senhora irá? Por favor, diga-me, como seu amigo — pediu Horácio, com um tom gentil de súplica. — Hesitei. Estaria verdadeiramente segura apenas se ninguém pudesse me encontrar. — A senhora deve confiar em mim; não cuidei de sua vida com carinho? — A voz de Horácio trazia um pouco de repreensão.

Era verdade, ele havia cuidado. Eu sabia que Horácio era firme e incorruptível, o centro fixo de um mundo que girava de maneira imprevisível. Então cedi.

— O convento de St. Emilion é meu destino — admiti —, porque é conveniente para um viajante desembarcar em Calais, e está a uma curta distância de Amiens. Laertes contou-me que uma vez viajou por perto e pensou que podia caçar, mas o proibiram. Então vai servir a meu propósito, pois é um lugar remoto e sem coisas mundanas.

Com essa revelação, o mundo selvagem que me engoliria para sempre deixou de ser impenetrável. Senti-me menos só, mas pouco confortável, pois ainda enfrentaria uma viagem desconhecida e solitária.

— Prometo manter seu segredo guardado, Ofélia.

— E não se esqueça de sua promessa de evitar que Hamlet e meu irmão se destruam.

— Trabalharei sem descanso para que eles sejam amigos novamente.

— Lembre-se, Horácio, de que eu estou morta. Nunca fale de mim como se eu estivesse viva. — Minha voz começou a falhar no momento de minha despedida.

— Prometo. — A voz de Horácio era apenas um sussurro.

— Se o senhor quebrar sua promessa, vou assombrá-lo da maneira mais terrível, sendo desde já um fantasma — ameacei, forçando um sorriso. A lembrança de Hamlet desesperando-se pelo fantasma de seu pai passou sobre nós como a sombra escura de uma águia que passa por um campo aberto.

— Não há, então, esperança para Hamlet? — perguntou Horácio, soando desesperado.

Ponderei sua questão, que havia sido feita com um duplo sentido.

— Ele espera que eu me junte a ele algum dia? Nós devemos esperar que ele volte a ser ele mesmo? — Chacoalhei a cabeça. — Falhei ao tentar mudar seu caminho sangrento. Não existe paz ou bondade em ficar presa a um marido cujo objetivo é vingar-se. Então me vou.

Saí na luz brilhante do sol e amarrei a bolsa de Gertrudes seguramente na cintura, assim conseguiria mantê-la escondida debaixo do colete. Coloquei a bolsa de ervas de Mechtild em minha mala, que prendi atrás da sela da égua. Com a ajuda de Horácio, montei e me sentei como um homem, não de lado como uma mulher. Minhas pernas prenderam seus flancos firmemente e ela começou a andar. Um impulso também me moveu e eu peguei a capa atrás de mim. Mexi nela até que rasguei o bolso interno. Segurei a medalha com o rosto de Janus, olhei-a uma última vez e a entreguei para Horácio.

— Devolva este presente para Hamlet. Diga-lhe que o senhor a encontrou em meu corpo.

Horácio olhou para a imagem pintada.

— Essas duas faces se parecem com o humor inconstante de meu senhor, uma que ri e outra que chora — ele refletiu. — Como a vida. Por que a senhora não fica com ela?

— Ela pode me tentar a olhar para trás — eu disse, lutando com minhas lágrimas.

— Então vá agora.... Não, fique — ele pediu.

— Devo ir. O senhor, Horácio, é a única esperança de Hamlet agora. Procure-o. Ele ainda deve ouvi-lo. Confia no senhor mais do que em qualquer outra pessoa viva.

Horácio segurou a rédea para parar minha égua.

— O senhor conhece o ditado, Horácio, de que um amigo na necessidade é um amigo de verdade. Seja amigo de Hamlet. E sempre seja cauteloso com Cláudio. Seu bom coração é apenas um frágil escudo contra sua enorme maldade. — Então ri de mim mesma. — Vou me calar agora, pois estou começando a soar como meu pai.

Um breve sorriso brincou no rosto de Horácio. A elegante égua marrom balançou a crina e fungou, batendo um casco como se estivesse impaciente para partir. Horácio ainda a segurava.

— Posso ir? — perguntei, em voz baixa.

— E se a senhora se perder? — perguntou Horácio.

— Encontrarei o caminho, pois tenho um mapa.

— Deixe-me ir com a senhora e cuidar de sua segurança — Horácio disse, segurando minha mão.

Apertei a mão dele rapidamente e logo me desvencilhei. Com as rédeas, virei a égua em direção à trilha.

— Não, querido amigo. Esta viagem pertence a mim. Aquele que morre deve cruzar o rio Lethe sozinho. E, embora eu esteja viva, devo deixar este mundo.

Com essas palavras pesadas, disse adeus a Horácio, à cidade onde nasci e, recentemente, ao lugar do amor e de sua companheira, a perda.

Minha viagem da Dinamarca ao convento de St Emilion, na França, deveria ser o assunto de uma história de aventuras como aquelas com que Gertrudes e eu sempre nos divertíamos. Teria uma heroína disfarçada, uma perigosa viagem marítima, trapaceiros e ladrões, e florestas nas quais se perder, talvez para sempre. Viver esses perigos, no entanto, provou ser bastante diferente que ler sobre eles. Na verdade, a viagem não foi romântica, mas cheia de miséria. O *Seahawk* era um navio velho caindo aos pedaços que a qualquer momento afundaria nas ondas. Os ratos descarados que corriam por toda a embarcação geralmente me acordavam com seus guinchos e o barulho das unhas arranhando a madeira. Como era um navio de carga, o *Seahawk* levava poucos passageiros. Temendo ser reconhecida, mantinha-me separada deles e da tripulação. Dia e noite, o vento assobiando e os gritos fúnebres das gaivotas deram voz à minha solidão.

Mais insuportável ainda era o constante balanço do navio, que me deixava verde de enjoo. Masquei as folhas que Mechtild havia me dado para acalmar o estômago, mas logo acabaram. Dia após dia, o mar agredia o navio e meu corpo de nervos frágeis com uma força que parecia querer nos destruir. Depois a água se acalmava durante um tempo e nos empurrava com a mão gentil de uma mãe que balança um berço e, exausta, quer dormir.

Quando o mar estava calmo, aventurava-me pelo deque para ver a extensão azul do céu e o horizonte distante, além do qual estava o futuro. Parecia que naquela embarcação eu poderia ir a qualquer lugar do mundo. Com o dinheiro de Gertrudes, poderia casar-me com um nobre, comprar mercadorias dos comerciantes, abrir minha própria loja. Mas eu já estava casada e meu marido ainda estava vivo, apesar de ter abandonado a mim e eu a ele. Eu carregava uma criança, se os olhos de Mechtild não a enganaram. Continuaria meu caminho para St Emilion como planejara. Um convento era o melhor refúgio para uma mulher em minhas condições.

Depois de chegar a Calais, caminhei como um bêbado com as pernas fracas, desacostumadas com a terra firme. Fiquei de boca aberta e olhos arregalados ao ver tantas paisagens desconhecidas de uma só vez. Nada em meus livros sobre lugares estrangeiros descrevia uma cena como aquela. O barulho das carroças carregadas de gaiolas barulhentas e barris de ouro, o cheiro de carne e peixe cru e os gritos dos marujos e comerciantes me afundaram. Não fiquei espantada ao ver animais de várias cabeças, etíopes altos e negros como a noite ou sereias largadas na areia pelas marés.

Senti-me segura entre a multidão, mas logo meus medos voltaram. Cláudio certamente saberia de minha fuga e a tomaria como prova de alguma coisa. Será que o marinheiro das docas para quem eu havia pago para levar a égua de volta para Laertes antes de eu embarcar era um espião de Cláudio? E se Horácio tivesse sido visto comigo e forçado a revelar por onde eu andava? Ou, recusando-se a isso, tivesse sido preso em Elsinor ou, pior, morto? E se Cláudio descobrisse o ouro que faltava? Se Elnora desse pela falta de meus pertences, ou Laertes reportasse que os bens de nosso pai tinham sido pegos, duvidariam da minha morte e descobririam meus planos? Eu achava que todo navio dinamarquês que entrava no porto trazia asseclas que me prenderiam. Minhas preocupações me atormentavam como sonhos ruins, fazendo da vida em terra firme mais perigosa que no mar.

Então decidi não perder tempo para sair da cidade, mas, de novo, descobri que os preparativos dos viajantes são mais simples nos livros que na vida real. Vagando por ruas tomadas pelo vento, entristeci-me por minha falta de experiência e pelos costumes que mantinham as mulheres afastadas do comércio e da vida pública. Não sabia como cuidar de nenhum negócio. Minha coragem acabava ao ver um banco ou uma loja lotada de homens negociando ou discutindo em voz alta. Finalmente cheguei a uma loja quase vazia onde, apesar de não falar nada no começo, consegui penhorar uma caneca que pertencera a meu pai. O proprietário achou que eu fosse um dinamarquês, mas, como eu falava francês, sua tentativa de me enganar não deu certo. Ele me indicou outro comerciante, que me vendeu um cavalo que servia para o trabalho. Paguei seu preço rápido, pois estava ansiosa para seguir meu caminho.

Saindo de Calais, segui pelos caminhos movimentados. Mercadores e homens de negócios com compromissos em Paris passavam por mim em montarias muito melhores. Eu geralmente ficava entre os peregrinos, homens e mulheres ao mesmo tempo ricos e humildes que falavam várias línguas como os construtores de Babel. Na companhia deles, ninguém reparava em meu jeito estranho de falar. Minha aparência simples e masculina também passava despercebida. Isso me deu liberdade para olhar para todos a meu redor, uma liberdade que não era permitida às mulheres da corte. Tanto na estrada quanto nos pousos, maravilhei-me com a diversidade humana, as pessoas com seus estranhos gestos e roupas estrangeiras mais variadas que as brilhantes flores nos campos de toda a Dinamarca. Senti-me uma pequena criatura em uma enorme tapeçaria da natureza. Logo perdi o medo de ser presa.

Segui meu caminho sem ser molestada, mesmo nos pousos e bares onde, graças ao mesmo disfarce, escapei da atenção lasciva dos homens. Como todos que viajam, no entanto, fiquei de olho em ladrões. Uma noite, em um pouso, suspeitei de que um obscuro caolho estivesse observando minha bolsa. Não queria usar meu punhal, por isso me aproximei de um alegre frade grande o suficiente para servir de proteção. Era costume de muitos viajantes dormirem juntos, mas, quando o frade ofereceu dividir sua cama comigo, soltei um grito horrorizado que quase me desmascarou. Então passei a noite em claro no chão, pensando que aqueles acontecimentos dariam um bom tema para o tipo de história picante que divertia Gertrudes.

Não havia imaginado que viajar traria tanto desconforto. Minhas pernas e costas doíam, pois não estava acostumada a montar por horas seguidas. Os dias e as noites estavam cada vez mais frios, e, pela manhã, minhas roupas estavam com gelo e meus pés dormentes. Não sabia como fazer uma fogueira sem carvões em brasa, então tive de contar com bons peregrinos que deixaram que eu me aquecesse com eles. Eu ficava encharcada de chuva e tremia até que minhas roupas secassem. A lama sujava meu cavalo e endurecia meus sapatos. Eu não podia tirar a roupa para nadar em um rio nem mesmo lavar minha camisa sem temer que meu sexo verdadeiro fosse descoberto. Uma vez paguei por uma bacia de água e um pequeno quarto isolado em um pouso para poder tirar a poeira do corpo.

Desesperada e suja como estava, uma frágil promessa de alegria brilhava em minha frente como um raio de sol que passasse pela cobertura da floresta. Ali na estrada senti o bebê se mexer em meu ventre pela primeira vez. Mechtild não tinha se enganado. A esperança cresceu dentro de mim, e acreditei que Horácio conseguiria acalmar a loucura de Hamlet e reconciliá-lo com meu irmão. Hamlet levaria Cláudio para ser julgado em um tribunal. Depois restauraria as regras da virtude na Dinamarca e para seu legítimo e amado rei. Gertrudes seria libertada do medo de Cláudio e se reconciliaria com seu filho.

Então, enquanto seguia pela estrada poeirenta, sozinha entre estranhos, meus pensamentos percorriam uma trilha de prímulas. Imaginava que Hamlet, recuperado, saberia, por Horácio, que eu estava viva. Ele me procuraria e me cortejaria novamente, implorando por meu amor. Eu o perdoaria? Qual tarefa eu lhe passaria? Uma vez que tivesse provado seu valor, eu lhe apresentaria a criança e contemplaria sua felicidade. Retornaria para a Dinamarca como rainha, amada por Hamlet e pelo povo. Apesar de minha miséria e da incerteza do que viria, a esperança em meu peito criava uma vida tão heroica e feliz como a das histórias que eu havia lido nos livros.

Passando por Amiens, saí da estrada principal e viajei sozinha por dois dias. Ou teriam sido mais? Uma febre tomou conta de mim repentinamente, e senti frio e calor ao mesmo tempo. Minha mente ficou zonza e meus sentidos apagados, os pensamentos se espalhando como folhas secas. Meu cavalo saiu da estrada, e não consegui fazê-lo voltar. Então procurei meu mapa e descobri que o tinha perdido. Gritei de desespero, mas o som caiu na terra úmida, e ninguém o ouviu. Fiz uma cama de folhas secas, enterrei-me nela e dormi até que sonhos inquietos me fizeram levantar. Montei meu cavalo determinada a procurar o caminho de novo. Como Laertes tinha achado o convento? Ele parecia ter desaparecido na floresta como que por encanto. Segui montanha abaixo esperando encontrar um rio que me levasse a uma vila onde eu pudesse perguntar qual trajeto. Mas o delírio me dominou novamente. Minhas esperanças e minha saúde acabavam. Rasguei uma página de meu livro de orações e escrevi em francês, com a mão trêmula:

Como o senhor é um cristão, por favor ajude este viajante maltratado a alcançar seu refúgio, o convento de St Emilion. Permita que os pertences que estão aqui sejam levados para o santuário.

Assinei o bilhete como "Philippe L'oeil" e o coloquei em minha bolsa, rezando para que fosse encontrado e iluminasse a consciência de possíveis ladrões.

Quase inconsciente e perdida em caminho para St Emilion, eu me segurei em meu cavalo até que ele encontrou o convento e parou diante de seus portões de bronze como uma besta obediente liderada por um mestre invisível.

Quando acordei da febre, vi-me com uma roupa limpa e deitada em uma cama dura e estreita. Eu ocupava quase todo o espaço, muito menor que meu quarto em Elsinor. Ao pé da cama, abaixo de um crucifixo, estava um genuflexório, pelo qual soube que tinha alcançado meu destino. No genuflexório estava meu livro das horas, presente de Gertrudes. Eu sabia que deveria levantar-me e rezar agradecendo pela jornada, mas me sentia muito fraca para me mexer.

Minha porta se abriu com um rangido, fazendo surgir uma jovem freira com rosto redondo e honesto.

— Philippe L'oeil, em pessoa! — ela disse, vendo que eu estava acordada. Seu sorriso era divertido, como o de uma garota. Começou a falar, sem esperar ser convidada. — Sua chegada causou um rebuliço como nunca tivemos! Um jovem cavalheiro, parecendo a morte, jogado sobre seu faminto cavalo! Em princípio, irmã Marguerite não queria abrir o portão. Mas madre Ermentrude, nossa superiora, insistiu que devíamos ajudar o pobre rapaz. Irmã Angelina, que já teve marido, ficou encarregada de vestir e limpá-lo. Ela. A senhora, quero dizer — riu. — Angelina gritou e quase desmaiou quando descobriu seu sexo. Ficamos todas muito surpresas. — Ela colocou a mão no rosto e levantou as sobrancelhas, divertindo-se com sua história. — Sua bolsa e o bilhete dentro dela provocaram ainda mais interesse. Todas falamos disso na sala capitular, onde nos encontramos e estudamos, e cada uma tinha uma explicação diferente — revelou. Sentou-se na beira de minha cama e se inclinou, os olhos castanhos e brilhantes de curiosidade. — Quem é a senhora, e por que veio para cá?

Decidi que falaria pouco até saber com certeza que estava segura.

— Não entendo tudo. Ainda não estou bem — murmurei, escutando o contraste entre meu sotaque estrangeiro, rude, e a fala nativa dela, ritmada. Fechei os olhos.

Ela se afastou e começou a se desculpar.

— Desculpe-me! Estou tão feliz por encontrá-la finalmente acordada. Agora vou deixá-la. A senhora deve beber esta água e comer um pouco de pão. Devo trazer carne? — Fez um gesto para a bandeja.

Assenti, pois minha fome havia voltado. Ela sorriu e se virou, mas, antes de desaparecer, deu uma pequena risada, apontou para si e disse que se chamava irmã Isabel.

Isabel vinha todos os dias, cheia de expectativa. Apesar de eu sorrir para ela e comer a comida que trazia, não satisfazia seu desejo de conversar, então ela saía de novo. Passei dias perdida em pensamentos. Passaram-se apenas três meses desde que Hamlet e eu tínhamos trocado nossos votos na floresta, mas parecia que tinham se passado anos. Do lado de fora da estreita janela de minha cela no convento, folhas de tília e carvalho ficavam amarelas, marrons e vermelhas e caíam com o vento. Logo as árvores estariam nuas, seus galhos como esqueletos contra o céu.

Eu me identificava com as árvores que trocavam suas folhas com as estações. Fazia a mim mesma a pergunta constante de Isabel: "Quem é a senhora?" Tinha sido a filha inquieta de meu pai, depois a dama favorita da rainha. Mais tarde uma camponesa em um vestido caseiro tecendo guirlandas para seu amante. Então uma esposa secreta. Rapidamente, uma senhora de luto, vestindo farrapos como uma louca. Por um tempo, um jovem rapaz livre andando de calças e viajando sozinho. Esses foram os papéis que interpretei. Quem era a verdadeira Ofélia? Hoje?

Queria ter sido a autora de minha história, não apenas uma atriz na peça de Hamlet ou um peão no jogo mortal de Cláudio. Mas o que ganhei em conceber minha própria morte e escapar de Elsinor? Uma vida estranha, cercada por segredos. Um futuro duvidoso, que tinha apenas uma certeza: eu seria mãe, um papel para o qual eu não havia sido preparada. O que seria de nós, minha pequena menina ou menino e sua mãe ignorante? E se eu não amar a criança que me lembrará de minha maior tristeza, a perda do amor de seu pai?

Não queria enfrentar essas questões que se jogavam contra mim. Ao contrário, mantinha-me nos dias mais felizes do passado. Quando ouvi passos no salão e uma batida na porta, lembrei-me de Hamlet chegando em meu quarto, seus olhos azuis brilhando de inteligência, provocação ou desejo. Quando o sol escorria por minha janela, seu calor ameno fazia-me pensar nos jardins ensolarados nos quais, escondidos atrás das altas dedaleiras, Hamlet e eu nos beijamos como amantes ainda não ameaçados e separados pela loucura.

Uma noite, enquanto eu alimentava essa memória como fogo contra o frio de novembro, uma batida soou em minha porta. Abri para deixar Isabel entrar. Seus olhos brilhavam e seus passos eram rápidos e decididos. Carregava uma carta na mão.

— Um homem de cabelos brancos veio ao portão trazendo esta carta, nas palavras dele: "Para o jovem viajante que tinha procurado ajuda no convento". Eu soube imediatamente de quem ele falava e recebi a carta em nome da madre. Mas que os santos me perdoem, e acredito que eles o farão — ela disse, fazendo o sinal da cruz —, mas não a levei para ela, trouxe-a diretamente para cá. — Ela estendeu a carta como se oferecendo uma chave que poderia destrancar meu silêncio. — O mensageiro não aguardou resposta e desapareceu na noite — continuou.

Meu hábito de sempre suspeitar me deixou hesitante. Era um truque? Um engano? Quem teria escrito para mim? Meu coração se retraía de medo enquanto pensava que Cláudio tinha descoberto meu esconderijo e agora brincaria comigo, como gato e rato. Mas esperança e coragem me fizeram pegar a carta da mão de Isabel. Virando-a, vi que ela trazia o nome "Philippe L'oeil". O selo estava intacto. *Deve ser de Horácio!* Meu coração acelerou de repente, cheio de desejo. Com impaciência e mãos trêmulas, rompi o lacre para devorar as boas notícias que tinha esperado para receber.

A carta, infelizmente, trouxe péssimas notícias sobre a morte de Hamlet e a ruína de toda a Dinamarca. "Os frutos do mal espalharam suas sementes mortais… Foi a visão de sua mãe morrendo que por fim encorajou Hamlet a se vingar… Laertes e o príncipe Hamlet se mataram um ao outro… Fracassei na missão que me foi atribuída pela senhora… Perdoe Hamlet… ele a amava profundamente." As palavras de Horácio encheram minhas veias com sofrimento e tocaram meu coração como um rápido veneno, trazendo a escuridão da morte.

Parte Três

St Emilion, França 1601-1602

Do lado de fora, o vento chicoteia os galhos das árvores sem folhas, assovia por entre as rachaduras nas paredes de pedra, gela meu corpo e chega a todos os meus ossos. Meu coração está rachado; não, está quebrado em mil pedaços, como um vaso de terra que caiu de uma grande altura. Hamlet está morto. Gertrudes e Laertes estão mortos. Não tenho marido, mãe, irmão ou pai no mundo. Não tenho lar, pois saí da Dinamarca para sempre. Sou como um galho arrancado pela tempestade do tronco de uma grande árvore que morre. Saber que Cláudio também está morto me dá um pouco de conforto agora.

À noite, sonhos assustadores me despertam. Em minha mente, vejo o rosto de Hamlet, seus olhos azuis refletindo minha imagem como um espelho d'água. Depois seu corpo se dobra sobre uma lâmina afiada nas mãos de meu irmão. Em seus olhos, piscinas de sangue. Vejo-me deitada em uma sepultura ao lado do corpo coberto de meu pai, que alimenta os vermes. Depois sonho que estou afundando em águas profundas e não posso nadar mais. Desperto tentando respirar. Como um inquieto fantasma, levanto-me de minha cama e ando a esmo pelo corredor para espantar algumas visões assustadoras. E, como os espíritos que erram pela noite, volto antes do amanhecer.

Quando finalmente o sono me domina, a luz da manhã entra pela minha estreita janela e força meus cansados olhos a se abrirem novamente. O calor do sol traz de volta minha esperança, afirma que estou segura agora. Na luz, a tragédia em Elsinor parece apenas uma invenção de minha mente oprimida pela tristeza. Então me lembro de ler a carta de Horácio e me desespero, como um vento frio dissipa uma paz momentânea. Mas não consigo achar a carta, apesar de revirar todas as pedras, todas as páginas, todas as dobras de minhas roupas em minha pequena cela. Devo tê-la destruído, pois assim ninguém saberia o que eu desejava manter escondido.

Todos os dias, fechada em minha cela de pedra, eu escrevo. Uma irmã chamada Marguerite, que é tão bonita quanto a face dourada da flor que lhe dá nome, trouxe-me pena e tinta.

— Para escrever uma carta, se a senhora desejar. E para satisfazer Nosso Senhor e madre Ermentrude, registrando suas devoções diárias — ela diz, e sai.

Não escrevo devoções nem cartas. Para quem as faria? Melhor, escrevo sobre minha vida, começando com minhas memórias mais antigas e incluindo eventos que levam às desgraças recentes. Escondo as páginas em meu colchão. Um diz vou dá-las para minha criança. Descobri que escrever é como colocar sanguessugas em minha mente, curando-me da tristeza e jogando para fora humores que embaçam minha compreensão.

O sino da capela toca ao longo do dia e da noite, chamando as freiras para uma constante oração. Suspiro, largo minha pena e deixo o som levar meus pensamentos. Vou pelo menos obedecer às regras deste lugar. Como não há mais nada para ler, pego meu livro de orações, presente de Gertrudes. Leio: "Das profundezas, grito pelo senhor, ó Lorde. Libere minha alma da prisão, eu louvarei seu nome". Hamlet certa vez disse que a Dinamarca era uma prisão. Agora ele está livre da prisão do mundo. Minha prisão é minha própria mente, onde pensamentos obscuros e sofrimento prendem minha alma. O louvor está além de mim. O que restou para adorar? Uma vez adorei meu senhor Hamlet, sentindo seu nome em minha língua como o pão da vida. Foi pecado? E a morte de Hamlet foi minha punição?

Adormeço em meio a essas vãs orações, e, quando acordo, meus joelhos doem nas pedras frias e minhas mãos estão dormentes. O que me atingiu? Começo, sentindo uma presença em minha porta. É apenas Marguerite, a fria Madonna com seu rosto de marfim emoldurado por seu véu branco. Com a mão apoiada na tranca, ela me observa com desconfiança. Eu gritei durante o sono? Sem saber, teria dito o nome de Hamlet ou do rei?

— Madre Ermentrude pede que a senhora assine este recibo pelo ouro em sua bolsa, que ela colocou no cofre — ela diz, segurando um documento e uma pena. — Como sua secretária, faço esse pedido.

Hesito, suspeitando que seja uma armadilha para me fazer assinar meu nome e revelar quem sou. Então pego o documento e assino Philippe L'oeil, o nome sob o qual viajei. Quando Marguerite pega o papel de volta, não analisa minha assinatura.

— Vi que as moedas trazem o selo do rei da Dinamarca — comenta, e seu olhar me observa.

Não pensei que minha conexão com Elsinor pudesse ser facilmente descoberta. Mas sustento o olhar de Marguerite sem vacilar.

— Rogo-lhe, não me acuse de ser desonesta — falo, disfarçando meu medo com palavras cuidadosas. Pergunto-me se meu discurso também traz um selo dinamarquês.

Marguerite fecha os lábios em uma linha fina e apertada.

— O Senhor protege o inocente — ela diz, depois sai tão silenciosamente quanto entrou.

A cena me incomoda. O que quis dizer Marguerite? De repente, fico com medo, apesar de Cláudio não poder mais me tocar. Infelizmente, o hábito do medo demora a morrer, e talvez nunca mais confie em alguém. Com esses pensamentos angustiantes, enfio-me na cama até cair no sono.

Uma figura de branco invade meu sono conturbado. Chega-me como uma alma liberta da carne. Mas ela me toca e me chama de senhora. Abro os olhos, e Isabel está à minha frente.

— Boa noite, senhora. Vai comer?

— Não. — Desde a chegada das notícias de Horácio, a comida tem se transformado em cinzas na minha boca.

Isabel deixa a comida, apesar de minha recusa. Ela espera. O cheiro de pão quente atiça minha fome. Então dou uma mordida, e outra, e logo como tudo e tomo a sopa também. Estou decidida a viver quase que contra a minha vontade.

— A senhora pode conversar comigo hoje? A senhora está bem? — Seus olhos castanhos no rosto redondo estão cheios de compaixão. — Por favor, diga-me seu nome, assim posso chamar-lhe por ele — ela pede.

— Por favor, não peça, pois temo... — Balanço a cabeça, e as lágrimas enchem meus olhos.

Com as sobrancelhas enrugadas de preocupação, Isabel toca meu cabelo. Ele ainda está curto e desigual, uma lembrança de minhas recentes provações. Apenas uma freira cortaria o cabelo tão curto. Ou uma jovem mulher que queira se passar por homem. Mas Isabel não pergunta por que fiz aquilo. Seu toque é gentil, amaciando minha rudeza. Dou-me conta de que quero ser chamada por meu nome. Certamente isso não revelaria meus segredos.

— Sou Ofélia.

— O-fé-li-a. O som é doce — diz Isabel, acariciando com sua voz as sílabas pouco familiares de meu nome. — Philippe L'oeil! Agora entendo! Como a senhora foi inteligente ao disfarçar seu nome. — Ela pensa por um momento. — *Ophelos* é a palavra grega para "socorro", pelo qual a senhora veio até aqui. E *phil* é uma palavra que significa "amorosa"; a senhora é amada por Deus — conclui, satisfeita com a interpretação.

— A senhora é estudada, Isabel.

— Estudei um pouco — ela admite. — E a senhora entende francês perfeitamente, não?

Faço um sinal com a cabeça, incapaz de enganá-la nisso. Mas ela não me pressiona.

— Não gosto de estudar — ela diz, balançando a cabeça —, mas madre Ermentrude é uma grande defensora do estudo. Nossa biblioteca tem muitos tesouros. Um dia lhe mostrarei.

— Ficaria muito agradecida — falo, incapaz de esconder minha curiosidade.

Isabel me deseja boa-noite, e fico sozinha de novo. Quando vem no dia seguinte, traz roupas limpas para eu usar e para colocar na cama. Enterro o rosto em suas dobras, sentindo o perfume marcante.

— Obrigada — murmuro.

— Esse é o trabalho de Therese, que é a mais habilidosa na lavanderia — ela diz.

De minha janela observo uma menina que anda com dificuldade espalhar peças molhadas nos arbustos, pedras e cercas. Ela trabalha sem saber de minha miséria, e eu a observo, sem saber a dela.

— Diga-me, como ela se tornou aleijada? — pergunto, pensando nos ferimentos de infância em minhas próprias pernas. Apesar de curada há muito tempo, as cicatrizes lisas e brancas ainda doem com o frio.

— Ela é coxa desde que nasceu. Seu pai, por ser pobre, enviou-a para trabalhar para nós, pois ele sabia que, com aquele defeito, ela nunca se casaria — conta Isabel, como se estivesse começando uma história.

— Ela trabalha enquanto vocês rezam?

— Ela é a única serva que ganha seu pão e acomodação aqui, ainda assim reza com mais fervor que qualquer freira.

— Infelizmente, não tenho utilidade. Eu não rezo e não trabalho — digo para disfarçar minha amargura. Levanto-me e olho pela janela, através da qual vejo Therese lutando para carregar um cesto pesado.

— Não diga isso — Isabel pede gentilmente. — A senhora é nossa convidada. Pelas leis de nossa ordem, ajudamos a quem precisa. Logo a senhora estará bem de novo.

Olho Therese em silêncio. Sua respiração se cristaliza no ar frio. De repente, ela deixa o cesto cair e se joga de joelhos, seu rosto voltado para o chão. Seu corpo treme.

— Olhe, ela está machucada! — grito.

— Não está — Isabel me acalma. — Muito provavelmente está tendo uma visão do Senhor. Isso acontece com ela, e, algumas vezes, Therese perde os sentidos. Vai se recuperar sem a nossa ajuda.

— Eu também sofro com sonhos indesejados — murmuro, sentindo um fio de simpatia me ligar à garota que sofre.

— Sim, eu sei.

Espantada, olho para Isabel.

— Ouvi a senhora gritar enquanto dormia — ela explica. — Um sonho pode ser algo assustador, mas uma visão do Senhor é o que desejam todas as irmãs. Muitas invejam Therese, enquanto outras duvidam de que ela veja Cristo e negam que o sangue em suas mãos seja dele.

— O sangue em suas mãos? — repito, pensando que maldade Therese teria feito.

— Sim. Pode ser o sangue das chagas de Cristo ou pode ser resultado do trabalho duro que ela faz.

— O que a senhora acha?

— Não sei. Não cabe a mim julgar esses assuntos — diz Isabel, mas percebo um tom de desaprovação.

Mãos ensanguentadas. Um sinal da escolha do Senhor — e uma marca de culpa. Olho para minhas mãos. Elas estão brancas. Minha consciência insiste que as mortes não foram culpa minha. Meu amor por Hamlet não é pecado. Nossas promessas foram sagradas, ditas perante Deus. Mas Hamlet fez o mesmo com sua vingança! Infelizmente, não quero enveredar-me por esses pensamentos inconvenientes agora, então os tiro da mente.

— Como a senhora acabou em St. Emilion? — pergunto a Isabel.

— A senhora não vai responder à minha pergunta e, mesmo assim, devo responder à sua? — ela me repreende, gentilmente. — Meu pai é um duque, e minha mãe era uma serva, uma ama de leite para suas crianças. Ela morreu de catapora quando eu era pequena. O duque apresentou-me para as freiras como um oblato, com uma bolsa que continha o que deveria ser meu dote. Ele fez isso para expiar seus pecados. Nunca falei com ele.

— Sinto muito — digo, sentindo lágrimas brotarem em meus olhos. Isabel, como eu, não tem mãe.

— Mas não fique triste por mim! Estou em paz. Fiz meus votos há dois anos. Agora sei que devo morrer neste lugar — revela. Seu rosto de querubim brilha de alegria.

Não tenho a fé de Isabel, que aceita tudo, até a morte, com alegria. Enfrentei a morte, e a doença e o desespero minaram minhas forças. Ainda assim, sinto meu desejo de viver como uma corda atada em mim. Agora Isabel pegou a ponta com suas pequenas, fortes e pacientes mãos.

Aguardo com ansiedade as visitas de Isabel, assim como outrora aguardava para ler com Gertrudes em seus aposentos. Ela me traz livros da biblioteca do convento: uma história das guerras na França e um volume do poeta inglês Chaucer, contendo *A lenda das boas mulheres* e *A história de Troilus e Criseyde*, traduzidos para o francês. Deixo-os de lado para quando eu estiver sozinha.

Isabel adora conversar, talvez mais do que ame rezar. Sua voz vibrante preenche meu quarto como a música de um alaúde, e ela se parece com um trovador com suas histórias, apesar de nenhuma ser má ou obscena. Algumas vezes, suas narrativas são interrompidas por chamados para a reza ou o trabalho, mas no dia seguinte são facilmente retomadas.

— A senhora acha que madre Ermentrude é bonita? — ela pergunta, ansiosa para começar uma história.

— Sim — digo, pois vi, mesmo a distância, que seu nariz é fino e sua pele tão branca como alabastro. — Por que ela nunca se casou?

— Ah — começa Isabel, como se tocasse uma nota em seu instrumento. — Ela era a mais jovem de cinco filhas de um rico barão e sua esposa. Toda a sua fortuna foi gasta em dotes para suas irmãs. Como não podia fazer um bom casamento para ela, o pai a encaminhou para o convento quando ela era menina.

— Mas a mãe dela concordou com a decisão do barão? Ela não brigou para ficar com a filha? — pergunto.

— Talvez, mas o que uma mãe pode fazer? Uma filha é propriedade de seu pai — reflete Isabel sem amargura.

Não digo o que sinto — que nenhuma mãe, enquanto viver, gostaria de se separar de sua filha.

— Agora ela já completou cerca de trinta anos aqui, e é superiora há dez — Isabel continua. — A influência do barão ajudou-a a conseguir a posição. Mas seu pai morreu e seu irmão é inimigo do conde Durufle, patrono de nosso convento. Ela é a mãe de todas nós, pela graça de Deus. — Neste ponto, Isabel faz o sinal da cruz e completa: — E a boa vontade do conde e a permissão do bispo. Rezamos sempre para ela.

Suspiro ao pensar na condição de insegurança das mulheres, que devem sempre se dobrar à autoridade terrena dos homens.

— Uma história ainda melhor é a da irmã Marie. Seu pai a prometeu em casamento a um velho mercador, mas sua mãe desafiou seu marido e usou seu próprio dote para trazer Marie para o convento.

— E a mãe defendeu sua filha — registro.

— Sim, seu marido abusou dela cruelmente, pois ela não queria dizer para onde tinha levado Marie. Ele também era um bêbado. Um dia, tropeçou em uma poça e se afogou! Ela vendeu a loja do marido e, com o dinheiro, voltou aqui e implorou para ser aceita como um oblato.

— Por que ela teve de implorar?

— Ela não era nobre. Seu marido fazia velas e seu pai era apenas um pobre ferreiro. Mas sua bolsa era recheada, e isso deu um jeito em tudo!

— Marie ainda está entre vocês?

— Não. Ela ficou doente durante um inverno e morreu antes de completar vinte anos. — Isabel tocou o olho com a ponta do dedo, emocionada com a triste lembrança.

Infelizmente, acho que mesmo a coragem de uma mãe não pode proteger sua criança de todos os perigos.

— O que aconteceu com a mãe dela? — pergunto.

— Ora, é a irmã Angelina, nossa querida cozinheira! Ela fala mal dos homens, mas não lhe damos ouvidos, pois é um anjo na cozinha. Ela alimenta nossos corpos, enquanto madre Ermentrude alimenta nossas almas.

Penso no sacrifício de Angelina por sua filha, sua perda, sua tristeza. Antes de o sol se pôr, ando pelo pequeno cemitério que está acomodado contra a face norte da capela. No portão, leio palavras de um salmo: "Minha carne também deve descansar na fé". Encontro a pedra que indica a sepultura de Marie. Uma roseira cresce ali, suas folhas murchas pelo gelo. A visão não me entristece, pois sei que a planta vai brotar de novo no próximo ano. Nesta hora, neste mês cinzento, a natureza não emite som, e, neste lugar de repouso, meu próprio coração silencia.

No dia seguinte, quando Isabel vem, estou curiosa por outra história.

— Conte-me sobre irmã Marguerite, cuja beleza é como a da flor dourada que lhe dá o nome.

Isabel fecha a cara e dá de ombros.

— Sei pouco sobre Marguerite. Ela é secretária de madre Ermentrude e parceira em todos os assuntos. Ela é muito resguardada e é a que tem mais piedade entre nós — ela diz. — Apesar de a senhora perceber orgulho em seu comportamento. — Então ela se curva à frente e fala em confidência. — Confesso que não gosto dela como deveria!

— Entendo — digo, pensando em Cristiana.

— Mas já chega. É errado falar mal dela. — Isabel balança a cabeça e continua, em tom enérgico: — Não podemos ficar aqui sentadas conversando, pois madre Ermentrude pediu que a senhora seja levada até ela hoje.

O anúncio me enche de preocupação.

— Não estou pronta para encontrá-la. Diga-lhe que estou com febre de novo — peço. — Ou que a melancolia ainda me abate.

— A senhora está muito melhor, qualquer um pode ver — ela me corrige, repreendendo-me de leve. Então pega meu braço. — Não tenha medo, ela é boa.

Isabel me conduz pelos corredores e escadas. Caminho a passos pequenos e lentos, desgostosa por obedecer; madre Ermentrude não é uma rainha a quem jurei servir. Percebendo minha hesitação, Isabel me apressa gentilmente pelos caminhos dos claustros. Seus arcos arredondados emolduram um pátio quadrado e um jardim que está marrom e enrugado pelo gelo. O ar de novembro morde minha pele.

Entramos na sala capitular. Os painéis de madeira pintados a óleo nas paredes me fazem lembrar do quarto em Elsinor onde o rei recebia os visitantes. Um corredor leva aos aposentos de Ermentrude. Marguerite aguarda ali, uma sentinela silenciosa. Isabel pressiona minha mão e parte.

Sem falar, Marguerite faz com que eu entre na sala e sai quando madre Ermentrude faz um gesto de cabeça. Sinto-me pequena em meu robe de linho. Ajoelho-me diante da superiora de St Emilion até que veja apenas a barra de seu hábito simples, com a borda de veludo verde. Cruzando os braços sobre o peito, evito seu olhar.

— Ofélia, minha criança, a senhora veio a nós por ajuda. Qual é o problema? — ela pergunta.

Então Isabel tinha contado meu nome para madre Ermentrude. Foi bom ter tomado cuidado durante minhas conversas com ela. Ninguém pode saber meus segredos ainda.

— Tenho temido por minha vida, reverendíssima madre. Não posso dizer mais nada agora.

— A senhora sofre além do que é natural, e seu corpo se enfraquece e se desgasta — ela declara, gentilmente. — Nossa obrigação, e cuidado principal de Isabel, é restaurar a saúde de seu corpo e de sua alma.

— Sofri uma grande perda. Agradeço muito sua ajuda — respondo, fixando os olhos no crucifixo simples em seu peito. Ele tem uma joia brilhante no centro, amarela, a cor da esperança.

— O que a senhora deseja? — ela pergunta.

— Desejo solidão e oração. — Essa não é toda a verdade, mas deve ser suficiente, pois palavras não podem traduzir o vasto mapa do que desejo.

— Sua bolsa generosa e as circunstâncias de sua chegada sugerem para mim que a senhora é uma mulher de posses. A senhora foge de um pai cruel ou de um casamento forçado?

— Não. — Tento manter a voz tranquila e segurar as lágrimas.

— A senhora deseja seguir a vida da clausura e fazer os votos de pobreza, castidade e obediência?

Já sou pobre, uma vez que perdi todo o meu tesouro, e não sou mais pura. Nunca fui obediente. Mas não digo isso.

— Não sei — digo sinceramente.

— A senhora cometeu algum erro do qual se arrepende?

— Sim... não! Por favor, quando for a hora revelarei tudo. Não me expulse! — implorei, curvando-me quase até o chão. Vejo apenas a bainha de sua roupa agora e seus pés com calçados de couro. Eu os beijaria se isso a persuadisse a me deixar ficar.

— A senhora pode continuar aqui — ela anuncia. — Mas deve trabalhar, rezar conosco e estudar o propósito de Deus para a senhora. Irmã Isabel será sua orientadora.

Como um anjo da anunciação, madre Ermentrude estica os braços e fecha as mãos sobre minha cabeça.

— Agora se levante e vá na paz de Cristo.

Dentro de mim, sinto algo como o toque de um dedo em minha alma, reacendendo a esperança.

A brancura do inverno me rodeia. As freiras esperam o dia do nascimento de Cristo, dentro de algumas semanas. Sinos as chamam para vésperas, matinais e para a oração do meio-dia. Em seus hábitos brancos, as irmãs seguem as trilhas uma das outras na neve em direção à capela. Sua respiração, em pequenas nuvens, desaparece como a fumaça de uma chaminé. Suas orações também somem ao vento ou se encontram no domo do céu e alcançam os ouvidos de Deus?

Debaixo da terra congelada, emaranhada na escuridão, toda a vida espera. Eu também espero ao longo das noites do Advento, iluminadas por uma desbotada lua. Apesar de me vestir de branco como uma freira, sinto a mancha do pecado e da mortalidade, que me envolvem como um cinto brilhante.

Meu corpo cresce redondo outra vez com a recuperação da saúde, e minha barriga incha mais que o resto. Ainda consigo escondê-la debaixo da roupa larga. Apenas eu vejo o monte crescendo quando me banho. Apenas eu sinto quando a criança se move enquanto recito as orações com as irmãs: "Reze por nós, ó sagrada mãe de Deus, que possamos ser dignas das promessas de Cristo". Espero que essas promessas de Cristo sejam mais certas que as dos homens.

Minha mente geralmente vaga durante as orações. Vejo-me lembrando da bondade de Gertrudes quando observo madre Ermentrude, cuja humildade contrasta com a grandeza de minha rainha. Irmã Angelina, com seu jeito rude, mas amável, lembra-me a querida Elnora. Isabel, que mostra seu sorriso desdentado quando reza, faz-me desejar ter conhecido uma amiga tão adorável quanto ela em Elsinor. Irmã Marguerite é orgulhosa, como Cristiana, e parece esconder alguma secreta ambição, o que aumenta minha curiosidade.

— A senhora reza com devoção crescente, estou vendo — diz Isabel, confundindo meus momentos de sonho com piedade.

— Não. Na verdade, estou pensando no quanto este convento se parece com a corte de um príncipe — respondo, e me apresso a acrescentar: — Um lugar sobre o qual li nos livros.

— O que a senhora quer dizer?

— Sua superiora é como uma rainha, fonte de toda a bondade. Todas as irmãs são suas damas de companhia, felizes por viver sob suas regras benevolentes. Existe uma hierarquia, com as servas no nível mais baixo. — Faço uma pausa, pensando na comparação. — Mas vejo uma diferença vital. Aqui não há homens para competir por seu amor. Adora-se apenas a Cristo, e Ele dá seu amor igualmente. Na corte do príncipe, nenhuma mulher compartilharia seu amante, nem um homem dividiria sua senhora.

Isabel entende rapidamente.

— Sim, pois, se uma dama é desejada por mais de um homem, isso provoca muita inveja e conflito. Eu também li esses livros muito tempo atrás — ela relata, abaixando a voz, apesar de não haver ninguém para nos escutar. As freiras já tinham deixado a capela. — Mas não se engane achando que St Emilion é um lugar perfeito. Temos nossas falhas, como a inveja, se uma de nós tem uma voz melhor ou é mais querida pela madre. Somos vaidosas também. Vi Marguerite levantar suas mãos graciosas e olhá-las com admiração. Uma vez fui punida pela madre por ter guardado um pequeno pedaço de fita debaixo de meu travesseiro.

— Uma pobreza desta seria muito dura para uma rainha e suas damas — admito. — Ainda assim este lugar parece-me um reino em paz onde nenhum rei tirano pode oprimi-la.

O rosto normalmente feliz de Isabel torna-se sério.

— Não há rei em St Emilion, como a senhora diz, mas o poder do homem ainda exerce influência aqui. Madre Ermentrude deve obedecer ao bispo Garamond, uma vez que ele é o representante de Deus na Terra — ela explica. — Mas esse bispo serve ao conde Durufle, que é o patrono do convento e um homem moralmente escrupuloso. — Ela me mostra um monumento de pedra, encravado na humilde capela como uma reivindicação de orgulho. — Durufle o erigiu em sua própria honra, apesar de terem sido seus ancestrais que deram estas terras para a fundação de nosso convento, há cerca de duzentos anos. Por essa generosidade do passado, ele acha que é o escolhido de Deus e igual ao bispo! — ela diz, indignada. — Ele testa ao extremo minha caridade!

— Como uma corte real — reflito —, onde os lordes poderosos e conselheiros direcionam o caminho do rei.

— Pelo menos Durufle e o bispo raramente são vistos entre nós. Mas o conde indicou seu sobrinho, um jovem malcriado e descortês, para ser nosso administrador. Ele cuida das servas e das questões do convento, apesar de não ter competência para o trabalho. Na semana passada, Marguerite o chamou de tolo na cara dele! — Isabel ri da lembrança, depois revira os olhos. — A senhora começa a entender por que sou grata por ser uma freira. Eu poderia ser casada com um desses. Ou, Deus me proteja, com um homem tão velho quanto padre Alphonse, que treme quando reza a missa e é quase completamente surdo. Preciso gritar para que ele me ouça, e então minhas irmãs ouvem meus pecados! — Isabel diz, com alguma angústia. — Por esse motivo confesso apenas que negligenciei minhas orações, que é um dos erros mais comuns entre nós.

— Seu único erro, Isabel, é ser muito boa com os que não merecem — murmuro, pensando na bondade dela comigo.

— Não. Sou mais cruel do que a senhora pensa. Invejo a beleza de Marguerite e sua proximidade com a madre. Fervo de impaciência com a lentidão de Angelina e a culpo quando temos de correr e não comer nada além de pão velho. Algumas vezes roubo açúcar da despensa!

Sorrio das ofensas dela, pois estão muito longe da trapaça, do assassinato e da vingança, crimes que seguem inconfessados em Elsinor.

Mas Isabel pega minha mão e diz seriamente:

— Ofélia, a senhora deveria ser meu padre, pois é tão discreta quanto uma efígie numa tumba.

— Confesse-se, então, que vou absolvê-la — brinco, tentando soar como padre Alphonse, e nós duas rimos. Como a confiança dela me tenta! Quero dividir minhas histórias com ela, mas a discrição prende minha língua e o silêncio alimenta minha solidão.

Sempre lamento não ter um lugar em St Emilion. Em Elsinor eu sabia meu papel como uma das damas da rainha. Aqui não sou nem uma serva nem uma freira. Não devo me sentar com as freiras na santuário da capela, mas rezo suas orações. Não devo dividir a mesa com elas, mas como a mesma comida. Igual a um espírito que ainda não está em repouso, viajo entre os mundos. Sou livre para deixar as terras do convento, se desejar. Mas, ao contrário, passo horas na biblioteca, geralmente me perdendo em *A consolidação da filosofia*, de Boethius, o Romano. Também traduzo orações para o francês para as freiras que não leem latim.

Um dia, madre Ermentrude, vendo-me estudar intensamente, pediu-me ajuda para orientar as meninas da escola do convento. Concordei, pois desejo ser útil aqui. Mas a piedade me sufocou ao ver aquelas pequenas crianças de olhos tristes tiradas dos braços de seus pais e entregues a Deus, cujo abraço elas não podem sentir. Uma menina, o retrato da desesperança, apoia a bochecha nas mãos, seu vestido muito curto revelando as pernas nuas acima dos sapatos. Lembrei-me de ter usado vestidos que não me serviam e desejei ter algumas meias para lhe dar. Quero colocar meus braços ao redor da criança, mas tenho medo de seus olhos grandes e assustados. Em vez disso, dou-lhe algo irrisório e inútil: um verbo para conjugar. Enquanto as meninas se debruçam sobre seus livros, tiro do bolso a pintura de minha mãe. Em seu rosto é possível ver sua semelhança exata comigo. Vejo meu próprio cabelo, bochechas e nariz, tudo espelhado na miniatura. Procuro no mais fundo de minha memória para me lembrar de seu toque.

— Oh, ensine-me a ser mãe, dê-me coragem! — sussurro, querendo que a imagem fale comigo. — O que faremos, meu bebê e eu? Onde construiremos nossa casa? Diga-me! — Sinto-me como uma criança abandonada na floresta escura. Nem mesmo a imagem de minha mãe me conforta.

Então vejo que Marguerite chega à biblioteca. Há quanto tempo está parada ali? As meninas terminaram seus exercícios e estão sussurrando e dando risadinhas entre si. Marguerite me observa com seu olhar frio e sério. Sinto-me como um livro aberto, onde minha história é escrita com palavras plenas para ela ler.

— Parece que ensinar não é para a senhora. Informarei madre Ermentrude — ela diz, sem piedade ou julgamento.

Sou incapaz de responder, tão tomada estou pela saudade da mãe que nunca conheci.

Dezembro nos prende a todas com sua força; nem mesmo o fogo nos fornos e lareiras consegue soltar as amarras geladas. Esfrego as mãos para aquecê-las ao entrar no refeitório, onde as freiras comem em silêncio, suas cabeças formando uma fila pendendo sobre a comida. As colheres raspam lentamente nas bandejas de madeira. Vapor sobe dos potes de sopa. A voz de madre Ermentrude sobe e desce enquanto ela lê em voz alta.

— Vamos participar com temperança e sóbria piedade e agradecimento, apenas comida que é apropriada e que alimenta. Lembrem-se de que o corpo de Cristo foi dividido e o pão e a água são aqui divididos para nossos corpos. Assim na Eucaristia o corpo de Cristo nos alimenta.

Fico imaginando o que Hamlet, o filósofo e homem racional, teria feito da fé simples das freiras que consomem o verdadeiro corpo de Cristo. O pão servido nas refeições e o pão servido na missa se parecem e têm o mesmo sabor para mim. Acho estranho que as irmãs comam em silêncio, seguindo regras rígidas. Lembro-me das festas em Elsinor, cheias de gargalhadas e ossos sendo quebrados e comida devorada, com os cachorros rosnando e brigando pela comida jogada no chão. Vinho jorrava dos barris como água de uma fonte, e, em todas as refeições, eram servidos peixe, ave e carne.

Meu apetite aumenta com a lembrança da fartura. O bebê em mim me faz querer cidra e carnes doces, grelhados, leite e damasco. Mas as freiras estão jejuando, comendo apenas pão com sal e água. Então eu como na cozinha com a copeira e o administrador, assim posso me alimentar de carne e fruta. Eles ficam em silêncio em minha presença, pois ainda sou considerada um mistério em St Emilion. Um pobre fazendeiro que cultiva nos campos do convento, seus três filhos de olhares vazios, e um visitante, um acadêmico em viagem, completam a companhia.

Therese, sendo uma serva, também deve comer na cozinha. Mas não aparece para as refeições. Quando pergunto sobre ela, o responsável, com a boca cheia de pão, apenas dá de ombros.

— Na verdade, senhora, ela não come, até onde sei — diz a copeira.

— Quem não comeria quando a fome toma conta? — pergunto. — Vou levar-lhe esta porção de carne e alguns bolos.

— Ela não comerá, digo-lhe. Nunca a vi tocar em carne.

Ignorando o aviso, levo a comida para o quarto de Therese, uma cela úmida ainda mais estreita que a minha. A porta se abre a meu toque, e uma parede coberta de crucifixos recebe meu olhar. Conto pelo menos uma dúzia. Todos são grosseiros e pintados com a imagem do Senhor em agonia. Abaixo das cruzes, Therese está ajoelhada no chão duro, movendo-se para a frente e para trás. Ela não se dá conta de minha presença; na verdade, parece não me ouvir ou me ver. Seus olhos estão levantados, fixando o ar. Com vergonha de minha intrusão no recinto de sua alma, deixo a comida sobre a cama e saio silenciosamente. Mas a imagem da lavadeira zonza com as orações não me deixa. Mais tarde volto para ver se ela comeu. O prato com pão está do lado de fora de sua porta, intocado, a não ser pelo rato que o mordisca e corre com minha chegada.

Fico pensando por que Therese recusa comida, apesar de não seguir os votos das freiras. Decido observá-la mais de perto. Como uma espiã, finjo ler um livro enquanto caminho no corredor próximo da cozinha. Therese usa um véu em torno da cabeça quando trabalha, fazendo com que pareça uma turca. Suas mangas estão arregaçadas até os ombros, e vejo que sua carne mal cobre os ossos. Ela se move lentamente, parando sempre enquanto carrega um balde de água quente.

Não posso suportar vê-la lutar com tarefas simples, então deixo meu livro de lado e lhe ofereço ajuda. Para minha surpresa, ela aceita com um olhar de gratidão. Tinha imaginado que ela era orgulhosa de seu isolamento, mas ela parece feliz com minha companhia. Agora Therese coloca a roupa suja na água com sabão com dedos longos e finos, como os de uma dama, mas vermelhos e grosseiros, como os de uma serva. Eu bato e mexo as roupas com pedaços de madeira. Fico surpresa com a força necessária para a tarefa, e logo meu rosto está úmido de suor, apesar do frio.

— Vejo que Deus lhe deu saúde novamente. Estamos felizes em vê-la bem — diz Therese. Suas palavras me surpreendem, pois não achava que ela tivesse me notado ou que soubesse de minha doença.

— Não posso alegrar-me com minha força se a senhora continua fraca — respondo.

— O Senhor protege os fracos — ela afirma, em uma réplica ligeira, como se estivesse acostumada a defender-se.

— Seu espírito na verdade é forte, mas seu corpo se desfaz. Por que a senhora não come?

— Não preciso de nada a não ser de Deus, que alimenta minha alma com o pão na Eucaristia — ela diz. Seus olhos brilham, apesar das bochechas fundas, fazendo com que não pareça jovem.

— Ele também nos dá o pão todos os dias para alimentar nossos corpos, pois devemos ser fortes para nosso trabalho neste mundo — argumento, sentindo um espírito controvertido crescer dentro de mim.

— Não me importa o mundo, que se mostrou pouco amigável para comigo — ela responde, com voz calma, sem amargura. — Sempre fui rejeitada por causa de minhas pernas tortas, e meus pais sempre tiveram vergonha de mim. Meu único desejo foi ser uma freira. Mas o bispo disse a madre Ermentrude que minhas visões são impróprias e proibiu que eu ingressasse como postulante. Então encontrei meu próprio caminho para Deus.

— Deus lhe pede que sofra por ele?

Therese se afasta de mim com um ar de dignidade ferida.

— Ele me pede que eu o adore diariamente, e é o que faço.

Sem esperança de que ela entendesse minhas boas intenções, coloco a mão em seu braço, segurando-o na água. Posso enlaçar seu braço, como o de uma criança, em um círculo entre os dedos de minha mão.

— Therese, a senhora precisa comer todos os dias ou morrerá!

Ela nem mesmo se move com minhas palavras. Dou-me conta de que talvez ela queira morrer.

— Quando não como, Cristo criança vem até mim e se alimenta em meus seios, que transbordam de leite — ela relata, calmamente. — Sinto mel e doçura em minha boca. Nenhuma mãe mortal sente essa alegria.

Isso é uma convicção de fé ou uma evidência de loucura? Lembro das visões fantasmagóricas que levaram Hamlet a buscar vingança, enquanto as de Therese a enchem de alegria. Ambas estão além da razão. Quem pode julgar se estão certas?

Pego as mãos dela. Suas palmas e pulsos estão marcados.

— Minhas mãos às vezes sangram, como as chagas de Cristo sangraram — ela diz, com um olhar de felicidade no rosto.

— Não me espanta. Sua pele é muito seca. Deixe-me fazer um unguento para deixá-la mais macia e aliviar a dor. — Sei que posso ajudá-la a superar o sofrimento não merecido.

Therese balança a cabeça vigorosamente e tira suas mãos das minhas, como se eu estivesse me oferecendo para tomar seu presente mais precioso. Ela se vira e não fala mais nada.

Temo que a mente de Therese tenha ficado fraca com o sofrimento. Não quero que ela morra, pois já vi loucura e mortes suficientes.

41

É Ano-Novo, e, como as duas faces do deus Janus, olho ao mesmo tempo para o passado e para o futuro. O passado me faz lembrar de Hamlet dando-me a medalha, a pressão de seus dedos na palma de minha mão, nossa breve alegria e a longa desesperança que lhe seguiu. Quanto ao futuro, vejo apenas uma página em branco na qual não sei o que escrever.

Sento-me ao lado de Isabel na sala capitular para ouvir a leitura diária das regras monásticas.

— Obedeça ao Senhor e a suas leis, e à superiora e a suas regras, e todas as suas necessidades serão atendidas, todos os seus medos, destruídos — a voz de madre Ermentrude entoa. — Com a obediência vem a perfeita liberdade.

Isabel assente, um olhar de felicidade em seu rosto. Mas, por alguma razão, a lição me atormenta. Então saio e, apesar do frio, sigo para o cemitério, onde sei que estarei sozinha com meus pensamentos. Quando a noite úmida cai, considero como desobedeci e enganei meu pai.

— Isto é uma punição? — sussurro, tocando minha barriga.

O bebê está em meu ventre há mais de cinco meses, e o peso aumenta a cada dia. Meus segredos também me oprimem. A tristeza por minhas perdas enche meu coração, e temo ficar sozinha.

— Este é o fruto amargo de minha desobediência? — grito, e um bando de melros levanta do chão cheio de neve para se mesclar ao céu negro.

Sinto o frio prendendo meus ossos e continuo a andar, discutindo comigo mesma a questão da desobediência e da punição. Descubro que meus pensamentos e passos sem direção trouxeram-me aos aposentos de madre Ermentrude. Isabel me diz que os ouvidos dela estão sempre abertos para nossas necessidades. Então bato à porta e a própria madre Ermentrude a abre, não demonstrando surpresa ao me ver, apesar de ser tarde. Amarrei o cinto da capa à cintura, escondendo a barriga.

— Desculpe-me perturbá-la a esta hora, madre Ermentrude, mas estou confusa e preciso de seus sábios conselhos.

Ela abre a porta e eu começo a me ajoelhar à sua frente, mas ela faz um movimento indicando que devo me sentar. Depois ela se senta ao meu lado, como se fôssemos iguais.

— Estive refletindo sobre a lição de hoje sobre obediência — digo. — Ajude-me a entender: qual é a virtude em negar o nosso próprio desejo para satisfazer a vontade de outra pessoa?

Madre Ermentrude respira profundamente enquanto elabora a resposta.

— A senhora já viu a videira, como o jardineiro a conduz e faz com que ela se apoie em uma porteira ou poste. Ela obedece à mão dele, que indica que deve crescer para o alto, em direção ao sol. Da mesma maneira, a obediência à vontade de Deus libera a alma para que ela alcance o céu.

Essa comparação não me satisfaz, pois meu pai não era Deus. Se eu tivesse sido mais obediente, teria me tornado, com o tempo, honesta e virtuosa? Penso em Hamlet, que desobedeceu ao comando de seu pai fantasma. Se ele tivesse obedecido de uma vez, talvez apenas Cláudio tivesse sido assassinado e Hamlet e eu ainda estivéssemos juntos. Mas o céu estaria satisfeito com o feito de Hamlet? Ou o inferno estaria se regozijando?

— E se a intenção do jardineiro é boa, mas sua mão machuca a planta que alimenta? — questiono, pensando em meu pai, que, na busca por minha segurança, sacrificou minha alegria. — Ou se a vontade do jardineiro for o mal? — Penso em como resisto à vingança de Hamlet, repelida pelo ato violento que ele prometeu realizar.

Madre Ermentrude não tenta investigar mais fundo o significado de minhas questões. Não há astúcia em suas respostas, apenas sinceridade e verdade.

— Todo ato e intenção pedem um discernimento cuidadoso. Um desejo de fazer o mal nunca pode ser uma vontade de Deus — ela diz simplesmente. — Devemos resistir.

Minha mente se prende a suas palavras como um prisioneiro buscando perdão. Eu não estava errada em condenar a vingança de Hamlet, pois o assassinato não é um ato bom. E tampouco estava errada ao me opor a meu pai quando ele quis trair minha rainha. Minha vontade foi justa e correta, decido.

Como se lesse meus pensamentos, madre Ermentrude continua a lição:

— Nossas vontades, no entanto, são corruptas e normalmente nos levam a nos perder. Mas é uma alegria se submeter a um desejo sagrado.

Com essas palavras, mergulho novamente na dúvida. Tinha meu desejo quando me casei com Hamlet, mas isso só me trouxe breves alegrias e longos sofrimentos. Devo ter pecado e, assim, atraído a tristeza para mim. Posso expiar e me livrar de meu sofrimento?

— Por favor, ensine-me a me submeter e encontrar essa alegria de que a senhora fala. Vou obedecer-lhe! — Estou quase confessando tudo, exibindo todos os meus feitos para serem julgados. Junto as mãos e puxo os lábios com os dedos para segurar minhas palavras.

— Então vá, volte para sua cela e leia os salmos. Deixe que eles façam o trabalho de encontrar seu coração, escalando suas montanhas e descendo pelos escuros vales. Guarde-os em sua memória.

Gemo por dentro. Que estudo mais dolorido e que desperdício de tempo é esse? Como isso me ajudará? Mas, se desejo alegria, suponho que deva aprender a obedecer. Então leio os salmos, especialmente os mais desesperançosos, até que suas palavras ficam guardadas em minha mente, mas a paz, não. Uma semana mais tarde visito madre Ermentrude de novo.

— Estudei os salmos, como a senhora me pediu, e ainda tenho questões. Como posso acreditar, como nos fala Davi, que o Senhor dobra sua mão e satisfaz todos os nossos desejos quando tudo foi tirado de mim?

A madre não se perturba com o desafio em minha voz. Ela toca na cruz ao redor de seu pescoço como se fosse a medalha de um amante.

— A senhora tem sempre o amor de Deus.

— Não o sinto — digo, duvidando. — Ou melhor, sinto-me como Jó enfrentando Deus por ter tomado tudo dele. Tenho pecados, ao contrário de Jó. Mas ainda não entendo meu pecado! — grito, confusa. *Como poderia ter algum pecado em amar Hamlet na verdade e na fé?*

— No final, Deus devolveu tudo para seu servo Jó.

— Muito tarde — retruco, amarga —, a não ser que ele vá acordar os mortos que estão perdidos para mim.

— Não perca as esperanças, Ofélia. Os caminhos de Deus são um mistério — ela diz —, e nossos sofrimentos sempre nos cegam para a felicidade.

Verdade. Estou tropeçando cegamente pelos caminhos tortuosos da perda e do sofrimento. O amor de Hamlet trouxe-me para este labirinto, onde ele me abandonou. Não há nenhum caminho que me tirará deste escuro emaranhado?

Apesar da desolação da mente, a luz da razão ainda brilha em mim. Vem-me a ideia de que, como as freiras, devo colocar Cristo no lugar de um marido, e assim sair deste labirinto de amor mundano. Cristo não morrerá, não me abandonará ou será falso. Ele perdoaria minha desobediência, e, ao submeter-me a ele, devo encontrar a felicidade. Começo a ver o remédio doloroso. Assim que tiver dado à luz, entregarei minha criança para alguma nobre senhora mais preparada e mais merecedora que eu de ser mãe. Esse duro sacrifício vai esfolar minha pele. Depois tomarei um novo caminho, juntar-me-ei ao convento como uma freira e tornar-me-ei pura novamente. Mas antes de revelar minha situação para madre Ermentrude, devo ganhar sua confiança. Como o verdadeiro retrato da humildade, ajoelho-me a seus pés.

— Acredito que apenas Cristo pode me resgatar da desesperança e me purificar dos pecados — digo, com lágrimas nos olhos, apesar de tentar contê-las. — Por favor, permita que eu me junte a esta sagrada irmandade. Deixe-me começar agora a me preparar para fazer meus votos. Vou lhe obedecer em tudo.

Não é fácil, ouvi dizer, entrar no convento. O regulador chama as freiras para testar seus espíritos suplicantes, para ver se eles vêm de Deus. Deixe-os me questionarem ou me reprovarem. Baterei sem parar, pois a Bíblia diz que a porta não deve ser fechada para aqueles que perseveram. Além disso, acredito que madre Ermentrude goste de mim e tenha rezado para eu fazer esse pedido.

A superiora pede que eu me levante e procura meu rosto. Não ouso olhá-la nos olhos. Por que ela não está sorrindo?

— Não duvido de seu sério desejo de amar a Deus, Ofélia. No entanto, a senhora veio para cá não em liberdade, mas marcada no espírito.

— A obediência vai me garantir liberdade; por isso, deixe-me fazer os votos. Revelarei a história de minha vida e confessarei meus pecados se a senhora me deixar ficar entre vocês para sempre!

Madre Ermentrude balança a cabeça lentamente.

— Não vou barganhar com a senhora. Nem Deus irá. A senhora deve encontrá-lo por conta própria, olhando para a frente, sem se deixar carregar por suas tristezas passadas.

— Importa como alguém encontra Deus? — pergunto, tentando soar dócil enquanto minha frustração aumenta. — A senhora não está feliz de me receber?

— Há muitos caminhos para Deus — fala madre Ermentrude. Então ela fixa em mim seu olhar calmo e cheio de sabedoria, dizendo suavemente: — Não acredito que Deus a chama para esta vida.

— Acredito conhecer minha vontade e meu caminho! — Estou surpresa e envergonhada por ela ter me rejeitado. Nada nesta cena está se desenrolando como eu tinha planejado.

— A senhora é jovem. Normalmente, os jovens moldam o mundo a seus desejos mais que ouvem e esperam ser chamados.

— Não posso esperar — lamento, pensando na rapidez com que meu bebê chegará. Preciso conseguir sua promessa de proteção. — Por que não posso fazer como eu quero? Não sou tão jovem quanto a senhora pensa. — Minha voz se parte, desesperançosa. — Estou livre para fazer esta escolha, tomar Cristo como meu verdadeiro amor!

— Deixe a vontade de Deus, não a minha ou a sua, ser feita — orienta a madre calmamente.

— Desejo de Deus! Como a senhora pode saber o desejo de Deus? Ele fala com a senhora sobre mim, e não quer responder a minhas orações.

Fico com vergonha de minha falta de controle, mas a madre me deixa extravasar. Ela permanece imóvel, como uma rocha que recebe meras gotas de chuva.

— Qual é a vontade de Deus para sua serva Therese? — questiono, minha mente de repente saltando de uma paixão para outra. — Que ela, também, sofra? A senhora a observa? Ela está mais fraca a cada dia, fazendo as vontades de Deus. Não acredito que Deus queira que ela morra!

— Nem eu — admite a madre, com tristeza no rosto. — Mas nossas vontades são livres até para frustrar as intenções de Deus.

— Eu não posso ficar parada sem fazer nada enquanto ela sofre. Tenho algumas habilidades com plantas e poções. Deixe-me dar um remédio que possa restaurar o equilíbrio da mente dela — peço.

— É Deus que cura e aflige — ela diz, nem recusando nem aceitando minha oferta.

— Sim, mas a senhora diz que Deus nos dá a liberdade. Ele também não nos dá na natureza os meios para fazermos de nós seres saudáveis ou doentes?

— Estudar a deixou esperta, Ofélia. — A madre sorri palidamente, como se satisfeita.

Uma imagem repentina me vem à mente do jardim próximo das clausuras, destruído pela ira do inverno. Vejo-o tornando-se verde de novo na primavera. Quais plantas estão lá, enterradas no solo? Está lá o purgante ruibarbo ou o tomilho, que cura a longa letargia? Na floresta, ao redor do convento, deve haver todos os tipos de raízes e frutinhas selvagens e plantas desconhecidas na Dinamarca. Não, o pequeno e escuro jardim das clausuras não será suficiente. Deve existir um campo em que o sol brilhe. Por que não pensei nisso antes? Minha mente estava tão perdida na tristeza?

Escolho minhas palavras com cuidado para expressar a ideia, que é apenas um germe nascendo em minha mente. Vou até a janela arqueada do quarto de madre Ermentrude e olho para a noite do lado de fora. Ali, montes arborizados, iluminados pela lua, estendem-se para além dos muros do convento. Certamente existe terra que serve para um jardim.

— Não é verdade — digo — que as freiras relutam em permitir que o médico da vila venha examiná-las quando estão doentes?

— Sim — ela suspira. — Algumas das freiras temem que o toque de qualquer homem possa comprometer sua castidade. Por isso Angelina sofre muito com um furúnculo, pois se recusa a ser tratada. E qualquer queixa em relação ao útero é tristemente ignorada.

— Não sou homem, mas uma mulher como elas — declaro. Construirei esta casa com cuidado, pedra por pedra.

— Na verdade, sua presença discreta ganhou a confiança delas — ela admite.

— Por anos estudei de todas as formas as qualidades das plantas e ervas. Os livros e a experiência foram meus professores. Ajudei na cura de muitos e aliviei suas dores. Deixe-me usar meu conhecimento aqui e lhes servir com minhas habilidades. — Dou-me conta de que, pela primeira vez desde que cheguei a St Emilion, não estou vivendo o passado, mas antecipando, sem temer, o futuro. Coloco minha pena na página em branco diante de mim.

Madre Ermentrude sorri e levanta a mão, as palmas viradas para o céu.

— Ofélia, minha querida, a senhora está ouvindo o chamado de Deus.

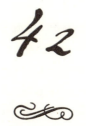

Assim madre Ermentrude, com sua sabedoria, impediu que eu seguisse pelo caminho do desespero e me guiou por uma nova trilha. Em minha nova profissão, sou como um confessor, pois ouço as freiras revelando seus males e prescrevo bálsamos, tônicos e emplastros. Elas os levam e aplicam com devoção, como uma penitência de cura determinada por um padre. Mas em irmã Lucia, uma freira mais velha e corpulenta, se pode confiar menos que nas outras.

— Estou sendo atormentada por pensamentos terríveis, e depois meu coração bate muito rápido. A senhora precisa sangrar esses maus humores de mim, como costumava fazer o médico da vila — ela pede.

— Não uso sanguessugas, irmã, pois o sangramento acaba secando espíritos vitais com os maus humores, fazendo com que a paciente fique fraca — explico, em uma voz macia. — Recomendo uma infusão de folhas de menta e camomila para acalmá-la. — Ela enruga os lábios, insatisfeita. Gostaria de ter falado com mais firmeza. Depois, no entanto, ela cede.

— Vou assentir, pois ver meu sangue me faz desmaiar. Mas com certeza a senhora vai olhar minha água.

Eu examino de verdade a urina de irmã Lucia, apesar de conseguir pouca informação dali, e anuncio que ela está bem.

Meus métodos de cura são simples, e poucos são os instrumentos de minha profissão. Uso o vinho para limpar o corte de uma faca de cozinha. Um pouco de brandy alivia as dores de dente. O estoque de ervas que Mechtild me deu trata das desordens do útero, que é comum mesmo entre as freiras.

Sais, dissolvidos em água quente, ajudam a supurar furúnculos. Enquanto examino minhas pacientes, ensino-lhes sobre as leis da natureza relacionadas às doenças.

— No corpo, os humores quentes e secos que levam alguns à loucura disputam com os humores frios e úmidos que causam letargia. Tratar o corpo é temperar esses elementos, pois a própria natureza sempre busca o equilíbrio. — Minhas prescrições são singelas e geralmente não causam dores. — Coma comidas verdes e saudáveis, agasalhe-se contra o frio e a umidade e caminhe todos os dias para ajudar na digestão e fazer o sangue circular — digo-lhes. Meus emplastros de mostarda e ervas são os preferidos, mas o tratamento mais efetivo é o toque firme de minha mão. Examino a carne doente e esfrego bálsamos perfumados nas articulações rígidas. As freiras suspiram de alegria como quando suas barrigas estão cheias de comida saudável e suas almas, fartas de oração.

Therese é minha única paciente que reluta. Ela me deixa falar com ela e ajudá-la no trabalho, mas se transforma em pedra quando a encho de comida. A cada dia está mais fraca, comendo apenas o suficiente para evitar que sua alma saia voando durante a noite. Agora sofre de dores de cabeça. A dor, que está escrita em seu rosto, derrubaria o soldado mais forte, mas ela não reclama. Cada vez mais é uma pária em St Emilion. Acredito ser sua única amiga.

Hoje, enquanto trabalhávamos na fria luz do sol, Therese puxou seu manto puído ao redor do frágil corpo. Ela treme de excitação ao contar seu mais recente sonho.

— A noite passada, um vento forte passou, eu acordei e vi um serafim acima de mim — ela relata, olhando para o céu. — O anjo encostou um carvão em brasa na minha testa, provocando um forte e feliz sofrimento, e eu vi diante de mim o rosto brilhante do meu querido Salvador.

Vi que seus olhos eram meras fendas e que suas sobrancelhas estavam contraídas de dor.

— Não posso olhar além da brancura do linho — ela diz, cobrindo o rosto com as mãos.

Eu sei como a luz do sol pode piorar as dores de cabeça, então lhe digo que deve entrar. Quando ele obedece, fico surpresa. Sua dor deve ser terrível. Recolho a roupa congelada e carrego a pilha volumosa para a padaria, onde o calor dos fornos vai derreter e secá-la.

Acredito que, uma vez que sua dor diminua, ela vai ter vontade de comer de novo e recuperar sua força. Mas também sei que Therese valoriza sua fraqueza e não se importa nada com o simples prazer de não sentir dor. O que posso fazer para curar sua doença? Serei o pai proverbial que engana a criança oferecendo remédio misturado com xarope doce.

— Um extrato de suco de bayberry e óleo de rosas deve aliviar a dor, assim a sensação da doçura de Cristo torna-se ainda maior — digo. Essa promessa lhe chama a atenção.

— Então dê-me um pouco desse remédio divino, e por favor não diga para ninguém. Já sou odiada. Marguerite diz que minhas visões são malignas e me afasta como se eu fosse um demônio — ela confessa.

Pergunto-me se o orgulho de Marguerite a faz desprezar a humilde Therese ou se ela tem inveja das visões da jovem.

— Talvez a senhora devesse ser um pouco mais discreta e guardar seu Senhor da vergonha — aconselho, pois estou aprendendo a falar a língua piedosa dela. — Não o exponha à zombaria de quem não acredita.

— Sim, a senhora está certa — ela diz, sua voz crescendo desesperada de medo e saudade. — Conde Durufle tem horror de magia. Se ele souber que minhas visões não cessaram, chamará o bispo Garamond, que me forçará a partir, isso se ele não me enviar para julgamento. Não tenho para onde ir. Essas visões, eu divido com a senhora. Imploro que as mantenha em segredo!

Penso que Therese deve estar enganada, pois quem a acusaria de uma maldade como a de bruxaria? Talvez seus medos, assim como sua fé, sejam sinais de loucura. Mas eu, também, tenho medo do poder dos outros sobre mim. Se estamos loucos, então estamos seguros, mas, se nossos medos se tornam realidade, estamos todos perdidos.

— Prometo não contar a ninguém sobre suas visões — falo para acalmá-la.

Na padaria abafada, o vapor sobe da lavanderia, e mangas e vestidos que estavam duros com o gelo agora estão macios. Decido fazer uma infusão com extrato de sementes de papoula para aliviar a dor de cabeça de Therese e fazê-la descansar. Minha intenção é reduzir suas visões, não torná-las mais intensas. Não digo isso a Therese, mas revelo meu tratamento e meu propósito para madre Ermentrude.

Deus me perdoe por essas mentiras.

Não existem horas ociosas em St Emilion. Ninguém, desde a mais jovem noviça até a superiora, é liberado do trabalho na cozinha. De acordo com o regulamento, todos são chamados para servir uns aos outros. Ontem madre Ermentrude mesma limpou e secou todos os pratos e colheres. Eu até a vi ajoelhada, esfregando o chão com panos.

Uma torre de força, ela é firme e não grita, exceto para expressar seu amor. Quando as irmãs dizem a oração da Virgem, "eu sou a mãe do belo amor, do medo, da grandeza, e da esperança sagrada", imagino madre Ermentrude. Seu convento é de simplicidade casta, sem nenhuma das luxúrias sussurradas em outros conventos: comer em pratos de ouro, beber vinho, entreter homens e negligenciar as horas de oração. A madre não é apenas virtuosa e frugal, mas inteligente. Fico maravilhada em ver como ela me fez entender que não era o casamento com Cristo que eu desejava, mas a irmandade. Meu trabalho agora me liga às freiras mais intensamente que um pedido para dividir sua pobreza. Estou feliz de fazer as vontades da madre sem um voto formal de obediência. Ela não pede nada além do que é justo e razoável, e espera com paciência que eu revele meus segredos.

Meus pensamentos neste dia glacial são de esperança, enquanto Angelina, Isabel, Marguerite e eu preparamos uma sopa juntas. A cozinha é um refúgio aquecido contra o frio, e ali o ar é forte com o cheiro do pão. Segurando uma faca, contemplo a carcaça de um coelho pendurada em um gancho na parede, esperando para ser cortada e limpa para o ensopado. Espero para pedir um conselho, enquanto Angelina narra alguma nova transgressão do servo preguiçoso de Durufle e Isabel fala sobre o tempo gelado. Ainda me surpreende o quanto as irmãs amam falar. Se sua oração é como uma canção límpida, cantada em uníssono, seu trabalho é como uma brilhante combinação harmônica de vozes.

Marguerite, mais confortável atrás da mesa de madre Ermentrude que na bagunçada cozinha, espera para receber uma tarefa. Vejo-a pegar uma pera madura de um cesto e escondê-la em seu hábito. Sem dúvida, ela vai saboreá-la mais tarde, quando estiver sozinha. Observando-a, pergunto-me se também guarda algum grande segredo. Ela me lança um olhar penetrante, desafiando-me a revelar seu pequeno furto. Suas sobrancelhas ficam arqueadas sobre os pálidos olhos verdes. Certamente, seu cabelo por baixo da touca é tão amarelo quanto as pétalas de uma margarida. Mas sua beleza muitas vezes parece não combinar com sua piedade. É seu costume, como uma autoungida pregadora, escolher uma história de cunho moral e contar para aqueles que estão por perto, queiram eles escutar ou não. Ouvi Isabel dizer que ela é mais dura que o conde Durufle.

— Hoje é a festa de Agnes — Marguerite começa quando Angelina acaba suas reclamações sobre o servo preguiçoso. — O que me faz lembrar da pobre Agnes de Lille, que já viveu entre nós.

— Não nos lembre — diz Angelina, limpando a testa. — Sabemos bem a história. Cuide da pastinaga agora. — Vejo Isabel levantar as sobrancelhas e olhar para o alto como se pedisse paciência e quase caio na gargalhada, pois eu fazia o mesmo quando meu pai me dava lições.

— Mas Ofélia não conhece Agnes — protesta Marguerite, virando-se para mim com uma fingida graciosidade, como se fosse me apresentar a um amigo.

— Oh, por favor, nos poupe! — implora Isabel, incapaz de encontrar paciência para ficar em silêncio. Mas ninguém vai parar Marguerite. Ela imagina que é uma princesa que pode ignorar a vontade dos outros?

— Agnes fez seus votos no Pentecostes e parecia um verdadeiro anjo quando cantava no coral. Mas ela nos enganou. Na Festa de Todos os Santos, carregava uma criança.

— As pastinagas! — Angelina interrompeu, impaciente. Marguerite faz uma pausa longa o bastante para pegá-las. Eu me concentro no coelho, decidida a abri-lo eu mesma. O sangue de suas partes internas escorre por entre meus dedos.

— Madre Ermentrude nem consultou o bispo e não perdeu tempo para expulsá-la — ela continua. — A garota casou-se com um ferreiro da vila, mas disseram que o pai da criança era seu confessor, um monge.

Apesar de sentir o olhar de Marguerite em mim, não olho para cima. Ela está tentando descobrir meus segredos? De alguma maneira, sabe de minha condição e me julga uma pecadora? Talvez eu tenha cometido um erro em não confiar em madre Ermentrude. Devo ir até ela de uma vez e confessar a verdade. Pedirei para que acredite em mim e não me expulse como fez com Agnes.

— Foi a única vez que uma vergonha dessas caiu sobre St Emilion — Marguerite diz para concluir a história. Depois fez o sinal da cruz e pronunciou a moral que uma história como aquela trazia: — Devemos agradecer a Deus por nossa vocação. É uma bênção não ser uma criatura de paixão como a pobre Agnes.

Minhas mãos ensanguentadas tremem com o esforço, mas não posso evitar que minhas palavras zangadas saiam.

— E o monge? Ele se ofereceu para dividir a culpa?

Marguerite me encara, confusa com minha pergunta.

— Os homens também não são criaturas de paixão? — pergunto. — Eles não imploram, forçam e algumas vezes enganam mulheres a esquecer sua virtude? As mulheres não pecam dessa forma sozinhas, as senhoras sabem.

Marguerite cai para trás como se eu a tivesse atacado. Ela está sem fala, e sua pele, tão branca como o miolo da pastinaga cortada. Minha raiva é tão terrível? Ou toquei algum profundo medo interior dela, algum ferimento ou cicatriz?

É Isabel quem fala, buscando a paz.

— Todos somos pecadores. Não é a pureza do corpo, mas a integridade da mente, que mais agrada a nosso Senhor — diz.

— E, se o querido Senhor pode me perdoar por todas as vezes que eu quis meu marido morto — diz Angelina, fazendo o sinal da cruz —, certamente perdoou o pecado da pobre Agnes.

Vendo pelas minhas mãos trêmulas que corro o risco de me cortar, Isabel pega o coelho e a faca. Com cinco rápidos cortes, ela o abre em pedaços e os coloca no caldo fervente.

— Mas a nosso Senhor agrada muito mais uma mulher cujo selo virginal não foi rompido pelo homem — Marguerite insiste. — Não é? — Sua voz cresce, soando incerta.

— A senhora se esquece, Marguerite, de que a maioria das mulheres traz crianças a este mundo. A senhora e eu nascemos mulheres — Isabel diz, gentilmente. — Na verdade, o que seria da humanidade se todas as jovens garotas se juntassem ao nosso grupo?

— Não existiriam mais virgens nascidas! — Angelina responde, com uma gargalhada.

Sorrindo, Isabel estica as mãos para enfatizar o ponto. Marguerite, vencida, pressiona os lábios e não diz mais nada.

Dou-me conta de que amo Isabel, minha campeã. Ela tem sido minha firme amiga, como Horácio para seu Hamlet. Como posso continuar a enganá-la quando ela me defende lealmente? Vou confiar nela de uma vez e pedir seu conselho sobre procurar madre Ermentrude para falar de meu segredo, a não ser que Marguerite fale sobre ele antes.

Naquela mesma noite, eu a procuro e a encontro ajoelhada em sua cela, rezando diante de uma imagem simples. Mudo de ideia e começo a sair.

— Ofélia, volte. Vou parar minhas orações. Veja, eu fechei meu livro. Agora, diga-me: o que a perturba?

Sem nenhum preâmbulo, minhas palavras chegam em um jato.

— Isabel, minha amiga, sei que posso confiar na senhora como nunca confiei em ninguém. — Ajoelho-me ao lado dela, enquanto ela se apoia sobre os calcanhares, surpresa. — Ouça-me agora, pois não posso mais manter minha história em segredo. — Pego a mão de Isabel, e ela arregala os olhos em expectativa. — Amei um homem que era proibido para mim. Gostei de seus carinhos, e então me casei com ele em segredo. Ele me rejeitou e agora está morto. Toda a minha família está morta. — Minha voz enrosca neste ponto, mas eu continuo. — Não tenho casa, estou para sempre afastada. Apesar de não ser uma freira como a senhora, eu também morri para o mundo ao vir para cá.

Falar desses segredos há tanto tempo guardados traz alívio, como a sombra de um manto pesado no verão.

— Não há vergonha em ser uma viúva — diz Isabel. — Por que a senhora escondeu o fato de que tinha um marido?

— Porque não posso falar o nome dele, caso contrário todos me chamariam de mentirosa, uma pecadora tentando esconder seu pecado — explico. — Mas minha história é ainda mais complicada. Fiz parte de um drama no qual só acreditariam se fosse encenado, uma tragédia que acaba com a morte de reis e príncipes.

— Conheço alguns desses — declara Isabel, lentamente.

Deixo escapar um grito de surpresa.

— Como?

— Li a carta que chegou para a senhora de um homem chamado Horácio, depois que a senhora ficou sem sentidos e a deixou cair da mão — ela confessa. — Sabia que a senhora queria se disfarçar, e, então, para ajudar que continuasse desconhecida, eu a escondi.

Estou ao mesmo tempo aliviada e surpresa com a notícia. Observo Isabel ir até sua cama e pegar embaixo do colchão a carta de Horácio. Ela a entrega para mim, e, olhando em seus olhos, sei que o que sabe está lacrado dentro dela, que não contou a ninguém.

— Então a senhora sabe como sofri no amor, e que tudo está perdido para mim. — Ainda não ouso falar o nome de Hamlet, embora Isabel saiba dele.

— Sim. Considerando seu terrível luto, eu também peguei seu punhal, temendo que a senhora pudesse machucar-se. — Ela dá de ombros e sorri palidamente. — Sem saber onde colocá-lo, eu o enterrei no cemitério. A senhora me perdoa?

— Não há nada para eu perdoar. A senhora é um anjo — digo. — Mas agora devo contar como fui punida por meu impetuoso amor.

Isabel me encobre e coloca os braços ao redor de mim. Lágrimas correm de meus olhos, pois não tinha tocado em ninguém de maneira tão próxima desde que me despedi de Gertrudes. Não quero deixar Isabel me soltar. Mas ela logo se afasta, e sua mão acaricia brevemente minha pequena, mas firme barriga. Quando nossos olhos se encontram, vejo que há total compreensão.

— Isso não é uma punição, Ofélia, mas uma bênção — ela diz, tocando minha barriga de novo. Seus olhos brilham com alegria.

— Sim, vou dar à luz uma criança! — grito. — Confesso que foi concebida no prazer, e me entristeço ao pensar que nascerá na miséria! — Penso no azar de Agnes, na malícia aparente de Marguerite e na certeza da justiça de madre Ermentrude. O que acontecerá comigo, agora que meu segredo por tanto tempo guardado foi trazido da escuridão para a luz do dia?

Enterradas sob o cobertor branco do inverno, pequenas campainhas brancas desabrocham suas folhas de um verde vívido. Nos espaços em que a neve derreteu, elas empurram suas flores em forma de sino para o sol. Logo as pontas afiadas do narciso vão romper o chão gelado. Na época da Páscoa, suas trombetas com babados amarelos vão proclamar a vitória anual da primavera sobre o inverno.

Embrulhada na capa de meu pai e aquecida por dentro pelo calor do bebê, não sinto o frio. Apesar de minha pesada barriga, meus passos são leves, levados por novas esperanças. Todas as freiras agora sabem meu segredo. Na votação na sala capitular, todas decidiram que devo permanecer entre elas. Agora não há mais razão para esconder minha forma desajeitada.

Madre Ermentrude se reuniu comigo e, com termos breves, informou-me a decisão.

— Sua reclusão acaba em breve e sua ajuda é valiosa, por isso vamos ajudá-la. Isabel testemunhou sobre sua virtude, por isso, se a senhora está ou não casada, não é um problema agora.

Seu tom não tem o calor normal. Ela não me convida para confiar nela.

— Só tenho a agradecer humildemente e peço desculpas por não ter sido sincera. Um dia a senhora saberá a razão.

— O que é a verdade, Ofélia? — Só levantei meus ombros, sem saber se ela queria que eu respondesse. — A verdade é o que vai libertá-la — ela diz, respondendo a sua própria questão. Então faz um gesto de cabeça, encerrando nosso tenso encontro.

Sinto profundamente seu desapontamento comigo. Quando pergunto a Isabel se madre Ermentrude acredita que eu seja uma pecadora, ela me dá uma resposta indireta:

— Talvez a senhora devesse ter revelado seu segredo mais cedo e acreditado na piedade dela.

Sei que Isabel está certa, e por isso suas palavras me machucam ainda mais. Então Angelina me pergunta por que estou tão abatida.

— Madre Ermentrude está brava porque eu a enganei. Temo que ela não me queira aqui — digo, lutando contra as lágrimas.

— Ah, mulheres grávidas são sempre temperamentais sem razão a não ser por estarem grávidas! Eu sei, pois já estive grávida — ela diz, acariciando minha mão. Depois acrescenta, de maneira mais brusca: — Seja razoável, Ofélia. Madre Ermentrude não vai expulsá-la, pois, senão, quem cuidaria de nossas dores e doenças?

Suas palavras me confortam, assim como as irmãs que sorriem gentilmente e me abençoam ao passar. Só Marguerite me evita. Ela não dirige seu olhar para mim quando passa, mas faz o sinal da cruz, como se a proteger-se de algo contagioso. Isabel cuida de mim como uma irmã que está prestes a se tornar tia. Quando ninguém está por perto, coloca sua mão sobre minha barriga e sorri com prazer quando sente o bebê se mover.

Nunca falamos sobre o que acontecerá depois do nascimento.

Enquanto consigo, continuo com as curas, amassando as folhas de arruda para esfregar nas juntas doloridas ou aplicando bálsamos para limpar pulmões. Pelo meu trabalho, vou reconquistar a confiança de madre Ermentrude.

— Deus seja louvado! Obrigada, Ofélia! — Angelina regozijou-se um dia. — Meus furúnculos estão curados. Mas agora que estamos na Quaresma, preciso achar um novo sofrimento. — Ela belisca minhas bochechas e se afasta.

A Quaresma é a época da penitência, do luto que cada um deve viver antes da alegria da Páscoa. Apesar de eu seguir as regras e as rotinas da vida no convento, Angelina não permite que eu me abstenha de carne, como as irmãs. Ela insiste que eu preciso me alimentar. Então, como feliz e não passo fome. Mas me sinto culpada por estar satisfeita, pois Therese recusa-se a comer. Ela ficou muito fraca para trabalhar na lavanderia. Agora sou eu que aqueço e carrego os pesados baldes de água, misturo o preparado com sabão, tiro as roupas que precisam ser enxaguadas e as estendo para secar. Therese dobra os linhos, fazendo pausas frequentes para descansar os braços enfraquecidos.

— Por que não sou mais a favorecida com o sangue de Jesus? — ela pergunta, olhando para suas palmas abertas, desesperançosa. As mãos que já sangraram com o trabalho pesado estão curadas.

Não digo nada, pois não tenho palavras para confortá-la.

Nos dias seguintes na lavanderia, vejo a roupa de noite de Therese manchada de sangue. Levo-lhe uma limpa e a ajudo a se trocar. Em suas costas vejo esfoladuras e vergões em carne viva. Como eu suspeitava, ela se batia com uma corda, tentando purgar-se do pecado. Madre Ermentrude fecha a cara para essa antiga penitência, no entanto, algumas velhas freiras ainda a praticam. Pergunto-me onde Therese acha forças para se açoitar. Piedade e raiva se misturam dentro de mim.

— Por que a senhora se fere desta maneira? — pergunto, tentando não me afastar da pele rasgada e sangrenta.

— Se mortifico meu corpo, então me torno alguém com Cristo, que em seu sofrimento e morte tornou-se alguém com humanidade — ela diz.

— Não acho que Deus deseja que suas criaturas sofram. — Tento argumentar com Therese, mas sua fé não será persuadida por minha razão.

Com as costas esfoladas e cheias de bolhas, ela adormece em seus joelhos, o rosto sobre a cama. Então cuido de sua carne rasgada com óleo. Chamo Angelina e madre Ermentrude para me ajudarem levantar seu corpo gasto e, enquanto seguro a cabeça de Therese, coloco um pouco de caldo em sua garganta.

— Ela quer morrer. Que loucura a mantém nesta servidão? Que tristeza a move para fazê-la querer colocar um fim em sua vida? — suplico a madre Ermentrude. Penso na falta de esperança de Hamlet, que estava além de meus remédios. Não posso deixar Therese destruir sua vida também. — Tento curá-la, mas ela constantemente resiste!

— Siga firme, Ofélia. Devemos rezar para que ela recupere a saúde — diz madre Ermentrude, com um olhar de sofrimento no rosto.

Na missa semanal, o padre levanta uma fina fatia de pão e diz as palavras: "Eis o corpo de Cristo". Penso em Therese, tão leve quanto o pão não fermentado, e olho para meu próprio corpo, pesado com duas vidas. Tenho medo da dor, de ser atormentada, talvez até a morte, ao dar à luz. É por isso que vou à capela. Assim me comungo. Apesar de saber minhas dúvidas, madre Ermentrude permite. Minha barriga está grande e eu subo as escadas para o portão com cuidado. Quando padre Alphonse me vê, fica vermelho até a raiz de seus escassos cabelos. Estendo minhas mãos em concha, mas ele não me dá o pão. Espero e não sairei dali.

— Quando Isabel era criança, visitava sua parente, Maria, que levava Cristo em seu útero. E não foi mandada embora por seu Senhor — digo, em voz baixa e modesta. Irmã Isabel leu esse salmo para mim ontem.

— Na verdade, a senhora não é santa Isabel. E com mais certeza ainda a senhora não é a Virgem Sagrada! — o padre sussurra, e o som de sua voz se espalha por toda a capela.

— Deus é misericordioso, se o senhor não é — retruco, olhando diretamente nos olhos reumáticos do padre. — Quem é o senhor para me negar sua graça? — Surpreendo-me comigo mesma por ter ousado enfrentar um sacerdote durante a missa. Cinco meses de vida no convento me fizeram, a seu modo, aprofundar minha educação, se não minha humildade.

O padre fica muito surpreso para me responder. Desvia o olhar, coloca o pão em minha mão e recua, como se tivesse encostado no fogo. Eu o amedronto, como uma louca amedronta os que se acham sãos.

Depois do serviço, intercepto padre Alphonse, que se apressa em deixar a capela.

— Por favor, rogo-lhe que leve a comunhão para nossa serva Therese. Ela está febril e muito fraca para vir à capela.

— Devo seguir meu caminho — ele diz, sem querer ser interrompido.

— Seu caminho deve ser levar Cristo a ela — insisto, aumentando a voz com indignação. Incapaz de enfrentar o argumento, ele me segue até o quarto de Therese. Observo-o colocar a fina fatia entre os lábios secos e lhe dar a taça, murmurando em latim. Fico maravilhada de ver como o fino pedaço de pão na língua de Therese a enche de uma alegria visível. As gotas de vinho vermelho-sangue em sua boca revigoram seu frágil corpo, parecendo aliviar-lhe a dor. Sua testa está fria quando a toco e ela respira tranquilamente. Tenho esperanças de que ainda se recupere.

Passo a me sentar durante várias horas ao longo do dia com Therese, pois minha própria carga cresce, impossibilitando-me de suportá-la com facilidade. Quando está acordada, leio para ela; quando dorme, descanso também. Nesta manhã de inverno, um rumor corre pelo convento. Como um pássaro assustado preso dentro de uma casa, a notícia abala indistintamente servos e freiras. É levada aos sussurros por aqueles que se apressam a ir à capela e transmitida com o pão e o queijo compartilhados na refeição do meio-dia.

A reunião na sala capitular naquela noite confirma o rumor. A madre nos informa que o conde Durufle está a caminho do convento. Ele soube que uma delas leva uma criança. Foi o servo ou o padre que levou a notícia? Foi Marguerite? Não, até ela está pálida e assustada. Dizem que Durufle se sente ultrajado, pois a reputação do convento está em jogo. Ele ameaça deixar sua função de patrono e fechar as portas da instituição.

O pior de tudo é que ele não está sozinho. Viajando com ele está o bispo Garamond, que tem autoridade para realizar qualquer que seja a vontade de Durufle.

Nenhuma palavra de conforto ou confiança podia ser pronunciada, pois madre Ermentrude ordenou silêncio e oração solitária. "Afasta-me do mal, agora e na hora de minha morte." Repito constantemente esse apelo em minha mente, como se isso pudesse impedir a chegada do conde e seu bispo. Quando adormeço, meu sonho é uma combinação de todos os meus medos. Edmundo me persegue, um punhal em sua mão. Sinto sua respiração quente em meu pescoço e suas mãos em meus seios, mas meus pés estão acorrentados a pesadas pedras e não posso me mover. Um pote de vidro estilhaça-se no chão, espalhando sangue grosso, que forma a cabeça da morte sorrindo. Uma tapeçaria pendurada em uma parede ondula como se um vento forte batesse e, detrás dela, sai correndo uma criatura com o rosto de meu pai. A voz de Hamlet grita "O que é isso, um rato?", e sua gargalhada ecoa em um grande quarto. Então o sino da capela me acorda, mas não sinto alívio por ver que estou em St Emilion. O refúgio tornou-se, de repente, uma prisão onde espero pelo julgamento que pode condenar não apenas a mim, mas madre Ermentrude e todas as irmãs.

Quando o pálido, mas presente, sol levanta a neblina cinza da manhã, conde Durufle e o bispo chegam. Ouço o barulho dos cascos dos cavalos, mas não tenho forças nem olharei pela minha janela. Não haverá as cerimônias usuais de uma visita episcopal, pois não se trata de uma ocasião de celebração. Um silêncio pesado, mais assustador que piedoso, engole o convento.

Entristece-me pensar que eu tenha trazido a vergonha para o lugar que me deu abrigo, que, por acontecimentos involuntários, St Emilion poderia ser arruinado. Jogar-me-ei pela piedade do bispo e insistirei que não tenho pecado neste assunto. Mas eles me forçarão a revelar minha história? Para onde eu iria se o bispo ordenasse madre Ermentrude a me expulsar? Em minha condição e neste frio, o final certo seria a morte. O punhal violento, as águas em que se afogar, veneno, febre... Evitei todos eles em minha fuga de Elsinor. Agora a vingativa Morte busca minha vida e a de meu bebê também?

Interrompendo esses pensamentos obscuros, Isabel chega para me levar à sala capitular, onde o bispo me interrogará. Sinto-me arrependida ao imaginar perder essa amiga.

— Minha querida Isabel, desculpe por tudo isso. Tentarei...

— Silêncio! Não tenha medo. O bispo é um homem bom; apenas seja humilde diante dele. Mas tenha cuidado com Durufle, pois ele é o poderoso. E lembre-se das palavras do salmo: "Nosso Senhor fez os feridos se levantarem... Ele vai acolher órfãos e viúvas". Qual outra certeza poderia existir? — ela diz, segurando minha mão, desesperada para me confortar.

Até mesmo Marguerite mostra alguma piedade, inclinando a cabeça quando passo pela sala onde madre Ermentrude comanda os assuntos do convento de trás de uma mesa repleta de livros e papéis arrumados em pilhas. O painel que me circunda é esculpido com figuras de anjos e apóstolos. Se essas figuras de madeira pudessem vir à vida e interceder em meu favor!

Marguerite me segue para um quarto e se senta em um atril inclinado perto da janela. Claro, como ela é a secretária, deve registrar o processo. Como gostaria que ela não fosse a testemunha de minha vergonha.

O bispo se senta em uma cadeira de carvalho com braços que parece um trono. Madre Ermentrude está em pé do seu lado esquerdo, conde Durufle, do seu lado direito. O conde tem um rosto forte, com um nariz que parece o bico de uma águia. Seus olhos pretos me analisam como se eu fosse o demônio encarnado. Ele veste uma blusa de cetim preto e um colete. A pena em seu chapéu é a única coisa nele que não é rígida. Ela se mexe com qualquer movimento que ele faça. Com pernas curtas e arqueadas, não é muito mais alto que eu.

As mãos de madre Ermentrude estão dobradas, e seu rosto não revela seus pensamentos. Ela permanecerá minha mentora neste assunto, ou o dever e a obediência a colocarão do lado do bispo? Decido segurar minha língua em vez de falar mentiras.

Dou uma olhada no bispo Garamond. Ele segura seu mitre no colo, expondo uma cabeça de cabelos prateados e finos. Seu báculo está apoiado no braço da cadeira. Ele usa uma murça escarlate com mangas de pele. Lembrando-me de mim mesma, ajoelho-me e beijo o pesado anel com joia que aperta seu dedo largo. Não ouso olhá-lo no rosto.

— Qual o seu nome, criança?

— Sou conhecida como Ofélia.

— O senhor vê por suas vestimentas que ela não fez nenhum voto — a madre chama a atenção. Tocando minha cabeça, indica meu capuz simples. As freiras usam véus mais longos.

Mas o bispo Garamond não está olhando para meu rosto.

— Vejo pela sua forma que na verdade seu confinamento é iminente — ele diz, franzindo a testa, pensativo. — Quando ela chegou aqui?

Sei o que ele está pensando: que há conventos em que homens — mesmo padres e monges — são admitidos como visitantes, e as freiras são impuras.

Sem hesitar, madre Ermentrude responde:

— No fim de outubro. No dia da festa de são Simão e são Judas. — *Ouvi em sua voz um tom de indignação?*

Estamos no final de março. O bispo deve saber, então, que a concepção de meu bebê não pode ter sido em St Emilion.

— Ele esteve entre as irmãs durante meses, mostrando a evidência de sua vil moral! — afirma Durufle, exibindo seu desgosto.

Meu rosto queima com a fúria contida. Não posso ficar calada, apesar de minha decisão.

— Não sou imoral, Excelência, mas uma mulher honesta. Meu marido está morto.

Olho para madre Ermentrude para saber se ela acredita em mim. Mas ela apenas fecha o rosto levemente como que chamando minha atenção, pois sabe de minha tendência a falar apaixonadamente. Não vou desapontá-la de novo.

— Ah! O que mais ela deve falar? — late Durufle, em uma descrença jocosa. — Então quem era seu marido, menina?

Não vou contar a história de meu amor para este demônio de coração duro. Para isso ele precisa apertar meus dedões e ameaçar me abrir ao meio em uma grande roda!

— Não direi.

— Viram? Ela mente, sem dúvida — Durufle grita.

Madre Ermentrude olha para o conde com evidente desgosto, e o bispo Garamond ergue a mão para silenciá-lo.

— Ela confessou seus pecados e se arrependeu deles? — ele pergunta.

— Isso, Vossa Reverendíssima, é um tema da consciência dela — responde a madre.

Não confessei meus pecados para o padre Alphonse, e a madre sabe disso. Ela conhece meu coração e seus conflitos. Não o padre, mas a madre, deveria ser minha confessora. Por que não lhe disse tudo quando eu a tinha com os ouvidos abertos e prontos para perdoar?

O bispo olha para mim, batendo na bochecha com o dedo.

— Qual seu hábito de vida aqui? — ele indaga.

— Ofélia reza e comunga conosco, e obedece às regras da vida em comunidade. Ela demonstra caridade para todas, humildade e amor ao trabalho — descreve a madre.

— Como podemos ter certeza de que ela não a enganou? — intervém Durufle. A expressão dura combina com sua figura inflexível. — Certamente ela fugiu de um outro convento. É por isso que ela não dirá de onde vem ou como ela ficou neste estado. Ou o nome de seu pretenso marido. — Ele cospe as palavras, zombando.

— Ela veio a nós fraca e doente de corpo e espírito e pediu nossa proteção. Trouxe uma generosa bolsa consigo. Agora trabalha conosco como nossa médica — diz a madre, como alguém que pacientemente repete a mensagem para uma criança.

— Bruxaria, pode estar certa. Ela e aquela serva, a empregada da lavanderia, estão certamente conspirando com algum demônio — rosna Durufle.

De novo, eu preciso falar, apesar de minhas palavras poderem me colocar em perigo.

— Therese ama nosso Senhor com todo o seu coração. Ela está, no entanto, sofrendo com uma doença que trato com plantas conseguidas por nosso fornecedor. Chamar isso de bruxaria é uma afronta a Deus — retruco, tremendo com o esforço de falar. Madre Ermentrude pressiona meu ombro, ou para me acalmar ou para pedir que eu fique em silêncio.

— Vejo que ela tem uma natureza apaixonada. Sem dúvida continua a mentir — insiste Durufle. — Ela deve ser expulsa, como a mulher terrível que certamente é.

— Tanto a lei de Cristo quanto as regras dos beneditinos nos pedem que lhe forneçamos abrigo — alega o bispo Garamond. — Mas elas não nos permitem aceitar a imoralidade...

— Então o senhor deve condená-la, Excelência — interrompe Durufle. A pena em seu chapéu balança com a raiva. — O mal é contagioso. Corte-o pela raiz aqui, na fonte! — Ele bate o pé para dar ênfase, então acrescenta, em voz baixa e pastosa. — Esse tema sujo vai contra o bom nome de minha família. Digo-lhe, isso traz o mal para este convento.

O bispo Garamond está em silêncio, talvez considerando a ameaça. Ouso olhar para seu rosto, até mesmo dentro de seus olhos. Eles são cinza e perturbados, como um céu com nuvens escuras, mas não há crueldade neles. Em silêncio, ouço a pena de Marguerite escrevendo.

— Diga-me de onde a senhora vem e qual a identidade do pai de sua criança — ele ordena, embora gentilmente. Todos esperam por minha resposta. O som da pena de Marguerite para. Ela, também, espera.

Isabel disse que o bispo é um bom homem. Quando ela fez seus votos, ele presidiu a cerimônia e, como um pai carinhoso, entregou-a em casamento a Cristo. Se eu não puder acreditar neste bispo que parece bondoso, em qual homem poderei confiar?

— Nenhum mal será feito à senhora ou à criança. Fale — ele ordena novamente.

Como ele pode fazer uma promessa dessa? Ninguém na Terra pode garantir nossa segurança. Apesar de Cláudio não poder mais encostar em mim, Edmundo ainda deve estar vivo. E o rei Fortinbrás não será nenhum aliado meu ou de meu bebê. Acima de tudo, não confio no poderoso e vingativo Durufle.

Ofereço ao bispo, em resposta, um salmo que estou certa de que ele conhece:

— Não mais confiarei em príncipes — digo.

Uma estranha sensação toma conta de mim, e as laterais de minha visão ficam escuras. Vacilo sobre meus pés e, contra minha vontade, caio de joelhos. Deus me acertou por eu ter desafiado seu representante?

O bispo Garamond suspira pesado. Durufle solta um som como o de dentes sendo moídos. A madre vem para o meu lado, e seu braço forte evita que eu caia prostrada.

Depois de alguns segundos, o bispo Garamond anuncia:

— Ela permanece entre vocês até que dê à luz. Enquanto isso, vou investigar e descobrir a verdade. — Ele soa cansado.

— Excelência, devo protestar... — sibila Durufle, mas o bispo o interrompe, batendo seu báculo como sinal de que o julgamento está feito. Uma, duas, três vezes. O som ecoa alto das paredes cobertas pelo painel de madeira. Então sinto a mão do bispo em minha cabeça enquanto ele murmura uma prece em latim. Com a ajuda da madre, levanto-me para partir, mas sou tomada por uma dor que se espalha por toda a minha barriga e grito por ajuda.

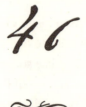

A escuridão, como água, faz um redemoinho a meu redor. A dor toma conta de meu ventre, fazendo minha respiração parar. Quando seu aperto afrouxa, engulo ar, sedenta por vida. Então o peso de todo o meu sofrimento afunda meu corpo de novo e, como água, cobre meu rosto e penetra. Chuto a mortalha resistente que me veste.

Fragmentos de salmos flutuam na superfície de minha mente. "Salve-me, ó Deus, pois penetrei as águas profundas onde a maré me transborda." Sou dominada por sucessivas dores que sobem como pecados e perfuram como espadas. O esquecimento se abre diante de mim como um abismo escuro, e estou muito fraca para me afastar de sua borda.

"Não deixe que as profundezas me devorem nem que o fosso me engula."

Vejo um fogo brilhante que aquece minha carne. Morte e pecado não podem me chamar mais agora! Seguro-me à vida com força, apesar de meu corpo se dobrar, se contorcer e se arquear como se fosse quebrar. O sangue sai de meu corpo. Vozes gritam comigo e sussurram suavemente. Os mortos, em uma procissão de máscaras, acenam para que eu me junte a eles.

Então mãos fortes me levantam da água. Elas me tiram da sepultura, e eu renasço como Lázaro. Puxam das entranhas de meu corpo uma mancha, um bebê molhado que renuncia a minha escuridão para sair à luz.

"Minha carne também deve descansar em esperança, pois o Senhor não me abandonará para a sepultura."

Os fantasmas são dissipados. A morte, vencida novamente. A maré baixa; é apenas água salgada que escorre por meu rosto e para dentro de minha boca. Isabel coloca em meus braços um pequeno menino, que busca seus primeiros goles de ar com gritos fortes. Ele está enrolado em linho limpo e cheira a pureza.

Ela e Angelina pairam sobre mim como anjos repletos de alegria humana.

— Crianças são uma herança do Senhor, e o fruto do útero é uma dádiva — diz Angelina. Seu rosto vermelho está banhado em suor, mas seu sorriso me garante que tudo está bem.

Dei à luz o bebê em uma mesa na padaria, pois é o lugar mais quente do convento. O fogo foi aceso e os fornos, abertos para dispersar o calor.

— Angelina, traga-me minha pequena maleta de remédios e o saco de ervas. Um bálsamo quente em minha barriga ajudará a desinchar o útero, e salsa aliviará as dores do pós-parto.

— Não disse que ela logo estaria de volta ao trabalho? — brinca Angelina, com uma risada, enquanto busca o que pedi.

Madre Ermentrude entra no quarto e se ajoelha perto da mesa, um gesto de humildade que contradiz sua autoridade. Ela parece cansada. Marguerite está em pé atrás dela.

— Rezamos esses dois dias e agora agradecemos a Deus pelo parto seguro — diz a madre, pegando minha mão. Ela tem lágrimas nos olhos. Seu toque faz-me ser sincera finalmente.

— Desculpe por tê-la enganado neste assunto. Eu queria lhe contar, mas estava com medo de que a senhora me mandasse embora. A senhora me perdoa?

— Shhh. Não há por quê, Ofélia — ela diz, tirando o cabelo úmido de meu rosto e tocando a testa do bebê.

— Nunca recebi carinho de mãe — sussurro. — Não sei como é ser mãe. — Ao dizer isso, dou-me conta de que não é mais verdade.

— Não tenha medo — pede madre Ermentrude. — Pense em Nossa Senhora, a mãe do lindo amor, da grande e santa esperança.

— Não, pensarei na senhora — respondo para esta mulher ajoelhada a meu lado como minha própria mãe estaria. — A senhora é uma boa mãe de várias filhas. Veja como elas amam a senhora, assim como eu. — Neste momento, Ermentrude dá um sorriso tão largo que seus olhos desaparecem entre as várias dobras e rugas de seu rosto.

Olho para o bebê aconchegado em meus braços. Sua boca é um perfeito O, como a da pequena que canta no coral o louvor a Deus. Sei que o amarei além de tudo. Foi isso que Gertrudes deve ter sentido quando viu o recém-nascido Hamlet, o que minha própria mãe deve ter sentido segurando-me antes de morrer. Os pensamentos chegam até mim: *Então isto é o fruto de tudo. Não a punição da morte, mas a dádiva da vida.*

Força e coragem fluem em meu corpo como sangue novo. O pesado tormento que aguentei por tanto tempo agora deixou minha alma. Não tenho mais medo de abrir a boca para confessar:

— O nome de meu filho é Hamlet, como o de seu pai, e ele é um príncipe da Dinamarca.

É abril e a chuva cai em doces pancadas que lavam todas as raízes e botões inchados da natureza. Os narcisos amarelos floresceram, e as pequenas flores em forma de copo do açafrão espalham-se como um manto branco e púrpura. Meu filho, Hamlet, é tão novo e tão cheio de encantos como a primavera. Isabel me diz que, quando souberam seu nome, as freiras choraram de surpresa e alegria.

— Não é um bebê comum, mas um príncipe! Ele trará a paz! — irmã Lucia até gritou.

Logo a madre mandará o aviso de seu nascimento para o bispo, que decidirá sobre nosso futuro, mas agora meu prazer com a chegada de Hamlet supera todos os medos.

Toda a alegria terrena, no entanto, possui um toque de tristeza. Durante semanas, Therese esteve muito doente a ponto de não conseguir levantar da cama. Amanhã é a festa da ressurreição de Cristo, e, enquanto as freiras atendem aos serviços de vigília pascal, mantenho minha própria vigília ao lado da cama de Therese. Ela está sem sentidos e não me reconhece. Os ossos de sua cabeça podem ser vistos através de sua pele, que pressagia a morte. Ela murmura palavras incoerentes e agarra a cama com dedos finos como ossos. Seu corpo fraco rejeita até a menor migalha de pão e a mais ínfima gota d'água.

A doença de Therese oprime o convento como um pesado cobertor jogado sobre o campo verde da primavera. Aqueles que estão ressentidos com sua piedade agora têm vergonha de terem lhe virado as costas. No rosto abatido da madre, posso ver o arrependimento por não ter ajudado a jovem em seu desejo de se tornar uma freira. Apesar de muda e sem perceber as coisas a seu redor, a mulher que morre nos repreende a todas. Enche-me de tristeza eu não ter conseguido fazer com que ela comesse, até mesmo quando estou alegre observando meu bebê engordar com o leite. Falhei com Therese, e ela morrerá em breve.

Como se estivesse sonhando acordada, ouço as vozes dos anjos. Os anfitriões do céu teriam vindo para me pedir paciência? Abro os olhos para ver que a vela já acabou, e não há mais luz para vencer a escuridão. Mas Therese ainda respira e dorme.

A cantoria recomeça, e me dou conta de que estamos na Páscoa. Pego o bebê Hamlet de seu berço e me apresso. O canto firme dirige meus passos cansados, que sabem o caminho para a capela, apesar de estar escuro. Na nave, pessoas do campo estão em pé ou sentadas em esteiras no chão e nos bancos. Elas acordaram antes do amanhecer e caminharam para testemunhar a encenação anual. No santuário, velas iluminam os rostos solenes das freiras. As cruzes estão cobertas com um tecido preto, significando a morte de Cristo. O público espera, na expectativa da grande encenação.

Finalmente a peça começa. Madre Ermentrude, com uma murça verde de borda dourada, manda as três Marias visitarem a sepultura de Jesus. Uma grande pedra foi colocada no santuário. As mulheres, representadas por Angelina, Marguerite e Isabel, lamentam a morte de seu Salvador, movendo as mãos em arcos pequenos, mas eloquentes, enquanto cantam. Então elas veem o anjo, vivido pelo filho de um fazendeiro vestido com uma túnica coberta com penas de ganso. Ele carrega uma caixa enfeitada de joias e, quando abre a tampa, levanta os olhos para indicar que a caixa está vazia. Alegres que seu Senhor tenha se levantado, elas levam a notícia para as freiras sentadas no coro.

Então entra o pároco da vila, vestindo uma capa marrom e carregando uma pá como nosso ancestral Adão. Marguerite, que representa Maria Madalena, ajoelha-se, pois reconhece o Cristo ressuscitado. Sua voz clara cresce de alegria quando ela canta seu amor.

Esta é uma peça um pouco diferente de todas que vi encenadas na corte de Elsinor. Aqui nada é fingido, nenhuma ação é falsa. As freiras levantam as mãos, seus passos solenes e o brilho de seus rostos expressam esperança e abundante fé. É a verdade que representam, uma verdade que envergonha toda a falsidade humana e as mentiras.

Agora Hamlet começa a chorar em meus braços e se debate contra suas roupas. Coloco-o em meu seio e o cubro com minha capa. Ali ele chupa contente, como uma abelha dentro de uma flor. Cantando e carregando velas, as freiras deixam o coro e seguem o pároco até a sepultura. Cantos sombrios soam do chão. Então ouço uma alegre cadência cada vez mais forte que faz os bancos, paredes e janelas parecerem que tremem.

— *Cristo ressurge*, Cristo se levanta — as freiras cantam, aparecendo novamente na nave com celas. — Cristo venceu a escuridão e a morte. — O padre segura no alto um pão chato e redondo em um prato de prata, um símbolo do corpo de Cristo. Naquele momento, os raios do sol nascente alcançam a janela rosa acima do altar, banhando o santuário em luz azul, vermelha e dourada. O sol brilha na prata, lançando fragmentos de luz em nossos rostos. A congregação toma ar, como se um invisível subterrâneo estivesse soprando o ar da vida neles. Pega pelo brilho, dobro-me e seguro Hamlet como se ele fosse o próprio Cristo e todos os meus amores perdidos voltassem.

A encenação é concluída, a multidão esvazia a capela e as freiras saem em fila em uma silenciosa procissão. Para não acordar Hamlet, eu fico. A mudança nos padrões da luz altera minha visão. Então um cansaço profundo toma conta de mim, e caio em um sono sem sonhos no chão da capela. Quando abro de novo os olhos, o pequeno rosto solene de Hamlet está à minha frente, seus dedos enroscados em meus cabelos. Estou plena de esperança e da certeza de que Therese vai viver novamente. Em minha mente, vejo-a sentada tomando um caldo, e seus olhos estão brilhantes novamente.

Carregando Hamlet em seu cesto, apresso-me para o quarto de Therese, onde estão reunidas as três Marias. Isabel passa uma esponja na testa da menina enquanto Marguerite segura uma inútil colher. Debaixo do cobertor, Therese está deitada, exatamente como a deixei.

— Ela não está melhor? — pergunto em desalento.

— Rezei por um milagre de Páscoa — diz Isabel. — Mas a vontade de Deus é outra.

— Ela abriu os olhos apenas para gritar por Deus, como uma criança perdida. Ela não nos vê aqui — diz Marguerite. Lágrimas enchem seus olhos verdes como gelo derretido pelo sol.

Sinto-me traída por minha nova esperança. A dura verdade é que Therese morrerá, talvez neste dia de Páscoa.

— Por que Deus não a salvará? Ele trouxe seu filho, que estava morto, à vida de novo. Por que ele não pode levantar novamente esta mulher doente de sua cama? — Olho para o rosto das outras irmãs, sem esconder minha angústia. Elas também estão tristes e não têm respostas. Afundo aos pés da cama de Therese e, desta vez, dirijo meus pedidos aos céus. — Eu tentei ajudá-la, Deus, mas o Senhor não está me ajudando!

Isabel se aproxima de mim e apoia a mão em meu ombro.

— Não é sua culpa, Ofélia.

— Queria vê-la saudável novamente. Curá-la expiaria uma promessa quebrada no passado. Eu decepcionei minha querida Elnora, que era como uma mãe para mim. — Minhas falhas pesam sobre mim como uma canga em meus ombros. Mas devo afastar essa sensação e fazer o melhor que posso. — Marguerite, encontre um travesseiro e cobertores para colocarmos atrás das costas dela. Busque minha caixa de remédios e traga a madre Ermentrude.

Marguerite larga a colher e obedece sem questionar. Ultimamente, seu comportamento em relação a mim mudou de um desdém piedoso a uma humildade respeitosa. Evidentemente ela acredita que não sou um garota fraca e pecadora, mas uma viúva honesta e mãe de um príncipe.

Curvo-me sobre Therese e examino seus olhos e sua pele. Sinto seu pulso fraco.

— A senhora pensou em um novo remédio, alguma receita não testada? — Angelina pergunta, sua voz afetada pela esperança.

— Não. A época para esse tipo de tratamento passou. Não posso curá-la, mas acredito que possamos aliviar sua dor enquanto morre.

Marguerite volta com madre Ermentrude. Ela e Isabel colocam o frágil corpo de Therese na posição sentada e a apoiam com cobertores. Therese vira a cabeça de um lado para o outro, fatigada, como um bebê faminto ou um pássaro que deseja comida. Madre Ermentrude começa a rezar, tocando suas contas.

Não sei o que estou fazendo, apenas ajo como se tivesse um propósito. Ponho um pouco de óleo de alecrim acentuado com cravo-da-índia em um pedaço de pano. Li que sua pungência pode às vezes restaurar a memória e a voz. Com o pano, limpo o rosto de Therese.

Suas pálpebras se abrem. Ela me vê e balança a cabeça lentamente.

— Jesus, venha a mim — ela chama, sua voz fraca e triste. — Por que meu Senhor não vem mais? — Therese abre as mãos em seu peito afundado.

— Infelizmente, ela não tem mais a visão do Cristo criança sendo amamentado — sussurra Angelina. — E agora está sem esperança.

— Não tenho nada para dar. Veja como estou murcha. Oh, Jesus, tenha piedade de mim.

Sem pensar, movida por uma vontade que não é minha, eu me viro e, com um movimento rápido, levanto o bebê Hamlet de seu cesto e o dispo. Seus braços e pernas livres batem no ar. Seguro o bebê na frente de Therese. Seus olhos estão arregalados em seu rosto rosado e ele move os pequenos punhos.

Quando Therese vê o pequeno bebê, sorri e seus olhos brilham como lamparinas brilhantes revelando sua alma profunda. Com uma força repentina, ela se dobra para a frente e pega o bebê em seus braços ossudos, embalando-o perto de si. Lágrimas brotam de seus olhos secos como água de uma rocha no deserto.

— É minha salvação! — exclama Therese. Ela sente a carne macia e quente do bebê. Respira profundamente. — Ele cheira a mel, a rosas e a leite — murmura, um olhar de êxtase no rosto.

Inspirada, Angelina começa a rezar as palavras do velho Simeão quando viu Jesus criança.

— "O Senhor agora deixa este servo partir em paz, de acordo com sua palavra. Pois meus olhos viram a salvação que o Senhor preparou perante todas as pessoas para ser a luz que ilumina as nações."

Antes que Angelina terminasse, Therese estava morta. Sua cabeça move-se para a frente na posição de uma Madonna olhando para seu filho. Quando levanto meu bebê de seus braços, eles caem abertos em suas coxas, com as palmas para cima.

Isabel e Marguerite arfam. Madre Ermentrude faz o sinal da cruz. Fico imóvel e sem fala enquanto Angelina segura meu braço para me dar força. Nossos olhos estão fixos na imagem surpreendente. Ali, no centro das mãos de Therese, brotam gotas brilhantes de sangue.

No crepúsculo da noite de Páscoa, os estranhos eventos do dia tomam meus pensamentos. As freiras ainda estão dizendo que um milagre foi manifestado na morte de Therese. Chamar de milagre o que aconteceu está além de minha fraca crença. Ainda não entendo o aparecimento do sangue nas mãos de Therese. Talvez, penso, suas próprias unhas tenham furado sua pele. Aperto minhas mãos o mais forte que posso e concluo que isso seria impossível, especialmente se se considerar a fraqueza da jovem. De qualquer forma, aquele fluxo de sangue deve ser um prodígio natural que os médicos certamente já testemunharam e sobre o qual os filósofos já escreveram. Lerei mais, pesquisando até encontrar uma explicação que me ilumine.

Estou surpresa que o luto por Therese não tenha me balançado, apesar de a imagem de seu corpo sem vida estar fresca em minha mente. Como posso estar triste se ela morreu com grande alegria? Ao contrário, sinto-me estranhamente calma. Começo a acreditar que Deus leva para si aqueles afetados pela loucura. Talvez ele não os condene por terem tratado de seu presente, da vida, de maneira tão leviana. Isso significa que meu marido, Hamlet, descansa em paz, então estou consolada. Nenhum medo perturba minha mente, mas uma paz me envolve.

A pressão de uma mão firme em meu ombro tira-me deste estado de tranquilidade. É Marguerite, que chegou a meu quarto com seu jeito furtivo. Ela carrega uma pequena caixa de material para escrever.

— Eu bati, mas a senhora não me ouviu. Peço-lhe, desculpe minha intromissão. Meu assunto não pode esperar — ela diz, sua voz ao mesmo tempo calma e insistente. Em sua posição, está acostumada a seguir seu método.

Meu primeiro pensamento foi que o bispo já teve conhecimento do nascimento de Hamlet e tomou uma decisão sobre meu futuro. Eu não tinha arrumado provisões para esse dia, mas não teria medo.

— Serei expulsa de St Emilion? Devo me preparar para sair agora? — pergunto, sentando-me e segurando Hamlet em meus braços.

— Não, não é esse o assunto.

De alguma forma fico aliviada, mas ainda curiosa. Marguerite aguarda ser convidada para falar. Faço um gesto de cabeça em direção ao banco, convidando-a a usá-lo. Quando ela está sentada, abre a caixa em seu colo. Os raios de sol batem sobre o material, e ela pega sua pena.

— É minha obrigação registrar os acontecimentos do dia e o testemunho de quem presenciou, pois um relatório precisa ser feito para o bispo. Preciso começar hoje, enquanto a cena ainda está fresca em nossas memórias. Mas meu interesse verdadeiro é publicar a história de Therese para o mundo. A maravilha deste dia deve fazer nosso convento conhecido por toda a França e a cristandade — ela diz, fazendo um grande gesto com o braço. Seus olhos brilham de entusiasmo.

— Ah, uma nova história para seu catálogo de santos e pecadores. Qual será a moral desta história?

— Peço que não zombe de mim, Ofélia — diz Marguerite, de uma maneira que lembrou sua antiga soberba em relação a mim. — Hoje testemunhamos um milagre. Embora um morto não tenha sido trazido à vida, um coração de pedra, o meu próprio, foi amolecido e preparou as boas-vindas para a graça de Deus. Talvez outros possam ser conduzidos a uma fé mais verdadeira conhecendo a morte piedosa de Therese.

A sinceridade de Marguerite faz arrepender-me de minhas palavras.

— É verdade, muitas coisas estranhas aconteceram neste dia de Páscoa. Mas duvido que eu possa ajudá-la, pois não entendo o significado de tudo isso.

— O que há para entender? Um milagre deve ser sempre um mistério — ela argumenta.

— Não acredito em milagres. Mas assumo que há coisas, eventos e seres, talvez, que estão além do alcance da razão — respondo, transformando meus pensamentos em palavras com dificuldade. — Ainda assim, por mais que nossa razão seja fraca, raramente descamba para a loucura. — Balanço a cabeça, pensando no que trouxe aquela doença para Hamlet e Therese. — Talvez apenas algumas formas de loucura brotem de uma mente doentia, enquanto outras são divinas em sua origem.

— Devo escrever que Therese estava louca? — Marguerite pergunta, claramente desanimada.

— Não, isso dificilmente explica tudo. — Também não resume o caso de Hamlet, eu acho. Apoio o queixo em minhas mãos, ainda refletindo. O silêncio cresce até que Marguerite o quebra com palavras impacientes.

— Vamos, Ofélia, não posso contar a história sem sua ajuda. Para começar, devo descrever os meios que usou para tratar a doença de Therese. Depois seguirá um registro da amizade entre vocês. Pois a senhora sozinha tratou-a por verdadeira caridade. Arrependo-me de não tê-lo feito — diz Marguerite, olhando para baixo e para o lado. É um gesto de timidez que tinha visto nas damas da corte, mas sendo feito por ela passa a sensação de humildade.

— Em um momento. Mas, primeiro, a senhora deve saber que não agi puramente por caridade. Queria provar minhas habilidades curando Therese. Queria enganar a Morte. — É fácil admitir meus erros agora, até mesmo para essa irmã orgulhosa, pois não temo mais as consequências de falar a verdade. — Marguerite, eu bebi veneno e quase me afoguei e fui enterrada viva antes de escapar da Dinamarca. Isso não é mentira, mas verdade — revelo, vendo-a arregalar os olhos. — Digo isso por esta razão: como estava tão desesperada para preservar minha vida, não suportava ver Therese escolhendo a morte. Foi minha própria vontade que tentei incutir nela, desafiando seus desejos e, talvez, os de Deus. Confesso que tenho o hábito da desobediência — solto, com um sorriso irônico. — Certamente esse assunto não cabe em sua história sagrada.

Marguerite segura sua pena, imóvel. Estou aliviada por ela não ter escrito nada do que eu disse.

— A senhora não fez nada de errado por tentar salvar a vida dela — diz, suavemente.

— Mas eu falhei! — retruco, sentindo um desapontamento renovado por ter sido incapaz de curar Therese. — Na verdade, não fui capaz de preservar a vida de ninguém que amei! — Percebo que dei voz à essência de minha solidão. Lágrimas brotam de meus olhos como uma pancada repentina e caem sobre meu bebê que dorme, a quem seguro firmemente contra meu peito. — Agora daria minha própria vida para preservar a dele — termino, entre soluços.

— Mas é isso, Ofélia, o milagre da salvação! — Os olhos de Marguerite brilham de excitação.

— Não entendo. O que a senhora quer dizer?

— Cristo deu sua vida para nos redimir. Hoje, nas mãos de Therese, vimos o sangue de Cristo. Esse é o sinal de que a senhora está perdoada, eu estou perdoada. Agora a senhora quer dar sua vida por outro. Esse é o milagre da salvação! É isso que escreverei. — Sem respirar, ela mergulha a pena na tinta e começa a escrever rapidamente.

Estou zonza com suas palavras. A ideia de que com a morte de Therese estou perdoada chega como uma onda, levantando-me com sua força gentil e conduzindo-me para um porto seguro. Vejo meus lutos afundando debaixo das ondas, mas permaneço na superfície, esperançosa.

O barulho da pena de Marguerite arranhando o papel cessa. Vejo-a olhando fixamente para a parede como em um espelho, pronto para refletir seu eu mais profundo. Quero saber o que ela pensa, o sentido de seu comportamento em relação a mim. Como é que ela, que uma vez odiei, agora me escuta sem julgar meus pecados e até me persuade de que tenho parte em um milagre?

— A senhora diz que a morte de Therese mudou seu coração — começo. — Mas a senhora já estava mudada. Antes, a senhora me desdenhava como a uma pecadora. Desde o nascimento de Hamlet, a senhora não foi mais cruel comigo, mas pacífica em seu jeito, até mesmo gentil. Por quê?

Marguerite aperta a pena, e seus olhos encontram os meus por um momento, revelando angústia, antes de desviar o olhar. Suas sobrancelhas cor de marfim formam uma linha delicada.

— Devo confessar que fui orgulhosa e vã e acreditei em falsos julgamentos? Deus sabe disso, e a senhora também — ela afirma.

— Não, eu não sou um padre que deseja ouvir seus pecados. É sua história que quero conhecer. A senhora não vai me contar?

Marguerite balança a cabeça.

— Meu propósito é escrever sobre a vida de Therese, e a senhora está me distraindo disso — responde, soando oficial.

— Vou ajudá-la nessa tarefa. Mas, antes, devo ter uma história, pois estou animada para ouvir. — Dou um sorriso, tentando persuadi-la a contar sobre sua vida.

— Entendo o que quer — ela diz, com um olhar cauteloso. — Mas não estou acostumada a falar de mim para ninguém. Como a senhora, eu escondo meu passado. Mesmo madre Ermentrude não o conhece inteiramente.

— Vamos ser justas. A senhora sabe meus segredos, agora me deixe conhecer os seus. Vai aliviar o peso compartilhá-lo. — Sinto que seus muros começam a cair. — A senhora pode confiar em mim, eu lhe garanto.

Marguerite suspira profundamente, e então começa a falar:

— Uma das razões de meu orgulho é que eu nasci para um príncipe da Suécia — ela começa, deixando a pena. — Eu me chamava Margrethe. Na corte do rei, cresci à beira da condição feminina. Então meu pai morreu e minha mãe adoeceu de sofrimento. Ficou sob a responsabilidade de meu tio, o rei, arranjar um casamento para mim. Seu objetivo era aumentar as fortunas da Suécia, mas ele também procurava um homem respeitável, pois disse que também queria me ver feliz.

O único som no quarto era o do bebê Hamlet chupando sua mão. O sino da capela soou, chamando-nos para a oração da tarde, mas nem eu nem Marguerite nos mexemos.

— Tive muitos pretendentes, todos escolhidos por meu tio. Alguns não falavam minha língua. Outros eram velhos, e eu chorava ao pensar em ser obrigada a me casar com um homem assim. Um dia, chegou a nossa corte um príncipe cuja juventude e vigor fizeram dele o pretendente mais justo. Ele era bonito e ambicioso, uma combinação perfeita para a Suécia. Era o meu favorito. Bom de conversa, elogiando minha beleza, persuadiu-me a lhe conseguir alguns favores. Conseguindo em parte me conquistar, passou a pressionar pela minha posse total. Quando recusei, ele ficou bravo, dizendo que todo o meu corpo em breve seria dele. Disse que não se casaria comigo se eu desse mais valor a minha virgindade que a seu poder. Ainda assim o recusei. — Lágrimas brotaram dos olhos de Marguerite com a lembrança. Ela as enxugou com a manga. — Acreditei que o amava, mas comecei a duvidar se ele seria um marido respeitável. E então... Não suporto falar disso — ela sussurra. — Tenho medo.

— Continue. Seja corajosa. — Tiro a caixa de material para escrever de seu colo e pego sua mão.

— Um dia ele me atacou como se eu fosse uma terra a ser invadida e dominada. Lutei para afastá-lo e estava quase conseguindo quando, por sorte, um servo ouviu meus gritos e nos encontrou. Eu denunciei esse pretendente para o rei, mas o príncipe negou seu crime e, ao contrário, colocou em dúvida minha virtude. Ele me chamou de prostituta e me desprezou.

— Maldito seja, esteja onde estiver! — grito, lembrando palavras semelhantes de Hamlet. — Por que esses homens orgulhosos jogam seus pecados sobre nós? Continue. — Mas Marguerite não precisa que eu peça, pois agora está envolvida contando a história.

— Quando o príncipe se recusou a casar-se comigo, o rei estava com raiva pela perda da aliança que buscava. Minha reputação estava arruinada, e eu não estava preparada para casar com nenhum homem de posição. Esquecendo-se de seu cuidado com minha felicidade, meu tio mandou-me para St Emilion, que ele escolheu por sua obscuridade. Ele nem mesmo mandou avisar-me quando minha mãe morreu. Recebi a notícia depois de meses. — Ela suspira, mas já não está chorando.

A história de Marguerite combina bem com um romance triste, eu acho, lembrando-me de como costumava me entusiasmar com essas narrativas.

— Quando tudo isso aconteceu? — pergunto.

— Cerca de cinco anos atrás cheguei a este lugar, fingindo ser uma devota e postulante interessada. E aqui mantive a pureza de donzela como minha maior virtude, pois eu a preservei dos malvados e é tudo que restou. — Ela estende as mãos vazias e olha para elas.

Não tenho mais nada para perguntar a fim de saber qual a peça final do quebra-cabeças de sua vida.

— Marguerite, quem era esse príncipe vil, e o que aconteceu com ele?

Marguerite me olha nos olhos. Seu rosto está aberto e ingênuo, sua beleza, plena. Sem pestanejar, ela responde:

— É Fortinbrás, príncipe da Noruega.

Minhas mãos voam até meu rosto e deixo escapar um grito.

— Sim, o mesmo que agora governa sua Dinamarca — ela diz lugubremente. — Quando a senhora chegou, vi as moedas dinamarquesas em sua bolsa e percebi em seu modo de falar o sotaque das línguas do norte.

Levantei a guarda contra a senhora, pois não sabia qual o seu propósito em vir e qual a sua lealdade àqueles reinos.

— E por que a senhora me contou a história de Agnes? Foi para me assustar?

— Suspeitava que a senhora carregava um bebê, pois já era um boato entre nós. E eu estava com inveja, pois as irmãs a abraçavam, enquanto eu não tive amigas aqui.

Eu apenas balanço a cabeça, ainda sufocada por suas revelações.

— Por favor, Ofélia, a senhora me perdoa por ter sido injusta e cruel? — ela pergunta, sem suplicar, com uma nobre dignidade. — Pois agora vejo que a virgindade não é a maior virtude de uma mulher.

— Por favor, não diga mais nada, já a perdoei. — Levanto a mão para silenciá-la. Fico ponderando as estranhas coincidências: que o abusador de Marguerite e o invasor da Dinamarca é o mesmo Fortinbrás da Noruega, e que ela e eu devemos nos conhecer mais profundamente. Talvez não seja por acaso, mas o trabalho de alguma divindade que guia nossos passos que nada sabem em direção a seu destino.

O bebê Hamlet começa a fazer barulho e eu o embalo. O movimento alivia meu espírito, igualmente irritado. Marguerite sorri e recolhe a mão para segurar seus dedos finos. Seu rosto se alivia com a bondade que reforça sua beleza.

— Agora eu tenho razão para esperar que Fortinbrás, algum dia, enfrente a justiça — ela diz. — Pois os autores dos salmos escrevem: "Como setas na mão de um guerreiro, estão as crianças da juventude de alguém". Talvez seu filho cause a derrota dele.

— Nunca voltarei para a Dinamarca para viver sob o jugo de outro tirano que não hesitaria em matar meu Hamlet. — Curvo-me sobre meu bebê, beijando sua bochecha gorda. — Você não tem ambição por uma coroa, tem, meu amor? — murmuro para ele. — Não, Marguerite, sigo neste exílio pois desejo viver em paz. Mas a senhora retornará para casa?

— Casa? Esta é minha casa agora. Aqui ficarei e escreverei sobre Therese.

Deitando Hamlet de novo, pego sua caixa com material para escrever, acomodo-a em seu colo e dou-lhe a pena.

— A senhora também deve contar sua própria história, Marguerite.

Epílogo

St Emilion, França, maio de 1605

O pequeno Hamlet é uma criança alegre, tem o cabelo preto do pai e os olhos cinza de Gertrudes. Ele adora cavar a terra e colher flores selvagens, e eu ajudo seus dedos gordinhos a amarrá-las em um buquê. Aos três anos, ele tagarela como meu pai, mas presto atenção a cada palavra que ele fala. Examino seu rosto em busca de algum traço meu, mas ele não é nem um pouco parecido comigo. Em vez disso, dei a ele toda a minha afeição, que jorra como água de uma fonte profunda dentro de mim.

Meu Hamlet é um pequeno príncipe neste reino de mulheres. As velhas freiras riem e seus olhos dançam quando se abaixam para receber uma guirlanda de margaridas ou prímulas de suas mãos. Isabel ama o garoto quase tanto quanto eu, e ele nos trata como irmãs. Como ele não tem irmã com quem brincar, faz amizade com os coelhos selvagens, oferecendo-lhes comida e cutucando sua pele até conseguir tocar seus narizes inchados.

Desde o nascimento de Hamlet, temos morado em uma cabana de pedras perto dos portões do convento. Assumi as obrigações do administrador, que foi dispensado depois da morte do conde Durufle. O conde puritano, descobriu-se, foi infectado com sífilis. Com sua morte, o irmão de madre Ermentrude, um nobre virtuoso, caiu nas graças do bispo Garamond. St Emilion está agora seguro sob seu patronato e o convento prospera em função de meu comércio com os mercadores locais e fazendeiros, então madre Ermentrude e o bispo estão satisfeitos. Quando a madre tentou me devolver o dinheiro de Gertrudes, fiz com que ela o recebesse como pagamento por minha salvação, pois foi ela quem manteve meu corpo e minha alma unidos. Em troca, ela montou o boticário que uso e o equipou com todos os instrumentos da ciência conhecidos na França hoje. Consigo algum lucro com meu trabalho, e guardo esta nova riqueza pensando no dia em que devo deixar St Emilion para procurar outro caminho.

A lembrança de Therese me mantém longe do orgulho excessivo por minhas habilidades, mesmo que minha reputação pelas curas cresça. Não apenas atendo às queixas das freiras, mas as pessoas do campo e da vila pagam por meus serviços, e os mais pobres os têm de graça. Logo precisarei de um aprendiz e de um jardineiro também, pois meu jardim floresce como o primeiro Éden. Repleto de ervas comuns e plantas exóticas, é um jardim digno de Mechtild e, a cada ano está mais exuberante.

Sempre visito a sepultura de Therese no cemitério da capela. Os moradores da vila o transformaram em um santuário, e está sempre perfumado com suas oferendas. Coloco buquês de aquilégias, erva-doce e margaridas de meu jardim. Também plantei alecrim, que tem se mostrado tão perene quanto uma árvore.

Apesar de três anos de estudos de medicina e filosofia, não descobri uma causa natural para o sangramento das mãos de Therese no momento de sua morte. É um dos vários mistérios do corpo, que os estudos de anatomia tentam desvendar. Um dia espero escrever um compêndio com todas as minhas curas, incluindo as que Elnora me ensinou. Trará ainda um ensaio sobre como a mente pode ajudar, ou resistir, na saúde do corpo. Como um patrão generoso, madre Ermentrude deu-me acesso a todos os livros da grande biblioteca do convento. Alguns dias eu divido a mesa com Marguerite, que trabalha com grande devoção em um livro que ela chama de *A verdadeira vida das mulheres divinas*. Digo-lhe que, se ela não incluir a história de sua própria vida, eu a escreverei para ela. Assim como acompanho o progresso de seu livro, Marguerite acompanha o progresso da fé de meu filho. Conto-lhe que professo a bondade e a misericórdia de Deus, mas o que amo verdadeiramente é sua maravilhosa criatura, meu filho. Ela fez as pazes com seu passado, da mesma forma que fiz com o meu.

Quando Hamlet nasceu e eu revelei o nome de seu pai, o bispo Garamond acreditou que eu tinha fugido da Dinamarca em busca de minha segurança e a de meu filho. Logo depois da tragédia em Elsinor, notícias chegaram à França junto com o rumor de que existia um herdeiro real escondido. O bispo não acreditou, pois essas histórias sempre acompanham a queda de um reino. Mas Marguerite confirmou, Isabel ofereceu testemunho e eu mostrei a carta de Horácio. O bispo reconheceu-me como viúva e permitiu que eu permanecesse no convento. Agora ele se tornou o protetor do jovem Hamlet, prometendo educá-lo bem. Marguerite me avisa que ele um dia usará meu filho para conseguir seus próprios interesses políticos, pois mesmo homens da igreja querem um império. Digo-lhe que confio em sua bondade agora, pois devo viver o presente, quando o pequeno Hamlet brinca com toda a inocência da infância. Algum dia, em um futuro distante, meu filho vai ouvir sobre os terríveis crimes ocorridos no reino da Dinamarca, a buscada vingança e seu trágico fim. Quando eu lhe falar da loucura de seu pai, a tristeza de sua mãe e seu amor desafortunado, o que ele fará com essa história verdadeira, mas inacreditável?

Eu estaria feliz por minha história terminar aqui. Mas não há final enquanto vivermos.

Estamos no mês de maio, que marca o fim da primavera e a promessa de um verão pleno e frutífero. Estou trabalhando em meu jardim depois da chuva, movendo tenras mudas. Agradeço que as nuvens impeçam o sol de murchar suas folhas antes de elas firmarem suas raízes de novo e retomarem o crescimento. Meu vestido está amassado entre as pernas e amarrado como calças, para evitar que encoste no barro. Alegro-me sentindo a terra macia e úmida debaixo de meus pés descalços. Meus cabelos, compridos novamente, estão amarrados descuidadamente debaixo de uma touca.

Hamlet está dormindo na cabana. Eu paro e me dobro sobre minha pá, relembrando seu rosto adormecido, seus cílios roçando suas bochechas rechonchudas, sua boca vermelha que se curva como o arco de Cupido. Então um rápido movimento me chama a atenção, interrompendo meus pensamentos. Vejo Isabel saindo com passos rápidos do limite mais distante de meu jardim. Estranho ela não parar para me cumprimentar e passar um tempo conversando. Não é próprio dela ser furtiva. Vou questioná-la mais tarde e provocá-la para me revelar qual era seu propósito.

Então vejo, encostada em uma árvore perto de onde as papoulas mostram seu brilho, uma figura de alguma forma familiar. Não é uma irmã vestida com o linho do convento. O que um homem está fazendo dentro destes muros? Alto e um pouco corcunda, ele sai das sombras. Vejo seus cabelos vermelhos e grito, deixando a pá cair.

— Horácio?

Nunca a visão de um homem ou mulher foi tão bem-vinda para mim. Esquecendo todo o decoro, corro através do solo macio e úmido, não me preocupando com as mudas, e fico na ponta dos pés para abraçá-lo. Sinto seus braços a meu redor e me animo com sua força por um momento antes de me afastar.

Vejo lágrimas em seus olhos, mas, quando ele fala, as palavras são leves.

— Quando me despedi, Ofélia, a senhora também estava vestida como um garoto — ele diz, fazendo um gesto em direção a minhas calças improvisadas.

Envergonhada de minha aparência, rapidamente solto meu vestido, que se desenrola por minhas pernas, escondendo meus pés sujos de barro. Tiro a touca, deixando meus cabelos caírem nas costas.

— Agora a senhora parece um anjo de branco. Do fundo de minha alma, estou feliz por encontrá-la viva. — Percebo que seu jeito sério não mudou. Isso me faz sorrir.

— Querido Horácio, o senhor é a mais bem-vinda aparição — digo, alegremente. — Mas por que o senhor veio?

— Não pude esquecê-la, como se a senhora não vivesse mais, nem mesmo um dia.

Seu jeito me surpreende. Ele fala como se não tivesse tempo nem necessidade de palavras que não fossem diretas e sinceras. Apesar de não poder dizer que pensei nele diariamente, sua presença me enche de um prazer ao qual não estou acostumada.

— Ver o senhor de novo... é inesperado, para ser sincera. Como um presente fora de hora. Mas como o senhor chegou aqui? Quem o deixou entrar? Eu mesma normalmente recebo os visitantes no portão. — Estou confusa, mas começo a suspeitar que Isabel tem algo a ver com isso.

— Escrevi para sua superiora, que me recebeu pessoalmente quando cheguei. Perguntei se a senhora precisa de alguma coisa. Ela falou pouco, mas chamou outra irmã, aquela com olhos castanhos e rosto redondo, que garantiu a ela que a senhora me receberia bem. Então ela me trouxe a este jardim e me deixou aqui. Elas cuidam muito da senhora.

Pensar em Horácio sendo analisado e julgado pela madre e por Isabel me faz rir. Abro o tecido que estava em minha cabeça em um tronco caído e faço um gesto para que ele se sente comigo.

Por um longo momento há apenas silêncio entre nós. Como começamos, pergunto-me, a retomar a linha quebrada de nossa longa história passada?

Conto-lhe de minha viagem para St Emilion. Que a chegada da carta dele logo destruiu minhas esperanças. Que, quando a carta foi perdida, perguntei-me se tinha apenas sonhado com aqueles horrores.

— Era a verdade real e terrível, infelizmente — Horácio confirma, e vejo em seus olhos que sua tristeza ainda não morreu, apenas diminuiu. Olho para baixo e noto os selvagens amores-perfeitos, pequenas violetas brancas e púrpuras, crescendo a meus pés. Pego um punhado e abro as mãos dele.

— Amores-perfeitos. São para seus pensamentos — sussurro. Ele se lembra do gesto feito há tanto tempo, como me consolou quando Hamlet desdenhou de meu presente? Horácio segura as pequenas flores e fala com dificuldade.

— Eu estava com Hamlet quando ele deu o último suspiro. Ele e seu irmão perdoaram-se por seus erros. Isso eu consegui.

— Obrigada — sussurro.

— Hamlet lamentou ter deixado um nome tão manchado, e me pediu para contar sua história, o que continuo fazendo.

— Horácio, sinto muito por seus problemas. O senhor deve deixá-los aqui por um tempo, neste lugar de paz. Ou, melhor ainda, dividi-los comigo.

— Eu farei isso, mas antes termine sua história.

Então lhe contei sobre minha vida no convento, suas rotinas e prazeres simples. Que amo Isabel e Marguerite, as irmãs que me ajudaram quando eu precisei. Que encontrei propósito em ser uma médica e ganhei uma mãe na figura da superiora Ermentrude. Que tentei salvar Therese e fui perdoada por não ter conseguido quando ela morreu.

— Agora o senhor deve satisfazer minha curiosidade. O senhor tem notícias da querida Elnora? E Cristiana e Rosencrantz, eles estão casados?

— Rosencrantz e Guildenstern estão mortos, justiçados por suas traições. Hamlet soube do papel que tiveram na trama de Cláudio para matá-lo e selou o destino deles primeiro.

— Pobre Cristiana, perdeu seu amor, apesar de ele não valer nada — digo, surpresa por sentir pena de minha antiga inimiga.

— O luto de Cristiana durou pouco, pois ela soube da maldade de seus amigos — continua Horácio. — Agora ela escala, mais hábil que nunca, a escadaria dos favorecidos na corte de Fortinbrás, que ainda está para achar uma noiva.

Desejo, de alguma forma, avisar Cristiana sobre a desonestidade do novo rei.

— E Elnora? Ela ainda está viva? — Temo que Horácio traga mais notícias tristes para mim.

— Sim, apesar de ter ficado à beira da morte depois de ter perdido a senhora e a rainha. Lorde Valdemar retirou-se de seu posto na corte, dizendo que não serviria a um rei estrangeiro. Eles se ajeitaram em uma humilde cabana na vila, onde Elnora, cuidada por Mechtild, recuperou seu peso e sua antiga força.

Apesar de eu estar aliviada, Horácio agora parece angustiado. Sua sobrancelha fica enrugada quando descreve a condição perigosa da Dinamarca e relata como Fortinbrás tomou o controle depois do assassinato de Cláudio.

— Com um fio de voz, Hamlet disse que apoiava o príncipe da Noruega. Ouvindo isso, Fortinbrás pressionou com mais vigor. Logo sentimos os braços pesados de sua opressão quando ele quis vingar-se da Dinamarca por ter tomado as terras de seu pai. Então se espalhou o boato de que o rei Hamlet tinha outro herdeiro, que Hamlet, seu filho, tinha um primo, ou até mesmo um herdeiro ele mesmo. — Ele balançou a cabeça. — Mas isso se provou uma esperança sem fundamento.

Examino o rosto de Horácio, mas, como sempre, ele não demonstra astúcia. Ele não suspeita da verdade. Como devo contar-lhe?

— Agora os dinamarqueses tentam derrubar Fortinbrás. Alguns jogam suas esperanças em mim, um mero amigo de um príncipe que deveria ter sido rei — ele diz, um pouco desanimado.

— O senhor teria sido o conselheiro mais confiável de Hamlet se ele tivesse se tornado rei da Dinamarca.

— Não sou um guerreiro — ele declara, balançando a cabeça. — E, embora eu fale a verdade para os poderosos, não procuro poder para mim mesmo. Existem nobres aqui na França, no entanto, que ajudariam na causa da Dinamarca.

— E foi por isso que o senhor veio à França, para conseguir o apoio deles?

— Não, eu vim para ver a senhora — ele responde, surpreendendo-me com a franqueza de sua resposta.

— Horácio, estou em paz agora, apesar de o passado estar sempre comigo... Olho para longe em direção à cabana onde Hamlet dorme.

— Não olhe para trás — Horácio diz, erguendo a mão para virar meu rosto em sua direção. Os amores-perfeitos se espalham em nosso colo. Vejo como seus olhos, marrons como a terra encharcada de chuva, são gentis, espertos e tristes. Seu corpo magro se inclina para mim no banco.

— Horácio, meu coração pula de alegria pelo senhor ter vindo. Não tinha percebido até agora que preciso do senhor profundamente. — Essas palavras jorram de mim e minhas lágrimas saem sem aviso. — Devo minha vida ao senhor mas, como não tenho nada, pago-lhe com este símbolo de amor.

Tomo seu bom rosto em minhas mãos, sem me importar que estejam cheias de barro, e beijo seus lábios, sentindo por um momento o perfume dele, que é novo para mim, pois nunca o tinha tocado de tão perto.

Suas mãos enroscam-se em meus cabelos enquanto ele me beija como um garoto faminto. Então, abruptamente, afasta-se.

— Não! Eu não deveria ter tocado na senhora, nem a beijado. Deus me perdoe — ele murmura, seu rosto ficando vermelho.

A distância, ouvem-se trovões indicando mais chuva. Alguns poucos pardais pulam no chão a nossos pés. Estou confusa e ferida pela repentina reação.

— Por quê? O senhor é casado? — pergunto.

— Não, por minha honra, ou eu não a teria beijado.

— E eu sou viúva. Então não fizemos nada de errado.

Agora ele me olha com desânimo genuíno e começa a balbuciar.

— Ainda assim... isso seria... eu não deveria... desonrar a senhora. — Ele faz um gesto em direção a meu hábito de linho e fica em silêncio.

Então compreendo a razão de sua relutância e rio com um prazer que logo se derrete em lágrimas de compaixão.

— Madre Ermentrude e minha amiga Isabel erraram muito ao não lhe contar mais sobre mim, Horácio. Mas não serei tão cruel, nem jogarei com o senhor como se ainda estivéssemos na corte.

— Então me diga agora, Ofélia, o que eu preciso saber — pede Horácio, ainda se mantendo afastado de mim.

— Eu vivo como uma freira e pareço com uma, mas não fiz nenhum voto. Horácio, eu sou livre.

Alívio e alegria aparecem em seu rosto.

— Neste caso, querida Ofélia, posso beijá-la de novo?

— Dou-lhe minha permissão, gentil Horácio — respondo, inclinando-me em direção a ele.

Horácio pega minhas mãos, e sua respiração em minha bochecha me faz estremecer.

— Mamãe! Onde está você, mamãe? — o grito de criança surge e eu me levanto.

— Aqui estou, meu querido menino! No jardim!

O pequeno Hamlet, com o dedão entre os lábios, dá alguns passos relutantes saindo da cabana. Suas bochechas estão rosadas e seus cabelos, bagunçados do sono. Suas pernas gordinhas e seus pés descalços despontam por debaixo da camisa amarrotada. Estico os braços e ele corre em minha direção, se agarra em minha saia e encara de detrás dela aquele estranho.

Horácio, com os olhos fixos na criança, levanta-se como um homem encantado por algum fantasma ou criatura mágica. Sem conseguir falar de tanta surpresa, olha de mim para meu filho até que consegue reconhecer.

— Não é um sonho! Vejo o rosto de lorde Hamlet em sua juventude, misturado com a beleza e a sinceridade de Ofélia — ele diz, em tom de maravilhamento. Então se aproxima e pega minha mão. Ainda segurando-a, ele se ajoelha, colocando-se na altura do jovem Hamlet, e se curva, oferecendo-lhe lealdade.

Meu menino confiante sorri e estica as mãos para tocar os cabelos vermelhos de Horácio.

Desafiando a tempestade que ameaça chegar, as nuvens que tampavam o sol agora passam, e nós três, sobreviventes de uma tragédia acontecida há muito tempo, ficamos juntos, em silêncio, contemplando-nos um ao outro sob a luz do sol.

Agradecimentos

Quero agradecer a Karen, Katie, Amy, Cynthia, Leslie, Teri e Emily pela crítica útil; papai e Erin pelo encorajamento; e meu marido, Rob, pelo apoio incondicional. Sou grata a Carolyn por acreditar neste livro, e a Julie pelo inteligente e gracioso direcionamento ao editá-lo. Por fim, agradeço aos estudantes que, ao longo dos anos, ajudaram a alimentar minha imaginação enquanto estudávamos *Hamlet* juntos.

Se escrever bem é a melhor vingança, é por causa de todos vocês que Ofélia agora conseguiu a sua.

Impresso no Brasil pelo Sistema Cameron da Divisão Gráfica da
DISTRIBUIDORA RECORD DE SERVIÇOS DE IMPRENSA S.A.